여성동학다큐소설
장흥편 (개정판)

깊은 강은
소리 없이
흐르고

동학다큐소설

편 (개정판)

깊은 강은
소리 없이 흐르고

명금혜정 지음

도서출판 모시는사람들

여성동학다큐소설 장흥편(개정판)

깊은 강은 소리 없이 흐르고

등 록 1994.7.1 제1-1071
초판 발행 2015년 12월 5일
개정판 1쇄 발행 2021년 3월 15일

지은이 명금혜정
펴낸이 박길수
편집장 소경희
편 집 조영준
관 리 위현정
디자인 이주향

펴낸곳 도서출판 모시는사람들
　　　 03147서울시 종로구 삼일대로 457(경운동 수운회관) 1207호
전 화 02-735-7173, 02-737-7173
팩 스 02-730-7173
인 쇄 천일문화사(031-955-8100)
배 본 문화유통북스(031-937-6100)
홈페이지 http://www.mosinsaram.com

값은 뒤표지에 있습니다.
ISBN 979-11-6629-027-5　　　03810

하루에도 수십 명이 스스로 목숨을 버리는 세상에서 '사람이 곧 하늘'이라는 동학의 뜻을 만난 것은 크나 큰 축복이었다. 삶의 보폭을 줄이고 그 안에 가능한 한 많은 정성을 담아 윤기를 내며 살아가자는 것으로 마음이 바뀌었다. 내가 만나는 단 한 명의 학생이라도 하늘로 섬기며 살아가게 되었다. 한밤중 소셜미디어에 위태로운 마음을 전하는 아이들을 소리 없이 찾아가는 여유도 생겼다.

소설을 쓰기 위해 수없이 드나들던 장흥에서 평등세상을 만들기 위한 동학농민군의 흔적을 곳곳에서 만났다. 일본군의 총칼에 수천 명이 쓰러져 간 석대벌에는 그날의 함성을 담은 장흥동학농민혁명 기념관이 우뚝 서 있다. 전시실을 그득 메운 접주들의 칼칼한 눈빛을 마주하면 절로 자세가 바로 선다. 이방언, 이인환, 이사경, 백인명, 구교철…. 고을고을마다 분연히 일어섰던 사람들.

동학에서 시작된 씨앗이 3.1운동으로 이어지고 4.3항쟁, 여순항쟁을 거쳐 5.18이 되고 촛불혁명을 이루기까지 얼마나 많은 목숨들이 희생되었는지…. 지금 우리가 누리는 자유는 선조들의 목숨값이다.

소설을 준비하고 써 나가는 내내, 한 개인의 삶이 역사라는 긴 강에서 어떻게 살아 움직이는지 새삼 확인할 수 있었다. 근현대사 곳곳에서 동학의 씨앗에서 발현한 거센 강물의 흔적들을 수시로 마주할 수 있었다. 멈출 수 없는 발길이었다. 소설을 쓰고 나자마자 4.3과 여순항쟁으로 눈을 돌리게 된 것은 어쩌면 당연한 순서였고, 또다시 답사로 발길이 이어졌다. 남은 시간 동안 여순항쟁을 소설로 형상화할 것이다. 이렇게 내 삶은 소리 없이 바뀌고 있다.

장흥 동학소설을 쓰기 위해 맨 처음으로 만났던 분은 이방언 접주의 후손인 이종찬 어르신이다. 어르신은 평생을 증조부의 명예회복을 위해 사신 분이다. 그분의 모습에서 이방언 접주를 보고, 읽는 것은 그리 어려운 일은 아니었다. 호방한 풍채와 인자한 언행과 넉넉한 손길…. 그런데 소설을 완성하고 찾아뵈었더니 댁에 계시지 않으셨다. 마을회관으로 찾아가니 사모님만 나오셨다. 그 사이 갑작스럽게 병이 나서 타계하셨다고 한다.

오래오래 대접주 노릇 하시며 사실 줄 알았는데 참으로 허망했다. 눈앞에 드디어 장흥동학농민혁명기념관이 우뚝 섰고 평생 꿈꾸던 그 일을 이루었는데 먼 길을 떠나셨다는 것이다. 이 소설은 그분의 도움으로 씌어졌기에 더더욱 안타까웠다. 보잘것 없는 글이지만 이 소설이 그분의 삶을 조금이나 빛낼 수 있었으면 좋겠다.

지금도 시간만 나면 장흥 답사길에 오른다. 이소사가 동학군을 지휘했다는 장녕성터를 거닐고, 이인환이 무기를 숨겼다는 천관산, 소년 뱃사공이 안개 낀 날만 택해서 인근의 섬으로 동학군을 실어 날랐다는 덕도, 이방언이 처형된 장흥서초등학교 고목 나무 아래를 돌다 보면 아직도 세상에 대해 무엇인가 할 수 있다는 각오가 생긴다.

시간은 잠시도 멈추지 않고 흐르고 있다. 어느 시대든 불공평이 수시로 백성들을 억압했고, 스스로 항거하지 않으면 백성들의 삶은 무참히 파괴되었다. 이 시대에도 어디서나 일어나고 있을 불공평을 제대로 파악하고 그것을 해결하기 위해서 힘을 모아야 할 것이다.

출간을 하고 벌써 5년의 시간이 흘렀다. 그 사이 강물이 흘러가며 정화를 하듯 개인적인 삶도 많이 달라졌다. 더 정교하게 주변을 돌아보게 되었고, 좀 더 체계적인 글을 쓸 수 있게도 되었다. 장흥답사에 함께해 주신 많은 분들에게 감사드리며, 이 소설이 갑오년 그날에 희생된 분들에게 작은 위로가 되었으면 좋겠다.

2021년 2월

명금혜정

머리말

장흥을 방문하여 탐진강의 푸른 물을 바라보며 동학 답사를 다녔다. 120년의 시간은 어느 곳에나 켜켜이 쌓여 있어 튼실한 탑을 이루고 있었다. 향토사학자로 평생 동학연구를 해 오신 위의환 선생님과 장흥의 대접주 이방언의 후손으로 장흥동학농민혁명기념사업회 회장으로 일하고 계신 이종찬 어르신의 노력으로 총예산 138억 원을 들인 장흥동학농민혁명기념관이 석대들에 우뚝 섰다.

유학자로서 동학을 받아들이고 깊고 넓은 학문의 세계를 구축했던 이방언 대접주는 장흥의 토호이자 지식인으로서, 남면을 중심으로 이 지역에 동학을 확장시킨 탁월한 지도자였다. 그는 대원군과 교류했고, 전봉준과 긴밀하게 연락을 주고받으며 동학농민혁명 당시 충청도와 전라도 일대 전투에 장흥 도인들을 이끌고 참가했다.

관산면에서 장흥 인근의 섬들을 중심으로 동학 포덕을 했던 이인환 접주는 전략과 전술에 뛰어난 인물이었다. 벽사역에서 장녕성으로 그리고 강진성, 병영성에 이르기까지 일련의 전투를 압도적 승리로 이끌어 냈던 전법은 바로 그의 지혜에서 나온 것이었다.

동학의 역사 속에서 유일한 여성 전사로 등장하는 이소사. 장녕성 전투에서 부사를 직접 처형했다는 소문이 돌 정도로 당차고 직관력이 뛰어났다는 미모의 여동학 접주의 삶을 재현하는 일은 어렵고 힘들었지만 손을 놓을 수는 없었다.

팔순 노인으로 전주성 전투에서 젊은이들을 이끌고 당당히 그 힘을 발휘한 이야 접주, 그리고 그의 아들과 손자로 이어지는 부산면 접주들의 활동 상황, 한 집안에서 아들 셋이 고스란히 효수를 당하고 양자로 이어지는 가풍을 사료에서 확인하였다. 또 사육신의 한 사람이었던 박팽년의 후손이 장흥에서 새로운 세력을 형성하여 당당히 동학농민혁명에 참가했던 사실도 새롭게 발견하게 되었다.

이 모든 사료들은 사람의 뜻이란 쉽게 사라지지 않는다는 것을 깨닫게 했다. 뜻이 있는 한 사람의 삶이 역사에서 어떤 역할을 하는지, 왜 푸른 탐진강이 쉼 없이 흐르는지 그 까닭을 알 것도 같았다. 1년 동안 장흥편 동학소설을 쓰면서 묵묵히 뜻을 실천하며 살아가는 사람들을 수없이 만났고, 그분들을 만날 때마다 삶에서 우러나오는 진정성에 가슴이 울렁거렸다. 사람의 향기란 샘물처럼 솟아 나오는 것이지 인위적으로 만드는 것이 아니라는 것을, 큰 그릇은 숱한 것을 다 품는다는 것을 새록새록 깨달았다.

그토록 아름답고 거룩한 일들이 역사 속에 묻혀 있다는 사실이 안타까웠고, 석대 벌판에서 죽어 간 무명용사의 무덤 천여 기가 장흥 공설운동장이 들어서면서 사라져 버린 것도 아쉬운 일이었다. 그러나 석대들에 우뚝 선 동학농민혁명기념관 앞에 서니 장흥 들판 곳곳에 서려 있는 동학농민군의 자취와 얼이 새로운 장흥을 이루게 하고 새 역사를 창조하는 원동력이 되고 있음을 확인할 수 있었다.

역사 속에 화석처럼 박혀 있던 인물들을 세상 밖으로 내보내서 그 뜻을 펼칠 수 있게 하는 소설화 작업은 신나고 뜻깊은 일이었다. 장흥의 고을마다 깃들어 있는 수많은 접주들의 삶을 상상하는 일은 버겁고도 벅찼고 설레고 가슴 아렸다.

평생을 연구해 온 자료를 내주신 위의환 선생님, 글이 막힐 때마다 찾아가면 매실 효소를 내주시면서 증조할아버지 이방언 접주에 대한 일화를 새롭게 꺼내 주시던 이종찬 어르신께 고개 숙여 감사드린다. 아울러 우리 고장 골목골목마다 역사의 향기를 불어넣는 박병섭 선생님, 좋은 동료 배선미 선생님에게도 감사드린다. 부족한 언어로 완성도가 낮은 작품을 세상에 내놓게 되어 한없이 부끄럽지만 소설을 쓰는 과정에서 얻은 깨달음으로 남은 인생을 새롭게 살고 싶다.

세상의 그 어떤 일도 우연이 아니고 사람의 뜻에 의해 이루어진다는 것을 마음에 새기며 남은 인생은 소리 없이 흐르는 강물로 살고 싶다.

끝으로 이 소설을 쓰기 위하여 자료를 찾고 인터뷰와 공부를 하면서 얻은 표현(문장)이 일부 소설 속에 인용되기도 했으나 일일이 출처를 밝히지 못하였음을 양해하여 주시기 바란다.

2015년 11월
명금혜정

깊은 강은 소리 없이 흐르고

프롤로그

골짜기를 장악한 매화는 짙은 안개처럼 사람을 감싸고 놓아 주지 않았다. 꽃향기에 취해 이 씨는 며칠째 매화밭에서 하루를 보냈다. 아직 바람결이 매운 2월에 누리는 서늘한 향기와 환한 꽃 기운은 단 열흘만 허락되는 축복이어서 더욱 놓치고 싶지 않은 순간이었다. 끝없이 이어지는 매화꽃 사이를 걷노라면 환갑에 가까운 나이에도 가슴이 설레었다.

만 평이 넘는 매화밭은 이 씨와 반생애를 함께해 온 길동무였다. 스물일곱의 나이에 시작한 증조할아버지 명예회복 운동은 그에게 끝없이 경비가 들어가는 일이었고, 그가 가는 길목마다 보이지 않는 손이 요구하던 돈을 착실하게 대 준 것이 바로 매실이었다. 일곱 살에 조실부모하고 물려받은 재산도 없이 시작한 결혼 생활은 몇 마지기 소작 농사로는 입에 풀칠하기도 어려웠다. 버려진 산을 일구어서 매화나무를 심기 시작했고, 해마다 열리는 알토란 같은 매실은 해가 갈수록 그에게 큰 목돈을 쥐어 주었다. 그는 그 돈으로 전국을 돌며 증조부를 연구한 사람들을 찾아다녔다.

처음 매화나무를 심었던 게 몇 살 때였나? 십 년 단위로 나무를 두 번 갈았으니 20년은 넘은 셈이다. 올해는 관상용으로 홍매화 여남은 그루 심었더니 과수원 입구가 환하다. 오늘 그는 대낮부터 막걸리 한 잔을 걸쳤다. 취하지 않고는 보낼 수 없는 봄이었다. 매실 농장을 하면서 지나온 시간은 그에게 아픔이자 보람이었고 짙은 슬픔이자 샘솟는 기쁨이기도 했다.

낮술에 볼이 붉어진 그는 매화 그늘에 앉아서 들판을 내려다 보았다. 산굽이 아래로는 탐진강으로 이어지는 작은 시내가 흐르고 증조부의 무덤이 있는 묵촌이 한눈에 들어왔다. 무덤 앞으로 펼쳐진, 증조부가 군사훈련을 시켰다는 도르뫼 들판에도 완연히 봄기운이 돌고 있었다. 농장을 하지 않았을 때는 묵촌에 살았다. 큰 선비가 많이 나와서 먹 묵 자를 써서 묵촌으로 불리는 마을. 증조부는 마을 앞 들판에 3백 마지기 논을 가진 부농이었다고 했다. 그러나 그가 부친에게 물려받은 것은 고작 세 칸짜리 초가였고, 농기계가 늘어나자 그나마도 좁아서 쓸모가 없어졌다.

묵촌 들판에 아지랑이가 피어오른다. 그는 어지러운 기운을 누르며 어린 시절 들어가 놀았던 시내를 묵묵히 내려다봤다. 늘 병석에 있던 부친이 일찍 돌아가신 후 그는 이웃에 사는 백부를 자주 찾아뵈었다. 그러나 백부는 늘 말이 없었고 지팡이를 짚고 땅만 보며 살았다. 그는 백부를 이해할 수 없었다. 남자라면 당당하게 살아야 하지 않나. 인생은 단 한 번뿐인데 백부는 허우대가 크고 단단한 체구를 가지고 있었지만 도무지 입을 열지 않고 고개를 숙이고 살았다.

성장한 후에야 그는 백부가 왜 그렇게 살아야 했는지 조금이나마 이해하게 되었다. 백부는 아마 입을 열 수가 없었으리라. 증조부와 더불어 조부까지 처형을 당했으니 입을 잘못 열면 백부마저 목숨을 부지하기 어려웠으리라. 백부는 살기 위해 입을 꼭 다물고 바보 행세를 해야 했고, 긴 세월이 흘렀지만 아직도 그 두려움에서 벗어나지 못한 것이다. 그나마 여든을 넘기신 나이에도 정정하여 자신이 하는 일을 묵묵히 지원해 주는 것이 그로서는 더할 수 없는 위안이 되었다.

흐린 시야로 묵촌 들녘에 고급 승용차 한 대가 들어서는 게 보였다. 그는 무의식중에 눈을 커다랗게 떴다. 묵촌에 사는 일가들은 모르는 사람이 없는데 누굴 찾아오는 차인지 궁금증이 일었다. 마을 회관 앞에 주차한 승용차에서 두 사람이 내렸다. 마을을 두리번거리는 것을 보니 이 마을에 처음 온 사람들인 듯하다.

그는 그들이 누군지, 어디에서 왔는지 한달음에 내려가서 묻고 싶었지만 금세 고개를 젓고 말았다. 지난해부터 무릎이 아파서 경사진 길을 걷는 것이 여간 힘드는 일이 아니었다. 그는 조심스럽게 일어나 매화나무를 잡고 천천히 걸었다.

누군가 두 사람을 집으로 데리고 들어갔는지 회관 앞에는 사람 그림자도 보이지 않았다. 마을을 내려다보며 두어 걸음을 걷고, 화꽃을 둘러보며 다시 두어 걸음 걷고 또, 잠시 서서 맞는 봄볕은 따사롭고, 정겨웠다. 살랑살랑 꽃그늘로 불어오는 바람이 까닭 없이 흥을 돋우었다. 오늘은 아픈 아내를 달래서 읍내에 국밥이라도 먹으러 가야겠다는 생각을 하며 그는 춤을 추듯이 매화나무 사이를 걸었다.

아내는 그가 평생 증조부 명예 회복 운동에 미쳐서 숱한 날 멀리 출타를 해도 잔소리 한마디 하지 않았다. 또 아내는 같은 날 돌아가신 조상들의 합제를 지내며 온갖 제수 마련에 제삿밥 수십 그릇을 지어도 한결같이 정성을 다했다. 만 평이 넘는 농장의 매실을 거둬들이느라 보름씩 밤낮으로 일을 해도 꿈쩍도 하지 않던 아내가 급기야 지난해에 수술을 받았다. 더 이상 아내의 몸이 지탱할 수 없다고 신호를 보낸 것이다. 결국 몇 년 전에 시작했던 키위 농장을 처분하고 매실 농사에만 매달렸다. 그는 핸드폰을 꺼내 아내에게 전화를 했다.

"여보, 이쁜 옷 곱게 차려입고 나갈 채비 하고 있으소. 읍내 나가서 좋은 것도 먹고 나들이도 하고 오세그려."

그러자 아내는 잠긴 목소리로 대답했다.

"황토방 뜨듯한 구들에 김장 김치, 따순 밥 먹는 게 제일이요. 밖에 나가 봤자 번거롭기만 하요. 농장 둘러봤으면 그냥 내려오시요."

그는 모처럼 봄날 들뜬 기분을 맞춰 주지 않는 아내가 서운해서 다시 한 번 은근하게 부추겼다.

"여보, 천지에 매화가 흐드러졌소. 꽃구경하면서 기념관 들어설 자리에 한번 가보세."

그는 올해 또 다른 꿈을 품기 시작했다. 그것은 장흥에 기념관을 짓겠다는 것이었다. 그 일이 얼마나 걸릴 지, 그가 죽기 전에 기념관이 완공이나 될 수 있을지는 알 수 없었지만, 그는 온몸을 바쳐서라도 그 일을 해 낼 심산이었다. 그 일만 생각하면, 그는 다시 청년 시절로 돌아가는 기분마저 들었다.

그러나 아내는 말이 없다. 지난해부터 부쩍 집 안에 머무는 것만 좋아하는 아내에게 그는 더 이상 외출하자고 권할 수 없어서 혼자라도 나가 볼 참이었다. 숱한 발품을 팔아 가며 갖은 고생을 한 덕택으로 몇 년 전 기념탑을 세웠고, 백주년을 맞이하면서는 전국의 동학농민혁명 유족회도 발족하였다. 이제 그는 기념관을 건립할 밑그림을 그리고 있었다. 한참 후에야 아내가 느린 말투로 대꾸를 했다.

"묵촌 백부댁에서 전화가 왔어요. 귀한 손님이 찾아왔다고 조금 후에 집에 들른다고 합디다. 어디 가지 마시고 집으로 오시요."

그는 황급히 전화기에다 외쳤다.

"귀한 손님이라고? 그게 누구라요?"

그러자 아내는 여전히 느린 목소리로 대꾸했다.

"제가 알면 왜 말을 안 하것소. 제가 모르는 사람인께 귀한 손님이라고만 하것제라."

그러자 아까 마을로 들어서던 까만 승용차에서 내린 사람들이 떠올랐다. 그는 무거운 무릎을 짚으며 서서히 내리막길로 들어섰다. 그를 찾아올 귀한 손님이 누구인지 몹시 궁금했다. 그를 찾는 사람들은 딱 한 부류, 증조부를 연구하는 사학자들이었다. 그는 마음이 다급해졌다. 어설프게나마 그가 모아놓은 장흥 지역의 동학 자료들을 보여

주고 싶었다. 전문가들의 손에 자료가 쥐어져야만 할아버지는 물론 동학의 역사가 제대로 빛날 것이기 때문이었다.

집에 도착하니 마당가에 까만 승용차가 주차되어 있었다. 현관에 놓인 몇 켤레의 구두가 보였다. 그는 서둘러 방문을 열었다. 방 안에는 묵촌의 백부와 아내, 그리고 낯선 얼굴의 사내 두 사람이 있었다.

"절하시게나. 고모할머니 자제분들이네."

백부가 그를 보며 다짜고짜 절을 올리라는 통에 그와 아내는 두 사람들에게 큰절을 올렸다. 백발이 성성한 두 사람은 그보다 십 년은 연상으로 보였다. 엉거주춤 그들의 절을 마주 받았다.

"고모할머니가 계셨는가요?"

자리를 고쳐 앉으며 그가 백부에게 묻자 백부는 가는 눈을 끔벅거리며 생각에 잠기는 표정이었다.

"가물가물하네만, 고모가 한 분 계셨네. 내가 그때 다섯 살이었는데 고모는 나보다 여남은 살 더 먹었어. 난리 통에 사라져서 어디로 가서 사는지 몰랐다네. 아버님이 할아버지랑 함께 처형되었으니 고모를 챙길 사람이 아무도 없었어. 그런데 이 사람들 이야기를 들으니 고모님이 일본에 가서 사시다가 돌아가셨다고 하는구만…."

백부가 느릿느릿한 목소리로 설명을 했다. 두 사람은 백부의 말에 고개를 끄덕여 주기도 하고 호기심이 가득 찬 눈으로 그를 바라보았다.

백부는 손님들에게 그를 소개했다.

"여긴 내 동생의 아들이오. 동생도 고생고생하다가 일찍 죽어서 어린 것들이 고생하며 자랐지. 내 동생이 다섯 남매를 두었는데 이 사람이 막둥이라오. 그런데 이 막둥이가 증조할아버지 이방언 장군을 기리는 운동을 지금까지 해 오고 있소. 갑오년(1894), 그 씩씩한 이방언 장군의 핏줄을 제대로 이은 사람이 바로 이 조카라오."

얼굴이 갸름하고 쌍꺼풀이 크게 진 당숙이 그에게 손을 내밀었다.

"유일이라고 합니다. 제가 형이고 여긴 아우지요."

그는 두 사람의 손을 번갈아 가며 잡았다. 두 사람이 다 손이 크고 골격이 좋았다.

"어머님이 늘 외할아버지 이야기를 하셨습니다. 어머님 돌아가시기 전에 한국에 꼭 모시고 오고 싶었는데 기회를 놓치고 말았네요. 그런데 세월이 흘러 저희도 어느새 일흔이 넘었습니다. 저희라도 죽기 전에 부모님 고향에 한번 오고 싶었습니다. 어머님은 외할아버지가 아주 대단한 장군이라고 하셨어요. 조선에서 큰 혁명전쟁을 이끈 지도자라고 하셨죠."

유일은 한국말이 유창했다. 그는 외할아버지의 존재에 대해서 확인이 필요한 듯 이 씨를 바라보며 무언가를 갈구하고 있었다. 이 씨는 고모할머니의 자제분들에게 자료를 내밀었다.

"우리 고장의 동학혁명에 대한 자료들입니다. 여기 이분이 이방언 장군이십니다. 저의 증조부이신데 두 분의 외조부이신….."

두 사람은 이방언의 초상을 유심히 살펴보았다. 유일의 입가에 진한 주름이 잡히며 웃는 듯 우는 듯 묘한 표정을 지었다.

"어머니와 아주 많이 닮으셨네요. 어머니도 키가 크고 성격이 담대했지요. 웬만한 일에는 화 같은 건 내지 않으셨어요. 선친과도 사이가 좋아서 노후에도 늘 행복했어요. 일본에 건너와서 고생도 많이 하셨다고 했는데 두 분은 늘 마음이 여유롭게 잘 지내셨습니다. 다만 고향을 몹시도 그리워했어요. 외할아버지가 처형되고 나서 후손들이 살아남았을까 항상 궁금해했답니다. 어린 시절에 우리는 어머니와 아버지의 동학 이야기를 들으며 자랐지요. 두 분은 항상 그 이야기를 하셨으니까요."

유월이라는 동생 되는 이가 추억에 잠기듯 아련한 표정을 지으며 사진을 바라보다가 말을 이었다.

"어머님은 우리들에게 해와 달이라는 이름을 지어 주셨습니다. 그래서 유일과 유월입니다. 해와 달처럼 세상에 빛이 되어 살라고 하셨지요. 외할아버지가 꿈꾸었던 세상은 모든 사람이 평등하고 행복한 세상이었다며 항상 눈을 감고 심고라는 기도를 하곤 했어요."

유일이 거들었다.

"아버지도 외할아버지에 대한 존경심이 남달랐어요. 아버지는 외조부님 댁에서 종살이를 했지만 장군께서 차별하지 않으시고 속량을 해 주어서 어머니와 결혼까지 하게 되었다고 여러 번 말씀하셨어요. 외조부님이 저승에서나마 어머니와 결혼한 것을 축복해 주실 거라고 말씀하셨죠."

백부가 고개를 끄덕이고는 가느스름한 눈을 치켜뜨며 물었다.

"그곳에서 두 분은 무슨 일을 하며 살았나?"

유일이 입을 열었다.

"식당을 운영하셨어요. 처음 일본에 오셔서는 막일도 하시고 장사도 하시고 고생을 많이 하셨다고 했습니다. 그러느라 저희 형제를 본 것이 늦어졌지요. 저희들이 자랄 때는 교포들이 사는 곳에 큰 횟집을 운영하셔서 먹고사는 데는 어려움이 없었습니다. 저희가 지금 그 식당을 물려받아서 운영하고 있지요."

유일이 가방에서 명함을 꺼내 백부와 그에게 건넸다. 그는 아주 소중한 보물이라도 되는 듯이 명함을 받아 들었다.

'장군의 바다'라고 쓰인 명함에는 전화번호와 더불어 거북선 모양이 인쇄되어 있었다.

"일본 사람들이 싫어할 텐데 장사가 잘되나?"

백부는 돋보기를 꺼내 명함을 찬찬히 들여다보았다.

"손님들이 주로 교포들입니다. 일본인들은 잘 오지 않지요. 교포들은 거북선을 아주 반가워해요. 그런데 아버지가 말씀하신 장군이란 이순신이 아니고 외할아버지를 가리키는 것이지요. 아무도 그 뜻을 모르지만 저희들은 수없이 들어서 가슴에 새기고 있었습니다."

백부의 눈에 회한(悔恨)이 어리었다. 백부가 울음 섞인 목소리로 두 사촌들에게 입을 열었다.

"장군의 명성은 장흥 고을에서는 누구 하나 모르는 사람이 없었제. 장흥만에 널려 있는 섬들에서 장군을 찾아오는 도인들이 얼마나 많았는지, 장군이 가지 않은 곳이 없었다네. 내 덕도 사람들이 장군의 목소리를 한번 들으려고 구름 떼처럼 몰려들었어. 이방언 할아버지는 참으로 훌륭한 장군이셨지."

백부는 눈가로 흐르는 눈물을 훔치며 천천히 말을 이어 갔다.

"그 후로 시절이 고단하여 누구에게 한 번도 입을 열 수가 없었네. 조카가 동학기념사업회를 만들고 유족회도 만들어서 안팎으로 이끌어 가며 합제도 지내고 여러 가지 일을 해도 나는 입을 열 수가 없었제. 언제 누가 나와서 쥐도 새도 모르게 죽일지도 모른다는 생각에 나는 평생 고개를 들지 못했어. 눈앞에서 할아버지와 아버지가 처형되는 것을 보았으니, 내 목숨을 부지하기가 잔 나뭇가지 하나를 지키는 일보다 어려웠거든. 그게 몸에 배어 버렸네그려. 그런데 오늘 뜻밖에도 사촌들이 찾아오니 이제 죽어도 여한이 없네. 기억도 가물가물하지만 내 그때 겪은 일은 다 이야기해 주지. 이제라도 그래야 할 것 같아. 궁금한 것이 있으면 물어보시게나."

이 씨는 백부의 말에 화들짝 놀라서 가슴이 쿵쾅거렸다. 조실부모하고 아버지가 그리우면 숱한 날 백부를 찾아갔지만 백부는 한 번도 동학 이야기를 해 주지 않았다. 그저 묵묵히 땅만 바라보곤 했다. 종손이 아닌 그가 증조할아버지의 명예를 회복하겠다고 천 리를 뛰어다녀도 가타부타 한마디를 안 해 준 백부였다.

그는 그럴 때마다 한편으로는 원망스럽고 한편으로는 다행이라 여겼다. 백부의 과묵한 처세가 목숨을 잇게 했고, 백부라도 살아서 가문을 이어 오고 있는 게 후손에게 그나마 위로가 되었기 때문이다. 그러자 유월이 수첩을 꺼내 들여다보며 물었다.

"어머님은 외할아버지가 늘 같은 들판에서 군사훈련을 시켰다는 말씀을 자주 하셨어요. 혹시 그 들판이 남아 있다면 보고 싶네요. 어머님이 어린 나이에 외할아버지를 따라가면 말을 태워 주었다고, 그리고 할아버지를 찾아오는 아주 용감하고 씩씩한 언니가 있었다고 그분 소식을 늘 궁금해하셨습니다. 그분은 외할아버지와 함께 동학운동을 했다는데 여성 동학군은 귀해서 이곳에 오면 사람들이 그 후의 소식을 알고 있을 거라며, 살았다면 꼭 만나 보고 싶다고 하셨습니다. 혹시 그분의 후손이라도 만날 수 있을까요?"

백부가 그 말을 듣고서 생각에 잠기더니 한참만에 입을 열었다.

"그래, 이방언 장군을 따르던 고모 한 분이 계셨지. 이방언 장군의 사촌 형님 되시는 이성언 할아버지의 무남독녀였제. 이방언 장군 쪽으로 동학에 입도하고 도르뫼 들판에서 군사훈련하는 것을 어깨 너머로 보며 혼자 무술을 익힌 여동학이라네, 이소사라고. 장녕성을 공격할 때 앞장섰다가 붙잡혀, 처참하게 고문을 당하고 죽었어."

이 씨는 깜짝 놀라서 벌떡 일어났다. 그동안 동학 자료를 모으면서 여자 동학군 이소사가 장녕성 전투를 지휘한 대단한 인물인 것을 알았지만 증조할아버지와 관련이 있고, 자신의 할머니뻘인 줄은 몰랐던 것이다. 다시 그 부분을 상세히 연구할 생각을 하니 잠시도 앉아 있을 수가 없었다. 그는 자리에서 일어나며 두 사람에게 말했다.

"증조할아버지가 동학군들 군사훈련을 시킨 도르뫼 들판이 묵촌에 그대로 남아 있습니다. 증조할아버지 묘소 앞이지요. 지금 가 볼까요?"

두 사람은 백부를 쳐다보고, 백부가 가만히 고개를 끄덕이자 벗어놓은 겉옷을 들고 엉거주춤 자리에서 일어났다.

"아까 장군의 묘소에는 절을 하고 왔습니다만, 그곳이 어머니가 말씀하던 그 군사훈련장인 줄은 몰랐어요. 어머니께 평생 귀에 못이 박이게 이야기를 들은 곳이라 꼭 보고 싶었습니다."

그는 재빨리 마당으로 나와 시동을 걸었다. 아내에게 백부를 모시고 있으라고 부탁한 뒤 차를 몰았다. 두 사람은 뒷자리에서 묵묵히 들판을 바라보았다. 봄비가 잦은 탓에 시내에는 물이 불어 있었다. 찰찰찰 물 흐르는 소리가 들렸다. 차는 금세 고목 몇 그루가 관록을 자랑하고 있는 마을 회관을 지나고 있었다.

"느티나무가 몇 백 년은 된 것 같네요?"

유일이 고목을 바라보며 물었다. 그는 대답 대신 느티나무를 흘깃 돌아보며 계속 운전을 했다. 유일이 혼잣말처럼 중얼거렸다.

"옛날부터 사람들이 많이 살아온 유서 깊은 마을인가 봅니다. 볕이 잘 들고 산세가 좋으며 물이 흘러서 사람 살기에는 안성맞춤인 곳이네요."

이 씨는 묘소 앞에 차를 댔다. 마을이 한눈에 내려다보이는 곳에 증조부인 이방언의 묘소가 자리를 잡고 있었다. 묘소 앞은 평퍼짐한 구릉이었다.

"이곳이에요. 여기에서 증조할아버지가 많은 동학군들을 모아 놓고 훈련을 시켰다고 합니다. 무기는 근처의 수군 진성과 강진 병영성에서 탈취한 것이었는데 화승총도 많았다고 해요. 여기서 훈련을 할 때는 죽창을 주로 썼겠지요."

"어머니 말씀으로는 칼 노래도 많이 불렀다고 하던데요. 그러니 칼도 많이 사용했겠지요? 긴 칼을 들고 씩씩한 기운을 돋우는 노래를 불러서 사기를 높였다지요. 어머니는 그 노래도 아주 잘 부르셨어요. 어린 날 잠결에 들은 어머니의 노랫소리가 지금도 귀에 쟁쟁합니다."

유월이 이 씨를 뒤따라오며 칼 노래를 불렀다.

"시호(時乎) 시호 이내 시호

부재래지(不再來之) 시호로다.

만세일지(萬世一之) 장부로서

오만년지(五萬年之) 시호로다.

용천검(龍泉劒) 드는 칼을

아니 쓰고 무엇하리."

유월의 목소리는 맑고 높았다. 고모할머니가 그에게 왜 달이라는 이름을 붙여 주었는지 알 듯싶었다. 그 옛날 수운 최제우 선생이 지어 부르며 칼춤도 추었다는 칼 노래가 일본에까지 건너갔다는 것은 놀라운 사실이었다. 그는 온몸에 소름이 돋았다. 사람은 몸으로 사는 게 아니라 정신으로 사는 것이다. 장군의 딸, 고모할머니는 일본에서도 마음은 장군의 딸로 살아갔구나. 머나먼 조국에 묻어 둔 아버지의 삶을 그리며 평생 고향을 그리워했을 그분의 삶을 생각하자 형언할 수 없는 감동이 밀려들었다.

그는 낯선 이 두 친척의 삶이 평생 증조할아버지의 흔적을 찾아 헤맸던 자신의 삶과 너무 많이 닮아 있다고 생각했다. 발길을 멈추고 두 사람이 앞서 나가는 뒷모습을 물끄러미 바라보았다. 언젠가 백부가 그의 등 뒤에서 중얼거리는 소리를 들은 적이 있었다.

'저 녀석이 가장 할아버지를 많이 닮았어.'

그때 그는 세상 어떤 것과도 견줄 수 없는 희열 속에 하마터면 왈칵 울음을 쏟을 뻔했다. 그는 어린 나이에 백부가 던진 그 한마디를 가슴 깊이 간직했다. 그 힘으로 오늘 여기까지 올 수 있었는지도 모를 일이었다. 막둥이로 태어난 그는 아버지 얼굴마저 기억 속에 아련했다. 아버지는 역적의 후손으로 기를 펴지 못하고 살며 고생만 하다가 시난고난 앓더니 끝내 회복하지 못한 채 그의 나이 일곱살 때 돌아가셨다고 했다. 생활고에 시달리며 어린 아들들을 돌보던 어머니마저 저 세상으로 가 버리고 하루하루 먹고사는 일에 바빴던 형님들 틈에서 고뇌했던 청소년 시절, 그는 증조할아버지는 왜 그런 일을 해서 집안이 풍비박산났는지 몹시 궁금했다. 그러나 어느 순간 증조할아버지가 꿈꾸던 세상은 혼자만 잘 사는 세상이 아니었다는 것을 알고 피가 끓어올랐다.

군대를 제대하고 그는 본격적으로 증조할아버지의 흔적을 찾고 명예를 회복하는 일을 시작했다. 그러나 형제와 일가 친척들은 아무도 그 일에 관심을 보이지 않았다. 오히려 먹고살기도 힘든데 증조할아버지는 왜 들먹이냐며 냉소적인 태도로 일관했다. 그때는 그게 서운했다. 남도 아닌 증조부 일에 형제들은 왜 그렇게 무심할까? 역적 집안으로 몰려서 혹독한 대가를 치렀다고 할지라도 옳은 일을 한 조상은 그 뜻을 제대로 밝혀주어야 한다고 그는 굳게 믿었다.

그런데 일본에서 외조부를 찾아온 저 어른들은 자신이 평생 취해 있는 그 기분을 느끼고 있는 것이 확실했다. 그는 다시금 코끝이 시큰해졌다. 두 사람은 들판에 서서 하염없이 들녘을 바라보며 어머니가 들려준 이야기의 장면 장면을 상상하고 있는 듯했다. 그들은 일본말로 빠르게 무슨 말인가 주고받았다. 칠순이 넘은 남자들의 눈빛이 어린아이처럼 빛나고 있었다. 그들에게 부모님의 고향을 만끽할 수 있는 시간을 충분히 줘야 하리라. 다시 이 땅을 밟을 기회가 얼마나 있을까? 그는 그들을 남겨 두고 멀찍이 떨어져 나왔다.

이태 전에 그는 부용리에서 폐가(廢家)를 정리하다가 마루 밑에서 화승총 한 자루를 발견하였다. 기름 먹인 보자기에 여러 겹으로 싸서 마루 밑에 파묻은 화승총은 모양이 전혀 변하지 않아서 총알만 넣고 불을 붙이면 지금이라도 총알이 날아갈 것 같았다. 그런데 총알은 없었다. 그것이 왜 그 집에 있었는지 백부에게 물으러 갔더니 백부는 고개를 저었다.

그런데 우연히도 읍내의 교회 옆에서 구둣방을 하던 노인에게서 화승총의 사연을 들을 수 있었다. 노인은 증조부를 기억하는 유일한 사람으로 그만 보면 증조부 이야기를 해 주었다. 초등학교에 확성기가 들어와서 교사들이 연설을 할라치면 노인은 이방언 장군의 목소리는 확성기보다 컸다고 말해 주었다. 이방언 장군의 얼굴을 보려고 고을 사람들이 떼를 지어 몰려들었다고 했다. 그는 자기 생각이라며 그 총의 내력을 설명해 나갔다. 부용리 암자에서 도인들이 모여 회의를 하고 있을 때 관군들이 들이닥쳐서 모두 죽임을 당한 일이 있었다. 그때 딱 한 사람이 살아남았는데, 그 사람은 관군들에게 바보 흉내를 내며 자기는 나무를 하러 가는 사람이라고 해서 살아남았다는 것이다. 관군들은 어리벙벙한 그 사람을 보며 정말 나무꾼이라고 생각하여 살려 준 것이다. 그 사람이 화승총을 자기 집 마루에 숨긴 게 틀림없다고 단언했다.

이 씨는 화승총을 가져다가 다시 기름칠을 하고 광목으로 잘 싸서 선반에 보관해 두었다. 그런데 동학을 연구한다는 어느 대학의 교수가 그 화승총을 관심 있게 보더니 정읍 황토현 기념관장에게 소식을 전했던지 관장이 찾아와서 그를 설득했다. 세인들이 동학을 이해하는 데 도움이 되도록 화승총을 기념관에 빌려 달라는 것이었다. 그는 보관증을 받고 총을 기념관으로 보냈다.

그는 그 이야기를 유일과 유월에게 해 주고 싶었다. 증조부가 한 일을 가장 잘 이해하게 하려면 정읍의 동학기념관으로 데리고 가야한다고 생각했다. 그는 천천히 유일 형제에게 다가갔다.

"증조할아버지가 한 일을 찾아다니며 젊은 시절을 다 보냈습니다. 증조할아버지는 제 인생에서 가장 소중한 의미이지요. 그런데 이소사가 이 동네에 살았다는 것은 잘 몰랐습니다. 동학 자료에 이소사기록이 있어서 참으로 대단하다고만 여겼지요. 오늘 고모할머니가하신 말씀을 전해 들으니 그분을 더 깊이 연구하고 싶군요."

그는 어렵게 구한 이소사의 그림을 보여주었다. 말을 타고 동학군을 지휘하는 이소사의 그림은 당시 상황을 상상하며 그린 것이었다. 유일이 그림을 자세하게 들여다보았다. 그리고 유월에게 그것을 건네주었다. 유월도 한참이나 이소사의 그림을 들여다보았다.

"어머님 말씀으로는 외할아버지가 이소사라는 분에게 특별히 많은 것을 가르쳐 주곤 했다고 했어요. 어머니도 그 언니처럼 크고 싶었대요. 도인이 된 뒤로 천 리 밖에서 일어난 일도 알아맞히는 신묘한 능력을 발휘했다고 하시던데…."

유월이 기억을 더듬어 이소사의 이야기를 이어 갔다. 그러자 유일이 갑자기 생각이 난 듯 큰 목소리로 말했다.

"맞아, 어머니가 늘 그랬지. '이소사 성님은 점쟁이와 다름이 없었다'고 자랑스럽게 말하곤 했지요. 사람들이 어떻게 될지 미래를 알려주기도 했다네요. 어머니에게도 꼭 동쪽 바다를 건너가라고 하셨대요. 그래야 목숨을 부지할 수 있다고."

그는 동생에게 동의를 구하듯 바라보았다.

"그분의 자손은 살아 있을까요? 만나 보고 싶어요. 자손에게도 어머니가 한 이야기를 전해 주고 싶군요."

유월이 그를 바라보며 물었다. 이 씨가 천천히 입을 열었다.

"갑오년(1894)의 일은 그해로 끝나지 않았어요. 석대벌에서 패배한 도인들은 전국으로 흩어졌고, 섬으로 피신한 무리들이 일제강점기에 소작쟁의 투쟁을 벌였고, 3·1운동을 주도했어요. 기미년(1919) 3월에 장흥의 장터에 모였던 만세꾼들은 대부분 동학도인들의 후예였지요. 제주도로 건너간 이들의 후예들은 4·3항쟁의 주역이 되었습니다. 이소사 이야기는 앞으로 좀 더 알아봐야겠습니다."

유일이 이 씨를 바라보며 고개를 끄덕였다.

"그래서 저희도 늦게나마 부모님의 뿌리를 찾아 이곳까지 오게 되었습니다. 역사는 강물처럼 끊기지 않고 흘러 흘러 가고 있군요."

유월은 여전히 이소사의 그림을 들여다보고 있었다.

"외조부가 말을 타고 동학군을 지휘할 때 이소사라는 분이 담장에서 그 모습을 구경하는 걸 좋아했다고 했어요. 어머니를 잘 업어 주기도 했다던데 그분의 후손을 만날 수 없다는 것이 몹시 아쉽네요. 어머니는 칼 노래를 외할아버지에게도 들었지만 그 언니에게 더 많이 들었다고 합니다. 동학이 꿈꾸는 세상도 모두 언니를 통해서 배웠다고 했지요. 어머님은 일본에 전파된 천도교 교인이었어요. 형님은 나가지 않고 있지만 저는 천도교에 소속되어 참여하고 있습니다."

유월은 형님에 비해 얼굴 선이 부드러웠고 날렵한 입매를 가지고 있었다. 형님은 모친을 더 많이 닮은 듯 굵은 콧날과 짙은 눈썹이 외탁이었다. 이 씨는 유월을 보며 고모할머니의 남편을 그려 보았다.

"부친은 어떤 분이신지 궁금하군요?"

그는 유월을 자세히 바라보며 고모할머니와 결혼한 그분의 인품이 몹시 궁금했다.

"선친은 어머니와 성격이 반대였지요. 자상하고 빈틈없이 집안일을 챙기는 분이셨습니다. 어머니는 호탕하고 대범했지만 아버지는 세세한 것까지 관리를 잘하셨습니다."

"저희 집안 내림은 대범하고 뼈가 굵은 편인데 부친을 많이 닮으셨나 봅니다."

이 씨는 유월을 바라보며 물었다. 그러자 유일이 미소를 지으며 대답했다.

"저는 어머니를 많이 닮고 동생은 아버지를 많이 닮았어요. 두 분은 성격이 많이 달랐지만 서로 존중하는 마음은 아주 대단했습니다. 부모님이 서로 아끼고 사랑하는 모습이 저희에게는 큰 행복이었어요. 아버지가 어머니를 아끼는 모습은 특별했으니까요."

가만히 형의 말을 듣고 있던 유월이 조용히 입을 열었다.

"그게 다 동학 경전에 있는 것을 실천한 것이라는 걸 나중에 알았어요. 외조부가 누리지 못한 것을 어머니께서 누리고 간 셈이죠. 이곳에 오니 어머니의 삶을 진짜로 이해하게 되는군요."

유월이 손을 내밀어 이 씨의 손을 잡았다. 그리고 가볍게 포옹을 했다.

"힘들게 노력해서 이렇게 동학 기념사업들을 해 주셔서 너무 고마워요."

"오시길 아주 잘했어요. 이제 이 지역 동학농민혁명을 기념하는 탑과 이방언 장군이 장녕성을 점령하고 집강소를 열었던 곳으로 안내해 드릴게요."

기념탑 앞에서 이 씨는 다시 한 번 가슴이 벅차올랐다. 지나간 시간 속에서 얼마나 많은 날들을 동학농민혁명 사적지를 정립하려고 노력했는지 모른다. 그 일로 군청과 도청을 문턱이 닳도록 드나들었고, 동학을 연구한다는 학자가 있는 곳은 어디든 찾아다녔다. 유족들을 찾아서 모임을 만들고, 향토사학자, 시인, 소설가를 찾아서 우리 고장의 혼이라며 관심을 호소했던 그 일들은 어쩌면 증조부의 동학혁명만큼 고단한 길이었다.

그러나 그는 해내고야 말았다. 그리고 그 기념탑 아래 자랑스런 장군의 외손자들이 찾아와서 헌배를 올리는 것이다. 그는 마치 기념탑이 두 사람을 위해서 건립된 것처럼, 그래서 기념탑이 비로소 제 빛을 띠는 것처럼 뿌듯한 기분을 느꼈다. 그가 차에 시동을 걸자 두 형제는 차에 올라서 다시 마을을 둘러보았다.

"아, 어머니가 그러셨어요. 마을 앞에 커다란 느티나무 몇 그루가 서 있었다고."

유월이 마을을 둘러보며 느티나무에서 시선을 떼지 못하고 있었다. 그도 차를 출발시키지 못하고 어린 시절을 떠올렸다. 마을엔 고목이 많았다. 무덤가에는 소나무가 서 있었고, 시냇가에는 버드나무가, 증조할아버지 무덤가에는 우람한 은행나무가 서 있었다. 그리고 마을 회관 옆에는 몇 백 년은 된 듯한 느티나무 여남은 그루가 서 있었다. 두 형제는 마을 회관에 내려서 다시 마을을 샅샅이 훑으며 다녔다.

"이야기 속에서 그려지는 곳이 보이나요?"

그가 조심스럽게 형제를 보며 물었다. 그러나 형제는 말이 없었다. 그도 다시 마을을 돌아보다가 형제를 태우고 읍성길로 갔다. 100여 년 전 그날, 읍성을 점령했던 증조부의 모습이 눈앞에 그려졌다. 탐진강이 한눈에 내려다보이는 읍성은 천연 요새였으리라. 남문을 둘러싸고 있는 바위산은 세월이 지났어도 여전히 형형한 빛을 뿜고 있었다. 그는 남문을 지나 동학군이 처형되었던 장흥서초등학교의 느티나무를 보여주었다.

"당시는 이곳이 장터였다고 합니다. 이 장터에서 수많은 동학군들이 일본군에게 죽임을 당했지요. 이방언 장군은 큰아들과 함께 처형당했지요."

두 사람의 눈이 다시 커졌다. 그는 동문을 지나 이소사가 동학군을 지휘했다는 장녕성터로 갔다.

"이곳에 얼마 전까지 천여 기의 무덤이 있었습니다. 석대들 전투에서 죽은 동학군들의 무덤이었지요. 전국에서 몰려들었다가 이곳에서 전사한 동학군들의 무덤을 제암산으로 이장하고 여기에 공설운동장을 만들었답니다."

유월 유일 두 사람은 이 씨가 가리키는 곳을 아스라이 쳐다보았다.

"여기서 농민군 수천 명이 전사했지요. 그들이 못 가진 것은 일본군의 신식 총이었답니다. 신식 총에서 쏟아져 나온 총알이 우리 동학군들을 차례로 죽음으로 몰아갔습니다. 아무리 좋은 뜻을 세운들 무엇하겠습니까? 수적으로 얼마 안 되는 일본놈들의 총에 그렇게 무너져 내리다니 한스럽기 짝이 없습니다. 그동안 아무도 관심을 갖지 않았습니다. 수천 명이 목숨을 잃었어도 말이죠. 이방언 장군이 바로 이 자리에서 장녕성으로 진군해 나갔습니다. 이소사가 본격적으로 등장한 것도 바로 이 전투였답니다. 1894년 12월 5일이었죠."

이 씨는 말을 탄 이소사가 눈앞에 보이는 듯했다. 그는 두 형제에게 이소사에 관해 지금까지 찾아낸 사실들을 이야기해 주었다.

두 형제는 어린 시절 새벽마다 어머니와 아버지가 신화처럼 이야기하던 이소사의 전투, 그가 불렀던 노래가 탐진강 물을 출렁이게 하고, 많은 동학군들을 일어서게 하였다는 이야기가 조카의 입에서 그대로 흘러나오는 것이 감격스럽기만 했다. 어머니는 그 이소사가 선녀처럼 고왔고 제갈량처럼 지혜롭고 을지문덕처럼 씩씩했다고 찬양했었다. 유일 유월 형제는 그녀가 탄 말이 눈앞에 다가오기라도 한 듯이 눈을 빛내며 이 씨의 말에 귀를 기울였다.

"북문과 동문, 남문에서 동시에 공격을 시작했다고 합니다. 성 주변으로 몰려드는 동학군들을 상상해 보세요."

이 씨는 최면에 걸린 듯 그날의 상황을 생생하게 묘사해 주었다. 형제는 지그시 눈을 감으며 상상 속으로 빠져들어 갔다.

물밀 듯이 다가오는 외세를 물리치고 만민평등의 새 세상을 건설하자고 모여들었던 수만 명의 동학군들, 그들을 지휘했던 외할아버지의 생생한 삶의 현장, 평생 부모님이 고귀한 전설처럼 간직하고 있던 외할아버지와 여동학 이소사의 역사가 눈앞에 펼쳐졌다. 형제는 벅찬 감동에 젖어서 가슴이 먹먹해졌다. 유일이 먼저 입을 열었다.

"참으로 안타깝습니다. 부모님이 이 현장을 다시 와서 보셨어야 했는데…."

이 씨가 잠자코 두 형제를 바라보다가 말했다.

"제가 증조부 이방언 장군 기념사업회를 세우려고 평생 쫓아다닌 보람이 오늘 찾아왔네요. 그동안 몹시 외로웠습니다. 저에겐 평생의 삶을 바쳐도 아깝지 않은 자랑스런 조상님을 처음에는 가족들조차 크게 생각하지 않았습니다. 마치 우리 가문을 멸문지화(滅門之禍)로 이끈 원흉이라도 되는 양 쉬쉬하며 제가 하는 일에 대해서도 의도적으로 무관심하셨지요. 그런데 오늘 두 분을 뵙고 고모할머니의 삶을 알게 되니 증조할아버지에 대해서 더 깊은 애정이 느껴집니다. 동학에 대해서 아시는 분들은 모두 증조할아버지를 이방언 장군이라고 부른답니다. 두 분은 장군의 후예들이십니다. 저는 두 분의 마음을 통해 고모할머니께서도 오늘 이 자리에 와서 이 광경을 함께 보고 계신다고 믿습니다."

이 씨의 말에는 어느덧 울음이 묻어 나고 있었다. 유월의 눈가에도 눈물이 맺혔다. 그들은 서로의 손을 꼭 잡고 탐진강을 묵묵히 바라보았다. 부모님이 어린 시절에 거닐었던 그 강가를 그들이 걷고 있다는 사실에 다시금 목이 메었다. 어머니가 그토록 그리워하던 고향에 와 있는 것이다. 유월이 마침내 눈물을 흘리며 탐진강을 보며 큰절을 올렸다.

"어머니, 아버지! 죄송합니다. 유골이라도 이쪽으로 모셨어야 했는데. 이렇게 좋은 고향에서 사셨군요."

유일도 묵묵히 절을 두 번 올렸다. 탐진강은 소리 없이 흐르고 있었다. 봄 햇살이 강물 위로 쏟아져 수많은 물비늘을 띄우고 있었다. 이 씨의 눈가에도 소리 없이 눈물이 흘렀다. 이 씨는 두 사람을 데리고 무명 동학군 천여 명의 무덤이 있었던 석대들로 갔다.

"장군은 돌아가셨지만 뜻은 여전히 살아 있군요."

"외할아버지가 이렇게 대단한 인물인지 몰랐어요. 부모님은 누구나 고향에 대한 향수를 갖고 살아가기에 그저 추억이려니 했습니다."

이 씨가 힘을 주어 두 사람에게 말했다.

"이곳에 장군의 뜻을 기리는 기념관을 세울 것입니다. 그래야 후세들이 그 뜻을 영원히 기리게 되겠지요."

그리고 그는 잠시 쉬었다가 독백처럼 중얼거렸다.

"깊은 강은 소리 없이 흘러가지요. 남도 땅 전역을 쩌렁쩌렁 흔들었던 이방언 장군의 뜻이 이제 이곳에 새롭게 피어나고 있습니다. 증조할아버지의 핏줄이 일본에서도 살아가고 있다니 참으로 뜻 깊은 일입니다."

어디선가 향기로운 매화 향이 살랑거리는 봄바람에 실려 왔다. 멀리 현해탄을 건너 부모님의 고향을 찾아온 칠순의 두 사내는 하염없이 장흥의 들판을 바라보았다. 수만 농민들이 피를 흘리며 죽어갔던 석대들과 이소사의 징 소리가 들릴 듯한 장녕성터에는 푸짐한 봄볕이 내리쬐고 있었다.

그리고 성 앞으로 고요히 탐진강이 흘러가고 있었다.

1. 1892, 아지랑이 피어나는 도르뫼

봄바람이 하늘하늘 불어온다. 묵촌의 들녘에 아지랑이가 피어오른다. 뭉실뭉실 논두렁에 열리는 아지랑이, 스무 살 처녀 이서단의 가슴에도 아른아른 아지랑이가 피어오른다. 서단은 바구니를 들고 자운영꽃이 흐드러지게 핀 논두렁으로 쑥을 캐러 갔다.

오늘도 큰집의 방언 당숙은 도르뫼 들판에서 병사들을 모아 놓고 훈련을 하고 있었다. 널따란 분지인 들판에서 장정들의 함성 소리가 들려왔다. 목검을 손에 쥐고 허공에 날아오르는 장정들의 열기에 보는 사람조차 땀이 빠작빠작 솟아날 지경이다. 서단은 콩닥거리는 가슴에 손을 얹고 살금살금 걸어서 솟을대문이 우뚝 솟은 이방언의 옛집으로 들어갔다. 지금은 사람이 살지 않아서 무서운 기운마저 들었으나 서단은 나물 바구니는 내팽개치고 마당에 서 있는 은행나무에 올라서서 도르뫼를 내려다보았다. 언제부터인가 당숙은 장정들을 모아서 칼을 휘두르거나 총을 쏘기도 하고 좌우로 흩어졌다 모이기를 반복하는 훈련을 하기 시작했다. 서단은 군사훈련을 구경하는 것이 나물을 캐는 것보다 훨씬 즐거웠다.

서단이도 장정들처럼 날렵하게 발을 차 올리고 칼을 휘두르는 훈련을 하고 싶었다. 그러나 큰집의 이방언 당숙은 그것은 허락할 수 없다고 했다. 이태 전에 동학에 입도하여 도인이 된 당숙은 나이 차가 많지 않은 이서단에게는 매우 자상한 오라버니 같았다.

　"여자도 남자랑 똑같은 존재란다. 동학의 도에는 남녀 차별도 없고 신분 차별도 없느니라."

　당숙은 서단이 입도식을 마치자 과년한 처녀인데도 서단에게 말채찍을 건네주며 망아지 한 마리를 선물로 주었다. 서단은 망아지를 정성껏 키우며 말 타는 법을 익혔다.

　서단이 틈만 나면 망아지와 어울려 노는 것을 본 아버지가 오늘 아침에는 비단저고리를 입고 외출하면서 모친에게 당부를 했다.

　"저렇게 군사들만 바라보고 있으니 아무래도 안 되겠소. 빨리 배필을 구해서 혼인을 시켜야지. 도인들에게 빠져서 허구헌 날 남장에다 발차기만 해 대고 말 타길 즐기니 장군감이오만, 천생이 여식인지라 아깝소이다. 오늘부터는 절대 남장을 시키지 말고 고운 옷을 입혀서 바느질이나 나물 캐는 것 같은 다소곳한 일을 시키도록 하시오. 그리고 이웃 마을 김해 김씨댁에 좋은 신랑감이 있다 하니 매파를 넣어 혼사를 주선해 보시오."

　아버지 이성언은 일부러 서단에게 들리도록 큰 목소리로 어머니에게 이르고 대문을 나섰다. 서단은 아버지의 목소리를 문틈으로 들으며 살금살금 옷장을 열고 분홍 저고리에 초록 치마를 입고서 숫을대

문 앞으로 배웅을 나갔다. 몸종인 분이가 쫑쫑거리며 서단이를 따라
나왔다.

"오늘은 이방언 접주에게 가지 말고 몸단속을 잘하고 집에 있도록
해라."

아버지는 서단을 내려다보며 온화한 목소리로 당부했다. 서단도
고개를 숙여 인사를 했다. 이성언에게는 눈에 넣어도 안 아픈 무남독
녀 외딸이었는데 어릴 때부터 성격이 활달하더니 이젠 아주 남자처
럼 놀고 있었다. 성격이 활달한 것이 이방언과 닮아서인지 서단은 유
독 당숙인 이방언을 따랐다.

이성언의 입장에서는 사촌 동생인 이방언이 참으로 기특했다. 무
자년(1888) 흉년에 관아에 들어가 담판을 하던 이가 바로 이방언이요,
장흥 부사를 찾아가 흉작일 때에는 진결세를 걷지 말라고 타협안을
제시했지만 무산되자, 전라 감영을 찾아가 끝내 진결세 일부를 탕감
받고 온 이가 바로 방언이었다. 이제 이방언의 명성은 장흥 고을은
물론 전라도 일대에 자자하였다.

그래서 이성언도 이방언이 하는 말은 무엇이든 고개를 끄덕였다.
이방언이 말을 타고 지나가면 노비와 백정들은 물론 유생들까지 나
와서 절을 하였다. 가뭄이 들면 곳간을 열어 곡식을 나눠 주었고, 부
사의 횡포가 가혹하다고 생각하면 부사를 찾아가서 담판을 지으니
힘없는 백성에게는 아비요 스승이었다.

그런 이방언을 좇아서 서단은 말을 타고 칼춤을 추고 총질하는 것

을 배우고 있었다. 이성언이 생각하기에 그런 행동은 여식이 할 일은 아니었다. 그러나 하루가 다르게 동학에 심취해 가는 서단을 말릴 방법도 딱히 없었다. 이성언도 동학의 뜻을 거부하지는 않았다. 모든 생명을 받들고 사람이 하늘처럼 귀하다니 그처럼 귀중한 가르침이 있으랴 싶었다. 아침저녁 고요한 사념 속으로 빠져들어 가며 심고*를 할라치면 이성언도 마음이 명경(明鏡)처럼 맑아졌다. 그런데 이방언에게 입도식을 치른 후 서단에게는 하루하루 신비한 일들이 일어났다. 이성언에게는 그런 일들이 두렵기조차 했다.

봄기운은 온 들녘에 그득히 차올랐다. 찰박찰박 물이 찬 논에서는 올챙이가 꼬리를 흔들며 헤엄을 쳤고, 민들레가 핀 논두렁에는 노란 나비가 날아다녔다. 서단이 모처럼 입은 분홍 저고리, 초록 치마가 치렁치렁 발에 걸렸다. 대님 대신 두겹박이로 마무리한 깡총한 남자 바지를 입고 허리까지 내려온 저고리를 걸치면 말을 타기도 좋고 전쟁놀이를 해도 좋았는데, 폭이 넓은 비단치마 자락은 거추장스럽기만 했다.

서단은 당장이라도 이방언 당숙에게 가서 전투 훈련에 자신을 끼워 달라고 하고 싶었다. 그러나 아버지가 대문을 나서며 하던 말이 떠올라서 가까이 가지 못하고 여전히 은행나무에 올라가서 도르뫼에

---

* 심고(心告). 동학에서 마음속으로 한울님께 자기 행동의 시종(始終)을 고하거나 하루를 시작하며 하루의 일을 미리 고하고 취침 전에 일과를 종합하여 고한다.

모인 장정들을 바라보고 있었다.

"지기금지 원위대강 시천주 조화정 영세불망 만사지."*

서단은 콧노래를 부르며 강령을 외웠다. 처음에는 별 느낌이 없다가 계속 강령을 외우면 이상하게 기분이 우쭐해졌다. 길게 줄을 달아서 들판에 풀어 놓은 망아지가 다가와 서단에게 말을 거는 것만 같았다. 시냇물이 졸졸졸 흐르며 서단에게 깔깔깔 웃는 것만 같았고, 여린 신록이 한들한들 손짓을 하는 것만 같았다. 서단은 그 모든 것이 신비롭고 아름다워서 볼이 발갛게 달아올랐다. 은행나무의 새순들이 지나가는 바람에 살랑거리며 서단에게 작은 목소리로 속삭이는 것만 같았다.

이방언의 군사들은 이제 훈련을 마치고 들판으로 흩어져서 논일을 하기 시작했다. 장정들은 서너 명씩 논 하나에 들어가서 자운영이 한가득 자라고 있는 무논을 갈아엎었다. 자줏빛 꽃이 흐드러진 논들이 짙은 갈색 흙으로 덮였다. 서단은 설레는 가슴을 여전히 잠재우지 못하고 은행나무 위에 걸터앉았다.

세상 모든 것이 반질반질 빛이 났다. 마을 앞 동백나무 가지에도 나뭇잎이 빛살을 반사하고 있었고, 무논에 들이비치는 햇빛도 반짝반짝 물비늘을 일으키며 눈이 부셨다. 장독대에도 봄빛은 푸짐하게

---

* 동학의 3*7자 주문(呪文). '지극한 한울 기운이여, 나에게 내리소서. 한울님 모시니 마음이 정해지고, 영원토록 잊지 않으니 모든 일이 깨쳐집니다'의 뜻.

머물러 통통하게 배가 나온 독들에 윤기가 자르르 흘렀다.

"서단 아기씨, 마님께서 부르십니다."

서단은 몸종 분이가 부르는 소리에 주르르 나무에서 내려왔다. 나물 바구니를 챙겨 들고 분이와 고샅길을 내려갔다. 논밭에서 장정들이 부르는 노랫소리가 온 마을에 울려 퍼지고 있었다. 분이가 노랫가락을 따라서 흥얼거리며 어깨춤을 추었다.

"아기씨, 저 노래 알고 계시오?"

서단은 귀에 익은 씩씩한 구절을 읊조리면서 고개를 까딱했다.

"저 칼 노래는 도인들이 자주 부르니 아기씨도 당연히 아시겠지요. 저도 순만이랑 동학에 입도할까 생각 중이어요. 동학에는 신분 차별이 없다고 하니 얼마나 가슴 뛰는 일인가요? 어르신께서 저희들에게 타박을 하지 않으시지만 본래 양반과 종은 하늘과 땅 같은 처지이지요."

분이는 가슴을 치는 시늉을 하며 서단의 뒤를 따라가면서 달랑달랑 이야기를 이어 갔다. 서단은 분이의 이야기가 즐거웠다. 열여섯 분이는 요즘 틈만 나면 순만이와 붙어 다녔다. 그것을 본 어머니께서 더욱더 서단의 혼인을 서두르고 계신 것이었다.

"너는 순만이가 그리 좋으냐?"

서단이 분이를 건너다보며 장난스럽게 물었다. 분이는 얼굴을 붉히며 배시시 웃었다.

"아기씨, 나는 순만이랑 혼인하고 어디 멀리 가서 살 것이오. 어르신께서 새로운 세상이 열리면 종도 백정도 모두 같은 신분이 된다고 하니 주인 어르신만 허락해 주신다면 어디 멀리 가서 종이 아니라 평민으로 살 것이오."

분이는 꿈에 부푼 눈빛으로 발걸음을 멈추고 말을 이어 갔다. 서단은 분이의 손을 잡고 한 손으로 토닥토닥 등을 두들겨 주었다.

"얘, 그럼 나는 너 없이 무슨 재미로 살라고 그러니? 아버님께 말씀드릴 테니 멀리 가지 말고 아래채에 살림 차리고 살거라. 그래야 우리 부모님께서도 분이가 아들딸 낳고 재밌게 사는 것을 보며 좋아하실 거야."

그러나 분이는 고개를 살레살레 저었다.

"아기씨는 종 노릇이 얼마나 힘든지 모르시오. 주인 어르신이 아무리 잘해 주어도 우리는 종이라서 어디를 가든지 고개를 들고 있으면 안 되오. 고개를 다소곳이 숙이고 양반이 지나가면 무조건 절을 올려야 하고 한 치라도 예의에 어긋나는 짓을 하면 동네 양반들이 모두 물고를 내니 어찌 사람처럼 산다고 말할 수 있겠소. 아기씨는 전생에 덕을 많이 쌓아서 양반으로 태어나고 저는 전생에 업이 많아서 종으로 태어나니 그 신분이 하늘과 땅 차이라오."

서단은 발을 멈추고 눈을 굴리며 한참 서 있었다. 분이도 발을 멈추고 서단이 뒤에 가만히 서 있었다.

"이제 곧 새 세상이 온다. 너도 부지런히 주문을 외우고 이방언 접주님께 부탁드려 입도식을 하거라. 그리고 우리 집안 종들에게 모두 동학을 권해서 새로운 세상을 맞이하면 그런 생각을 하지 않게 될 것이다. 그러면 너희도 아버지의 허락을 받고 저 장정들처럼 군사훈련도 하고 수련도 할 수 있게 될 터이니 얼마나 좋겠느냐?"

분이는 두 눈을 빛내며 서단의 손을 잡았다.

"아기씨, 정말로 그게 가능한 일이겠습니까? 순만이와 제가 입도를 하고 이방언 접주님께 훈련을 받을 수 있을까요? 마을의 종들은 모두 이방언 접주님 접에 들어가고 싶어서 안달입니다요."

"그게 사실이더냐?"

"그럼요, 훈련만 시작되면 종들은 슬그머니 눈동냥을 하며 그걸 구경하느라 한눈을 판답니다. 그리고 밤에 남몰래 창고에 들어가서 흉내를 내곤 하지요."

분이는 시호시호[3] 하는 장정들의 고함 소리를 흉내내며 깔깔깔 웃었다. 서단도 손을 들어 칼춤을 추는 시늉을 하며 시호시호를 외쳤다. 둘은 봄길을 걸으며 재잘재잘 동학 이야기로 신바람이 났다.

담쟁이넝쿨이 우거진 돌담을 지나 솟을대문을 열고 집 안으로 들어가니 어머니께서 서단을 기다리고 계셨다. 어머니 곁에는 낯선 여자아이가 서 있었다. 여남은 살이나 되었을까 싶은 어린 여자아이가 호기심에 찬 눈으로 서단을 바라보았다.

"어머니, 이 아이는 누굽니까?"

서단은 까만 눈을 빛내며 당돌하게 자신을 바라보고 있는 아이가 누구인지 몹시 궁금했다.

"너 만나길 소원하며 왔단다. 이방언 당숙의 늦둥이 딸이란다. 동생이니, 함께 데리고 놀아라."

어머니는 분이에게 먹을 것을 들려서 서단의 방으로 데리고 가라고 했다.

"제 이름은 온이라 합니다. 이 온! 아버님께서 묵촌에 가면 도인이 되고자 열심히 수행하는 언니가 있다고 늘 말씀을 하셔서 몹시 만나고 싶었습니다."

온이는 또랑또랑한 목소리로 말을 이어 갔다.

"언니는 말도 잘 탄다고 하던데 말 타는 모습을 보여주시어요."

온이가 서단의 비단 치맛자락을 잡으며 졸라 댔다. 서단은 조심스럽게 안방을 쳐다보며 온이를 데리고 마구간으로 갔다. 망아지 한 마리와 잘생긴 흰말 한 마리가 묶여 있었다.

"어머니께서 오늘은 내가 들판으로 나가는 것을 삼가라고 하니 우선은 마구간에서만 보여주마."

서단은 말에 훌쩍 올라타고 채찍을 휘두르는 시늉을 해 보였다. 말이 두 다리를 허공으로 차올리며 휘이잉 소리를 냈다. 온이가 박수를 치며 좋아했다. 서단도 신바람이 나서 말을 타고 들판을 쏘다니고 싶었다. 길이 잘 든 말은 서단을 태우고 익숙하게 마을 길을 달리곤 했었다. 서단은 유혹을 참지 못하고 분이에게 온이를 자기 앞에 올려 태워 달라고 했다. 묶인 줄을 풀고 가죽 채찍을 들고 온이를 태운 서단이 천천히 대문을 나섰다. 분이는 마님이 알지 못하게 아주 천천히 대문을 열었다. 대문을 나선 말은 제 세상을 만난 듯 이방언이 군사

훈련을 하는 도르뫼로 달려갔다. 논밭에서 일을 하던 사람들이 고개를 빼고 서단이 탄 말을 바라보았다.

"아니, 저 아기씨는 이방언 어르신의 여식인데 서단 아기씨의 앞에 타서 위험하지 않을꼬?"

여기저기에서 걱정하는 소리도 들려왔지만, 스무 살 호리호리한 몸매에 한 갈래로 길게 땋아 내린 윤기가 잘잘 흐르는 머리채, 복사빛 두 뺨을 지닌 서단의 미모는 출중했고, 동작은 날렵했다. 익숙한 몸놀림으로 말을 몰아가며 앞에 탄 어린 온이를 감싸 안은 모습이 한 폭의 그림 같았다. 써레질을 하던 도인들도 서단의 모습을 바라보며 넋을 잃고 있었다. 서단은 채찍을 들고 말을 빨리 달리게 하여 마을을 한 바퀴 돌았다. 어린 온이의 맑은 웃음소리가 들판에 울려 퍼졌다.

"성님은 무엇이 되고 싶으오?"

온이가 큰 목소리로 서단에게 물었다. 서단은 입가에 미소를 띄우며 대답했다.

"나는 이방언 당숙의 동학군에 들어가고 싶구나."

온이가 깔깔거리며 대답을 했다.

"울 아부지 군사 중에 여자는 없습니다."

"하하하, 그럼 내가 제일 먼저 여동학군이 되겠구나."

온이가 서단을 돌아보고 환호성을 질렀다.

"그럼 나도 데리고 가시어요."

"넌 아직 어려서 말도 타지 못하고 총질도 못할 것이니 더 자라면 데리고 가마."

"아니 되오. 성님이 싸우면 난 구경하며 소리라도 지를 터이니 꼭 데리고 가 주오."

서단은 묵묵히 말을 달리며 조잘조잘 끝이 없이 궁금한 것을 물어 대는 온이에게 이런저런 이야기를 해 주었다. 따각따각 말굽 소리가 마을 곳곳을 돌고 사람들의 시선은 오래도록 말에 머물렀다.

뉘엿뉘엿 해가 지자 이방언이 서단이네 집으로 들어왔다. 하루 종일 들판을 쏘다닌 온이는 안방에서 잠들어 있었다.

"형수님, 이제 온이를 데려가렵니다. 아직 어린데 어찌나 군사훈련을 보고 싶다고 떼를 쓰던지, 오늘 서단이랑 잘 놀았으니 아마 며칠은 묵촌 타령을 안 할 것입니다."

"자고 있는 아이를 어떻게 데려가려고 그러시오? 하루 더 묵고 내일 낮에 데려가면 좋겠습니다. 가까운 데라면 업고 갈 수도 있사오나 십 리 길을 가야 하니 말에 태운다 한들 자는 아이를 어찌할 것이오."

서단의 어머니가 조단조단 말리자 이방언은 온이를 맡기고 집으로 돌아갔다. 서단은 온이랑 함께 자게 되어 기분이 좋아서 우쭐우쭐 신이 났다. 어머니께서 여자란 모름지기 조용해야 한다고 했지만 서단은 흥이 나서 온이 곁에서 노래를 불러 댔다.

땅거미가 내리고 서서히 마당에 어둠이 차오를 즈음에 서단의 아버지가 돌아왔다. 그는 집 안에 들어서자마자 부인부터 찾았다.

"가신 일은 어찌 되었습니까?"

어머니께서 아버지의 두루마기를 받으며 조용히 물었고, 서단은 방에서 문 틈새에 귀를 대고 부모님의 대화를 듣고 있었다.

"학문이 깊고 반듯한 청년이었소. 서단이와 연을 맺으면 썩 어울리는 배필이 되겠습디다. 빨리 혼인을 서두르도록 합시다. 처녀 나이 스물이면 과년하오. 그동안 우리 내외가 너무 생각 없이 외동딸의 혼인을 미루고 있었소이다. 저렇게 서단이가 선머슴처럼 들판을 쏘다니며 군사훈련에나 넋이 팔려 있게 하면 안 될 것이오. 매파를 넣었다고 하셨으니 곧 연락이 오지 않겠소."

아버지는 혼인할 집이 김해 김씨의 명문가라고 했다. 어머니는 양반가라 해도 형편은 다 다르니 집안 재산이 얼마나 되느냐고 물었다.

"마을 앞에 착실하게 먹고살 만한 논밭이 있다고 하니 서단이가 시집을 가면 먹고사는 걱정은 안 해도 될 성싶소."

아버지의 목소리에는 안도감과 기대가 들어 있었다. 문 틈새에 귀를 대고 아버지의 말을 듣고 있던 서단이 눈살을 찌푸렸다.

"사위 될 사람은 과거를 준비하고 있다고 합니까?"

어머니는 걱정스러운 듯 조심스럽게 아버지에게 물었다. 아버지의 목소리가 들려왔다.

"과거 준비를 하고 있긴 하지만 요즘은 과거에 합격하기가 하늘의 별 따기보다도 어려워요. 대원군이 집권을 하고 난 뒤에 며느리와 싸우느라 조정이 제대로 돌아가질 못하고 있소. 민비가 틈만 나면 임시

과거를 열어 돈을 받고 관직을 팔고 있으니 어찌 통탄할 일이 아니오. 이젠 과거를 통해서 입신양명(立身揚名)하던 시대는 지났소."

아버지가 혀를 끌끌 찼다. 어머니가 여전히 낮은 목소리로 말했다.

"그래서 요즘은 양반 상놈 없이 모두 동학에 빠져드나 봅니다. 신분 차별도 없애고, 가진 이와 못 가진 이의 구분도 없게 하며, 모든 사람을 하늘처럼 모시고, 여자도 어린아이도 귀하게 대접한다니 어찌 동학을 하지 않겠소. 서단이만 저렇게 절실하게 동학을 하게 할 것이 아니라 우리도 함께 동학을 합시다. 벌써 종들은 모두 입도식을 치르겠다고 날마다 공부 중이라오."

어머니는 여기저기에서 들은 동학의 소식을 보태며 아버지의 의견을 물었다.

"허허, 생각해 봅시다. 왜 다들 이방언을 만나기만 하면 도인이 되고, 또 동학도인들은 딴 세상을 사는 듯 행동이 달라지는지 참으로 신기한 일이오."

아버지는 어머니의 의견을 선뜻 받아들이기가 어려운 듯 말꼬리를 돌렸다.

"무던한 청년이었소. 서단이는 예민하여 매사에 관심이 많고 깊이 파고드니 무던한 이가 배필이 되어야 생활이 편할 것이오."

"저렇게 동학이 좋아서 당숙부를 쫓아다니는 애를 본인의 의사도 무시한 채 혼인을 시키면 잘 살 수 있겠습니까?"

어머니는 아버지에게 걱정스럽게 물었다. 아버지가 자신만만한 목소리로 대꾸했다.

"무슨 말이오. 누구나 다 부모님이 정해준 배필과 혼인을 하는 거지, 어떻게 본인의 뜻을 주장한다 말이오. 아무 말 말고 혼인 준비나 잘하시구려. 올 안으로 서단의 혼사를 마무리 짓도록 해 주시오."

서단의 혼인 이야기는 그렇게 이뤄졌다. 더위가 닥치기 전 오월 단옷날 김씨 신랑이 묵촌으로 장가를 들었다. 아래채에 새로 집을 아담하게 짓고 신접살림을 꾸렸다. 아들이 태어나면 본가로 돌아가기로 했다. 소문대로 신랑 김양문은 말수가 적었다. 이방언이 동학에 입도하라고 했지만 선뜻 나서진 않았다. 서단은 신접살림에도 새벽이면 어김없이 일어나 청수를 떠 놓고 심고를 했다.

"한울님이시여. 오늘 하루도 모든 생명에게 감사드리고 생명을 살리는 일을 하게 도와주소서. 거룩하신 한울님을 존경하고 내가 만나는 사람들에게 정중하며 내가 사용하는 물건들을 함부로 대하지 않겠나이다."

서단의 심고는 깊었고, 서단이 기도를 할 때면 집 안에 알 수 없는 좋은 기운이 퍼져 흐르는 듯했다. 김양문은 아내의 뒷모습을 물끄러미 바라보며 알 수 없는 힘을 느꼈다. 동학이 세인들에게 퍼져 나가는 것은 그 미묘한 기운 때문일 거라고 생각했다.

"정화수를 떠 놓고 기도를 하는 것에 무슨 뜻이 있는 게요?"

어느 날 새벽, 심고를 마친 서단이 마루에 서서 들판을 바라보고 있자 김양문이 물었다.

"동학에서는 그 정화수를 청수라 합니다. 날마다 기도를 하고 일마다 심고를 하는 것은 매일매일 잡초를 뽑고 밭을 고르는 일과 같습니다. 마음에도 밭이 있어서 날마다 갈고 닦지 않으면 잡초가 무성하고 거칠어져서 쓸모가 없게 됩니다. 서방님도 저와 함께 기도를 하고 심고를 하여 보소서. 그러면 그 뜻을 헤아리게 될 것입니다."

처음엔 의아해하던 남편이 서단의 지극 정성에 감동하여 어느 날부터 기도를 함께 드리게 되었다. 그의 얼굴에서 의심의 빛이 사라지고 서단에 대한 믿음이 커져 갔다.

"그 아무렇지도 않은 행동이 마음을 참 편하게 하는구려. 그래서 도인들은 함께 모이면 서로 얼굴빛이 다르고 신분이 달라도 모두 한결같은 표정으로 서로를 인정하는 모습을 보이나 보오."

남편은 선비로서 그저 책이나 읽었지만 서단이 하는 일에 반대를 하지는 않았다. 서단은 평범한 아녀자로 지내면서 말을 타고 들판을 달리는 대신에 몸종 분이와 더불어 바느질을 배우기도 하고 날마다 기도 시간을 정해 놓고 주문을 외우는 것을 게을리하지 않았다. 하루에 한 시간 정도 주문을 외우면 한울님과 간곡하게 통하게 되었고 그 일은 그 무엇보다도 행복하고 신이 났다.

한편, 이방언은 장흥 고을을 돌며 포덕에 힘을 기울였다. 대대로 이어지는 관리들의 수탈에 이제 그 불만이 하늘로 치솟고 있었다. 벽사역의 찰방들과 역졸들, 그리고 장녕성의 부사가 고을 백성들의 곳간에서 온갖 명목으로 수탈해 가는 곡식들이 날로 늘어났으며 특히 환곡의 폐해가 극심했다.

장흥 부사는 진결세*를 내지 못한 백성들을 잡아다가 물고를 내고 있었고, 환곡**의 이자를 받아들이기에 혈안이 되어 있었다. 게다가 관리들이 빌려주었다고 하고서 어디론가 사라진 환곡은 백성들에게 책임을 지웠다. 아무리 농사를 지어도 먹고살 길이 보이지 않는 백성들의 발걸음이 동학으로 이어졌다.

이방언의 나이 쉰여섯이었다. 그는 남면 일대를 거닐며 새로운 꿈에 부풀었다. 장흥의 고을고을에 동학을 전파하는 일을 본격적으로 시작한 것이다. 그는 호방한 성격으로 일찍이 많은 사람들과 교제를 하고 있었으며, 흥선 대원군은 대궐로 입성하기 전 야인 생활을 하던 때에 머나먼 남쪽 끝의 장흥을 떠돌다가, 이방언이 양반과 상놈들에게 다 너그럽다는 말을 듣고 월림동의 사랑을 찾아 열흘이 넘게 묵어 간 일도 있었다.

천지에 봄빛이 완연했다. 이방언은 억불산 자락으로 말을 몰았다. 억불산에서 내려다본 장흥 고을은 곳곳에 검은빛이 수려한 기와집들이 들어앉아 있었고, 그 사이를 초가들이 빽빽이 메우고 있었다. 탐진강을 끼고 펼쳐진 넓은 들녘은 기름진 곡창이었지만 연이어 몇 년

---

* 진결세(陳結稅). 묵은 논밭이나 그것을 개간한 땅에 대하여 부과하던 세금.
** 흉년이나 춘궁기에 곡식을 빈민들에게 대여하고 추수기에 환수하던 진휼제도.

간 계속되는 흉년으로 집집마다 곳간에 남아 있는 쌀이 거의 없었다. 드문드문 위치한 반가(班家)를 제외한 여염집의 백성들은 초근목피(草根木皮)로 봄을 넘기고 있었다.

4년 전, 그는 가뭄 때문에 황폐화된 장흥 고을의 진결세를 탕감시키기 위해서 부사를 찾아간 적이 있었다.

고종 25년인 무자년(1888)은 전국적으로 가뭄이 심하여 보기 드문 흉년이 들었다. 그러나 조정에서 농민들에게 구휼미를 풀기는커녕 예년과 같이 진결세를 내라고 하여 전국에서 민란이 발생하던 해였다. 이방언은 장흥부에서 끼니조차 이어 갈 수 없는 백성들에게 제금을 내지 않는다고 독촉하는 것을 보고 분기탱천했다.

그는 거침없이 장녕성으로 찾아가서 부사의 면담을 요구했다. 수성 별장은 이방언이 세력이 탄탄한 고을의 토호라는 것을 알고는 있었지만 선뜻 부사에게 안내해 주지 않았다. 그래서 이방언은 수성 별장에게 엄포를 놓았다.

"나를 부사에게 안내하지 않으면 무장한 백성 천여 명을 몰고 와서 장녕성의 문을 부수고 말 테요. 그게 좋겠소? 아니면 순순히 나를 부사에게 인도하겠소?"

수성 별장은 큼직한 덩치와 천지를 호령하는 듯한 목소리에 압도되어 그를 동헌으로 데리고 갔다. 미리 소식을 들은 부사가 청사에 나와서 그를 맞이하였다.

"임헌회 수하에서 공부한 학자라고 들었소이다. 고명하신 선비님께서 어이하여 공사(公事)를 처리하는 동헌에 들어오셨소?"

장흥 부사는 좌우에 이방과 호방을 불러 놓고 이방언을 심하게 경계하며 호령하였다. 이방언은 주변을 둘러싼 향리와 관졸들의 눈이 자신을 쏘아보고 있었으나 담대한 표정으로 대답을 하였다.

"올해는 가뭄이 심하여 고을의 백성들이 끼니를 못 때우고 굶어 죽어 가는 처지올시다. 그런데 세금은 예년과 같은 진결세를 내라고 하고, 게다가 굶기를 밥 먹듯이 하는 백성들이 세금을 내지 못하면 호방이 사람들을 잡아들여 물고를 낸다는 소문을 듣고 찾아왔소이다. 작금의 상황에 계속 재촉을 하면 무슨 일이 일어날지 예측하고 있소이까?"

이방언의 목소리가 장녕성을 울리며 동헌 밖까지 들려왔다. 동헌에 모여 있던 백성들은 당장이라도 무슨 일이 일어날 것만 같아서 조마조마한 마음으로 이방언의 담판이 끝나길 기다렸다.

"백성 된 자가 흉년이 들었다고 세금을 내지 않는다면 이 나라에서 살 자격이 없소. 오백 년 조선왕조는 굳건히 버티고 있는데 민란이라도 일으키겠단 말이오. 오합지졸의 농민들이 괭이와 쇠스랑을 들고 쳐들어온다고 한들 무장한 관군을 당해 낼 수 있다고 생각하오? 나라에는 질서가 있고, 그 질서를 함부로 무너뜨린 자는 역적이라는 것을 선비는 모르시오?"

이방언의 두 눈썹이 잠시 꿈틀거렸다. 이방언은 다시 표정을 수습하며 부사에게 대답을 했다.

"이대로 가다가는 민란이 일어나고 말 것이오. 배고픈 짐승에게는 먹을 것이 제일이오. 굶주림이 극에 달한 사람들은 살길을 도모하기 위해서 피를 보는 것을 두려워하지 않을 것이오."

부사는 일순 표정이 일그러졌다. 그는 결코 만만치 않은 이방언을 건너다보며 머릿속으로 해결책을 찾으려 애를 썼지만 뾰족한 수는 없었다.

"그럼 어떻게 하길 바라오?"

마지못해서 부사가 입을 열었다. 그러자 기다렸다는 듯이 이방언이 호탕한 목소리로 대답했다.

"올해는 진결세 수납을 모두 중지하시오. 그리고 내년에 풍년이 들면 다시 걷도록 하시오."

"뭐요? 세금을 탕감하라고? 그게 대체 가당키나 한 말씀이오?"

부사는 화가 나서 이방언을 쏘아보았다.

"그렇지 않으면 세금을 낮추기라도 하시오. 이대로 가다가는 성난 백성들이 관아에 쳐들어와서 저 곡창에 있는 곡식들을 모두 빼앗아 갈 것이오."

"이런, 역적들이로고! 양반의 고을이라고 하더니 토호부터 역적이니…. 아무튼 경거망동하는 자는 누구를 막론하고 엄벌로 다스리겠소. 그대는 돌아가시어 오직 학문에 진력하고 생업에 힘쓰시오."

부사는 이방언에게 오히려 호통을 쳤다. 이방언은 부사에게 다시 한 번 일렀다.

"지금 제 말을 들으면 민란을 예방할 수 있으나 그리하지 않으면 기묘년(1879)의 사태*가 발생할 것이니 명심하시오. 지금은 세금을 거둘 게 아니라 굶어 죽어 가는 백성들을 위해서 구휼을 해야 할 때입니다."

"아니, 구휼이라고? 그렇다면 저 곡창에 있는 곡식을 풀란 말이오? 그러다가 당장 왜적이라도 쳐들어오면 관군들은 무엇을 먹고 싸우란 말이오? 참으로 기이한 자로다."

부사는 반쯤이나 자리에서 몸을 일으켜 이방언에게 분노를 터뜨렸다. 이방언도 자리에서 일어나며 부사에게 협박을 했다.

"굶어 죽어 가는 짐승들에게는 보이는 게 없소이다. 죽는 것보다는 저 곡창을 터는 것이 백성들에게는 더 현명한 일이 될 것이오."

그러자 부사도 자리를 박차고 일어나며 소리를 질렀다.

"기묘년(1879) 장흥 고을에서도 민란이 일어났지만 민란을 주도한 이들은 모두 처형이 되고 말았소. 귀한 목숨을 그렇게 헛되이 버리니 어찌 어리석지 않으리오. 그대가 부추기지만 않는다면 목숨을 담보로 그런 일을 벌일 사람은 없을 터이니 이제 협박은 그만하고 양반으로서 체통을 지키시오."

부사도 순순히 물러나지 않았다. 이방언은 진결세를 깎거나 탕감

----

* 1879년에 울산에서 큰 민란이 일어났다.

하지 않고서는 결코 동헌을 나설 수가 없었다. 큰소리는 쳤으나 따지고 들면 걸리는 게 한두 가지가 아닌 부사는 한동안 뜸을 들이다가 이번엔 달래듯이 말을 건넸다.

"그럼 누구의 진결세(陳結稅)를 면제해 주면 좋겠소? 선비 댁은 양반이오니 세금이 부과되지 않을 것 아니오. 가장 절실하게 필요한 집안을 추천하면 내 긴히 두어 집은 탕감해 주겠소."

이방언은 여전히 부사를 보고 호탕하게 웃어 젖혔다.

"양반인 제가 평민들의 문제를 들고 이곳에 왔을 때에는 사사로운 이익을 따지기 위함이 아니란 것쯤은 알 것 아니오. 탕감은 고을 전체에 고루 미치도록 해야 하오. 그렇지 않으면 장흥부가 어지럽혀질 터이니 설령 백성들의 손끝은 피한다 해도 조정의 문책은 면하기 어려울 것이오."

이방언은 말꼬리를 다는 것을 가장 싫어했다. 그의 말은 항상 핵심을 찌르며 짧았다. 부사는 엉거주춤 일어나 그를 배웅하며 뒤끝이 켕기는 것을 일부러 잊기 위해서 잔웃음을 지었다.

"철통같은 관아에 농민들이 달려든다 한들 손발만 수고로울 것이오. 무릇 세금이란 일개 부사가 감면하고 말고 할 것이 아니고 법전에 기록한 대로 이 땅에서 살기 위해서는 반드시 치러야 할 대가인 것이오. 그것을 억지로 탕감받으려 든다면 결코 목숨이 무사하지 못할 것이오."

이방언은 장녕성을 나와 말을 타고 그대로 전라 감영으로 찾아갔다. 관찰사는 이방언을 맞이하고 사태의 심각성을 절감했다.

"전국에 가뭄이 심하였고 호남 일대는 더더욱 심하여 백성들이 목숨을 연명할 곡식이 없습니다. 부디 진결세를 감하여 주시고, 아사(餓死)에 대비하여 구휼미를 내려 주십시오. 백성이 죽는 것은 국가적인 낭비이니 현명한 감사께서는 지혜로운 정책을 펼치어 난국을 타결하길 간절히 바랍니다."

이방언을 에워싼 서리 관속들은 이방언의 당찬 발언에 고개를 끄덕이며 숨을 죽인 채 감사의 처분을 기다렸다. 감사는 다시 한 번 이방언에게 물었다.

"민란의 조짐은 어떠하느뇨?"

이방언은 기다렸다는 듯이 당차게 장흥 지역의 사정을 알렸다.

"초근목피(草根木皮)로 생계를 이어 가는 백성들이 장흥 부사의 처사에 대한 분노로 이글이글 끓어오르고 있소이다. 만약 진결세를 면제해 주지 않는다면 기묘년(1879)처럼 낫이랑 곡괭이를 들고 관아로 달려갈 것입니다."

감사는 침울한 표정을 지으며 한탄했다.

"그게 비록 장흥부의 일만이리오? 온 나라에 흉년이 들어서 세금이 걷히지 않으니 조정인들 어찌하겠는가. 장흥부에서 감세를 해 주면 전라도의 모든 곳에서 다 감세를 원할 것이로다. 감세를 하고 국고가 텅텅 비면 조정은 또 어찌하겠는가. 참으로 딱한 일이로고."

그러나 감사는 이방언의 청에 못 이긴 척 감세를 약속했다.

"내려가서 백성들을 달래도록 하라. 무릇 양반이란 백성들을 가르칠 의무가 있는 신분이니 어렵고 힘들더라도 백성들이 가벼이 처신하지 않도록 잘 달래길 바라노라. 이렇게 청을 들어준 것은 오로지 민란이 발생하면 온 나라의 인심이 흉흉하니 그것을 막기 위함이로다. 부디 영웅심에 교만한 행동을 부추기지 말기를 바라노라."

이방언은 그렇게 장흥부의 세금에 대해 담판을 지었다. 그가 다시 장흥부로 돌아와서 그 소식을 전하자 부민들은 그가 지나가기만 해도 고개를 숙이며 절을 하기 시작했다. 사방에서 이방언의 소문이 날아다녔다. 그는 장흥부 백성들의 큰 은인이었다.

이방언은 고목나무 아래에 말을 세우고 사념에 젖었다. 새 봄이 돌아오자 아름드리 고목나무에는 다시 여린 새싹들이 돋아났다. 바람에 날리는 신록은 세월이 흘러도 그 모양새가 변하지 않아 늘 봄만 되면 청춘인 듯싶었다.

그 담판 이후로 이방언은 자신의 삶이 확연히 달라졌다는 것을 알게 되었다. 대의를 위해서 사는 것은 젊은 날의 꿈이었지만, 돌아보면 그때 그의 마음은 한낱 치기에 불과했다. 그러나 그가 쉰이 넘어서 감영을 찾아가 담판을 지은 경험은, 더 큰 일을 할 수 있다는 자부심을 갖게 해 주었고, 그런 그에게 다가온 것이 바로 동학이었다. 이방언은 동학의 가르침을 접했을 때 무릎을 쳤다. 바로 자신이 가야할 삶의 지침이 고스란히 거기에 담겨 있었던 것이다.

억불산을 뒤로하고 사자산으로 나아가다가 다시 건산으로 이어지는 길을 달리느라 하루가 걸렸다. 이방언은 고을마다 세력을 가진 양반들을 만나서 덕담을 나누고 시국의 소식을 전하며 은근히 도인이 되길 권했다. 이방언의 사상은 소리 없이 그리고 몸에 배인 깊은 언어로 사람들에게 퍼져 나갔다. 선뜻 나서서 도인 되기를 바라지는 않았지만 장흥 고을에서는 누구나 이방언을 존경해 마지않았다.

일찍이 대흥면 송현리에서 입도한 이순홍을 비롯한 도인들이 발 벗고 나서서 서서히 도인들의 숫자가 늘어나기 시작했다. 고을마다 세력 있는 이가 입도를 했고 이방언은 그들을 찾아서 모임을 만들어 나갔다. 그중에서도 대흥면 연지리의 이인환은 특출한 인물이었다. 이방언은 이인환을 만나기 위해서 천관산으로 향했다.

2. 해무, 대흥면 연지리

　이인환은 새벽 먼동이 틀 무렵, 마을 연못 앞에 서서 길게 심호흡을 했다. 장흥부 대흥면 연지리, 육중한 천관산의 품에 안긴 마을에는 한가운데에 커다란 연못이 있고 연못 너머로 짙푸른 바다가 펼쳐져 있다. 마을 앞길로 산자락 하나를 넘으면 덕도로 이어지는 노둣길이었다. 노둣길은 썰물에 열리고 밀물엔 잠겼다. 이인환은 그 노둣길을 수없이 드나들며 덕도에 포덕을 나갔다. 그래서 덕도의 길이란 길은 오솔길까지 훤하게 파악하고 있었다. 잔바람에 허연 파도를 물어내며 덕도 앞바다가 들썩였다. 그는 바다에서 불어온 바람에 오싹한 기운을 느끼며 몸을 움츠렸다. 해풍은 드세지 않아도 소금기를 머금고 있어서 매서웠다. 잔바람에 연못가의 느티나무 가지들이 파르르 떨며 울었다.

　어느덧 여름에 접어들고 있었지만 들녘에는 곡식들이 누렇게 떠 있었다. 모판을 친 논에서는 어린 벼들이 겨우 자라고 있었고, 보리밭에는 패지도 못한 보리들이 누렇게 탈색이 되었다. 여전히 비는 잘 내리지 않았고, 벌레들만 들끓어서 배추도 무도 심는 족족 구멍이 뚫려 입으로 가져갈 것이 없었다. 갈수록 인심이 흉흉해졌다. 그렇다고 관아의 닦달이 줄어드는 것은 아니었다.

장흥부의 부사는 굶주린 맹호였고, 벽사역에 있는 천여 명의 역졸들은 장안의 소식을 물어다 주며 백성들의 고혈을 빨아먹는 늑대들이었다. 게다가 호남 지역 총사령부 역할을 하는 병영성과 수군 만호가 버티고 있는 회령진까지 그득 들어찬 맹수 떼들이 호시탐탐 백성들을 노리고 있었다. 회령진의 수군들은 해안가에서 쓸 만한 것은 모두 수탈하는 바다 귀신들이었다. 그들은 관선을 타고 수시로 연지리 앞바다에도 나타나곤 했다.

이인환은 오늘도 덕도에 건너갈 생각이었다. 요즘 들어서 사라진 대모피(玳瑁皮)*를 납세하라는 지시를 내리며 수졸들이 덕도 인근의 섬사람들을 괴롭히는 모양이었다. 육지에서의 진결세와 환곡의 부담도 괴로운 일이지만, 해안 지역의 수탈도 어민의 목숨을 위협하는 고질병이었다. 어쩌자고 국록을 먹는 관리들의 수탈이 전국을 휩쓸고 있는지 관직에 나아가지 않은 것을 오히려 다행으로 여겨야 할 상황이었다.

전국을 돌며 약초를 구하는 동안 보고 들은 바로 그는 백성들의 고충을 속속들이 알게 되었다. 사람이 다 같은 사람이 아니었다. 신분

---

* 거북이 껍질을 관아에 바치는 세금.

에 따라 개돼지가 되기도 하고 꽃다운 청춘을 피워 보지도 못하고 굶어 죽기도 하고 맞아 죽기도 했다. 서글픈 세상에 대한 회의와 번민으로 고향에 돌아와 연못 주변만 서성이던 그에게 이웃 마을의 이순홍은 개벽 세상을 알려 주었다.

그는 곧바로 입도했다. 그리고 남면 일대에서 포덕을 하고 있는 이방언을 만났다. 이방언은 예사로운 사람이 아니었다. 넓은 이마에 깊은 두 눈을 가지고 쉰이 넘은 나이에도 볼에는 발그레한 기운이 흘렀고, 두툼한 두 입술은 꼭 닫혀 있었으며, 단단한 턱은 고집스러운 기상을 담고 있었다. 호랑이 몇 마리 정도는 때려잡을 듯한 실한 몸매와 당찬 기운은 만나는 사람들을 매혹시켰다. 마른 얼굴에 깊이 패인 턱선과 날카로운 눈매를 지닌 이인환과는 생김새가 무척 달랐다. 이인환이 날카로운 인상을 주는 반면, 이방언은 격조 있고 온화한 기운을 풍기는 인상이었다.

"도란 사람들의 행복을 위해 실현될 때 그 의미가 있는 것이오. 천리가 양반을 위해서만, 양반들에게 더 우선해서 존재한다는 것은 말이 안 되는 일이며, 그저 글에나 써넣을 양이라면 우린 애초에 그런 말을 입에 올릴 필요가 없소이다. 우리 고을의 정의를 위해서 철저한 준비를 해 나가도록 합시다."

이방언은 읍내와 남면 일대에서 포덕을 하고, 이인환은 대흥면, 관산면 일대에서 포덕을 하기로 하였다. 웅치와 유치 등의 지역에서는 또 다른 도인들이 일어나고 있었다. 이인환 접주가 어제 이방언 접주를 건산의 사인정에서 만났을 때, 뜻밖의 소식을 들었다.

"집안에 당질녀 한 아이가 나를 따라 입도를 하였는데 계속 아침저녁으로 주문을 외우고 수련을 하더니 신통한 능력을 발휘하고 있소. 영(靈)이 맑아서인지 자꾸만 뭐가 보인다고 하니 걱정스럽기도 하고 대견하기도 하고 수운 스승님과 해월 스승님의 도학의 근원을 알 것도 같소이다. 나 같은 사람은 수련보다도 행동에 능하니 어떻게 하면 이 나라를 바로 세울까만 궁리하는데, 날마다 하는 수련 과정을 무시하면 안 될 듯하오."

이인환은 옛날 선비들의 단골 시회장이었다는 사인정을 둘러싼 건산에 흐드러지게 피어난 진달래를 보며 이방언의 당질녀를 떠올렸다.

"소식은 들었소이다. 송현리 인근으로 혼인을 해서 가니 송현리에 신녀가 났다는 소문이 무성하던데 그 여동학이 집안사람이었다니…. 그래, 자꾸 무엇이 보인다고 하오이까?"

"어허!"

이방언이 사람 좋은 웃음을 웃었다. 이인환은 다음 말을 기다리고 있었지만 이방언은 굳이 대답을 하지 않았다. 수련을 많이 한 사람들에게 찾아오는 전율이 내리는 모양이었다. 이인환도 새벽마다 마을의 연못 앞에서 정좌하여 주문을 외다 보면 고요히 연못이 흔들리는 게 보이곤 했다. 그리고 그 연못 속에 숱한 사물이 잠기고 때론 돌아가신 아버님이 나타나기도 했다.

"아무튼 보통 사람은 아닌 듯싶소. 몸이 날렵하고 목소리가 청아하여 사람을 모으는 재주가 있으며 말을 남자 못지않게 잘 다루니 필시 크게 쓰일 데가 있을 모양이오. 아무래도 한울님이 점지하여 내려 주신 인물이 온 듯하오."

"스승이 일찍이 남자와 여자가 차별이 없다 하였으니, 여동학 접주로 삼으시어 거사를 도모하십시오."

이인환은 이서단이라는 인천 이씨 집안의 여식에 대해서 비상한 관심이 일었다. 이인환은 하루빨리 이서단을 만나 보고 싶었다.

봄빛이 완연했지만 오늘 바닷바람은 유난히 차가웠다. 그는 집으로 들어가 부인 유씨가 건넨 두루마기를 입고 말에 올랐다. 일찍이 약초로 사람들의 병 치료를 해 준 덕에 이인환의 신망은 두터웠다. 그는 대흥면 일대와 고읍면을 샅샅이 돌면서 포덕에 나섰고 열흘에 한 번씩은 입도식을 치러야 할 만큼 도인의 숫자가 속속 늘어나고 있었다.

그런데 그가 포덕에 나서야 할 새로운 세상이 따로 있었다. 바로 덕도를 중심으로 한 섬마을이었다. 섬사람들은 수졸들에게 오랫동안 착취를 당해서 이젠 수졸들이 나타나기만 하면 그물을 걷어서 총총히 해안가로 배를 몰았다. 애써 잡은 해산물을 수졸에게 빼앗기기보다는 차라리 고기잡이를 중단하는 것이 더 속시원한 일이기 때문이다. 그가 두루마기 자락을 펄럭이며 노둣길에 나타나면 나루터에 주막을 열고 있는 처남 유창오가 달려 나왔다.

"매부, 그동안 별일은 없으시오. 누님은 어찌 계시오."

오늘도 유창오는 이인환을 보며 황급히 달려 나왔다. 유창오는 이인환이 입도한 후 한 달 만에 이인환에게 입도식을 치렀다. 그리고는 해안 지역 포덕을 위해 주막을 차리고 이사를 했다.

"날로 동학에 대한 탄압이 심해지고 있다고 합니다. 누님과 조카들이 피해를 입지 않도록 어디 깊숙한 데에 피신이라도 시켜야 하지 않겠습니까? 저희들이야 죽기를 각오한 몸이니 잡혀간들 무엇이 두렵겠습까만 아이들과 여자들은 그게 아닙니다. 얼마나 두렵고 무섭겠습니까?"

유창오는 주막을 드나드는 보부상들이 들려준 동학 탄압에 대한 소식을 전하며 몸을 떨었다.

"그렇게 탄압이 심한 것은 우리의 세력이 그만큼 커졌다는 것을 의미하는 걸세. 염려 말고 포덕에나 힘을 쓰게나."

그러나 나루터에 있는 사람들의 모습은 심상치 않았다. 평범한 베저고리에 얄팍하게 솜을 둔 두루마기를 입은 사내들이 두어 명씩 주막에 머물며 사람들의 동정을 살피고 있는데 분명 보부상들로 보였다.

"전국의 보부상들이 자기들끼리 통문을 돌려 동학 토벌에 앞장서고 조정에서 대가를 받기로 결의하였잖은가. 저들이 바로 도인들을 밀고하기 위해서 주막을 감찰하고 있는 것이니 각별히 신경을 써야 하네."

이인환은 처남에게 이르며 덕도에 들어갈 시기를 기다리고 있었다. 덕도에서 이제 막 입도식을 치른 윤범식이 도인들이 모였다고 기별을 하면, 부리나케 들어갈 참이었던 것이다. 겨우내 고기잡이를 나가지 못했던 어민들에게 봄 바다는 싱싱한 갯것들이 알을 차고 올라오는 시기인지라 잠시도 짬을 낼 수 없이 분주한 시기였다. 그래서 그는 윤범식이 인근의 도인들을 모았다는 소식을 보내올 때까지 나루터에서 서성이고 있었다.

소식이 뜬 것은 삼월 보름날이었다. 이인환은 오후에 바다가 열리자 노둣길을 걸어서 덕도로 들어갔다. 보름날의 물때는 썰물이 길게 빠져서 갯것을 잡기에는 안성맞춤이었다. 겨우내 굶주렸던 어민들이 뻘밭에 나와 조개와 낙지를 잡느라 호미질이 바빴다. 아침에 산등성이까지 올라왔던 바닷물이 저 멀리로 달아나 있었다. 섬사람들은 노둣길로 걸어오는 이인환을 보며 오늘 밤 무슨 일이 있을지 눈치를 챘다.

섬마을 아낙네들은 마른 얼굴에 얇은 입술, 오똑한 콧날을 지닌, 유독 말이 없는 남자가 누구인지 심중으로 모두 눈치를 채고 있었다. 그리고 하루하루 은밀하게 퍼져 나가는 동학이라는 것에 대해서도 무심한 듯 표정을 드러내진 않았지만 관심이 많았다. 그들은 이인환이 섬마을에 내려온 구원자 같았다. 그래서 비록 지금은 이인환 곁에 다가갈 수 없는 상황이지만 언젠가는 그들에게도 포덕의 손길이 다가올 것이라 기대하고 있었다.

먼저 입도한 사람들에게 들은 이인환은 매우 온화한 성격이라지만 먼 곳에서 바라본 모습은 다쳐도 피 한 방울 흘리지 않을 냉정한 사람으로 비쳤다. 꼭 다문 입술이 쉽게 열리지 않았기 때문이었다.

"어서 오시오, 접주님. 기다리고 있었소이다."

마을 길로 들어서니 윤범식이 고개를 깊게 숙이며 절을 했다. 이인환도 그에게 맞절을 했다.

"그동안 별고는 없으셨소?"

윤범식은 허겁지겁 서두르는 모습이었다. 이인환은 조용히 윤범식을 따라서 동백나무 잎새가 반질반질 윤을 내고 있는 당숲을 지나 마을로 들어갔다.

"마을에 무슨 일이 있으시군요?"

이인환은 윤범식의 몸놀림이 남달라서 조용히 물었다. 윤범식이 눈을 동그랗게 뜨며 이인환을 데리고 당숲 안으로 들어갔다. 당숲 안은 온통 나무로 둘러싸여 있어서 대낮인데도 으스스했다.

"요즘 들어서 수졸들의 감시가 심하여 오늘 밤중에 입도식을 치르기로 하였습니다. 동학도인들을 잡아들이라는 포고문을 붙이고 누구라도 동학도들을 만나는 사람들은 잡아간다고 하여 마을 사람들이 눈치를 보고 있지만 아마 차례로 모두 입도할 것입니다. 섬사람들이란 늘 한 덩이로 뭉쳐서 살아가게 마련입니다."

이인환은 동백나무 사이로 바다를 내려다보았다. 썰물로 밀려난 바다 끝에 세 척의 관선이 떠 있었다.

"저들은 왜 나타난 게요? 오늘 잡은 갯것들을 빼앗아 갈 모양이로군!"

"그렇습니다. 밀물이 들면 해안으로 들어와서 어민들이 채취한 조개와 소라, 전복, 해삼 들을 빼앗으려 들 것입니다."

윤범식이 곤혹스러운 표정을 지었다. 이인환도 오늘 밤에 일어날 일들이 몹시 괴롭게 느껴졌다.

"아직은 방법이 없습니다. 도인들의 숫자가 더 늘어나면 저들의 횡포를 잡도리할 방책을 쓸 수 있을 것입니다."

이인환은 윤범식에게 내려가라고 손짓했다. 그리고 그는 당숲에 머물렀다. 보름달이 뜨고 인근의 섬에서 입도식을 치르기 위해서 수군들을 피해 노를 저어 오려면 입도식은 한밤중에 진행될 것이었다. 이인환은 당숲 안쪽에 자리를 잡고 새벽에 충분히 하지 못한 수련에 들어갔다. 맞춤한 나무 막대기를 목검 삼아 칼춤을 추듯 검법을 연마하는 양기(養氣)수련이었다.

그것은 때마침 생겨난 마을의 소년 부대 덕분에 생겨난 훈련이었다. 최동린을 비롯하여 열예닐곱 살의 총각들이 이인환을 따르며 입도한 후 요청하는지라, 이인환이 몇 가지 동작으로 정리해 본 것이었다. 특히 동린이는 동작이 날쌔고 하늘로 뛰어오르는 도약이 남달라 사람들이 최신동이라 부르며 귀히 여겼다.

이인환은 칼춤 수련에 심취하여 시간 가는 줄을 몰랐다. 당숲 사이로 붉은 노을이 파고들며 해가 지고 있었다. 나뭇가지가 파들파들 떨며 잔바람이 파고 들었다. 날이 저무니 바닷바람이 차가웠다. 인기척이 나면서 까무잡잡한 얼굴에 눈빛이 초롱한 소년이 나타났다. 이인환은 소년이 누군지 단박에 알아볼 수 있었다. 입매도 눈매도 아버지를 꼭 닮아 있었다.

"아버님께서 집으로 모시고 오라고 하십니다."

아직 솜털이 채 가시지 않았으나 체구는 제법 큰 소년이 이인환에게 고개를 숙여 인사를 했다.

"오, 윤 접주의 아들이로구나. 몇 살이냐?"

"네, 열다섯 살입니다. 저도 접주님처럼 훌륭한 사람이 되고 싶습니다."

소년은 부끄러운 듯 얼굴을 돌리며 조심스럽게 대답하였다. 이인환은 눈에 총기가 흐르는 소년을 그윽히 바라보며 물었다.

"훌륭한 사람이란 어떤 사람이라고 생각하느냐?"

"그야 접주님처럼 사람을 살리는 사람이지요. 아버님께서 접주님은 오랫동안 산야초로 많은 사람들을 살렸다고 하였습니다. 그리고 이제는 도력으로 많은 사람들을 살리고 계신다고 들었습니다."

소년은 익숙하게 고샅길을 올라가며 갈림길에서 오른쪽 길로 이인환을 안내해 주었다.

"그럼 너는 무엇으로 사람을 살리려느냐?"

이인환의 물음에 소년은 발길을 멈추고 돌담 아래를 내려다보았다. 밀물이 밀려든 해안가에 사람들이 모여서 떠드는 와자한 소리가 들려왔다. 소년은 사람들을 바라보다가 이인환에게 고개를 돌렸다.

"저는 공부하는 것보다 바다에 나가서 노를 저으며 배를 타는 것이 즐거우니 사람들에게 배를 태워 주는 일로 사람들을 살리도록 하겠습니다. 배를 태운다고 해서 아픈 사람들이 살아나는 것은 아니니 저는 사람을 살리기보다는 돕는 사람이 되겠습니다."

"오로라! 너야말로 접주감이로구나. 윤 접주가 또 한 명의 접주를 키우고 있구나. 네 이름이 무엇이냐?"

"성도라고 합니다."

이인환이 고개를 깊게 끄덕이며 말을 이었다.

"장흥부의 용계면에 가면 3대가 접주인 집이 있느니라. 팔순의 할아버지 이야 도인이 1대 접주, 육순의 아버지 이호인 도인이 2대 접주, 삼십 대인 이사경 접주가 3대 접주이지. 그러니 너도 아버지의 뒤를 이어서 윤씨 집안의 2대 접주가 되어 사람들을 많이 도와주거라."

소년은 뒷머리를 긁으며 슬며시 웃었다.

"아버님께서 접주는 아무나 되는 것이 아니고 신심이 도탑고 행실이 바르며 도인의 삶을 제대로 수행하는 사람만이 될 수 있다고 하셨습니다. 저도 그런 사람이 되도록 정성들이겠습니다. 그런데…."

윤성도가 잠시 머뭇거렸다. 이인환은 차분히 기다려 주었다.

"접주님은 왜 도인이 되셨습니까?"

이인환이 윤성도를 바라보며 두 손으로 턱을 쓸었다.

"허허, 그건 아주 어려운 질문이로구나. 동학에 입도할 때에는 아무런 고민도 없이 좋은 세상을 만들어야 한다는 일념으로 입도했는데, 네 질문을 받고 보니 새삼스럽게 말문이 막히는구나."

이인환은 다시 자신에게 물어보고 있었다. 도인의 삶은 우선 스스로를 깊이 성찰을 할 수 있으니 마음이 편했다. 날마다 자신을 되돌아볼 수 있다는 것은 성리학에서도 권하는 일이지만, 동학에서 심고는 일상생활 속에 깊이 들어와 있었다. 성리학은 심오하게 자신의 성찰 과정을 따라 깊은 학문의 바다에 도달하는 일인지 모른다. 그런데 동학은 일을 하면서도 자신이 보이는 것이었다.

이인환은 성도의 물음에 대답을 하지 못한 채 집앞에 이르렀다.

"언제 다시 그에 대한 답을 해 주마. 우선은 입도식을 준비해야 하니 사랑으로 나를 안내해 다오."

성도가 사랑방으로 이인환을 모시고 가서 입도식에 참여할 사람들의 명단을 건네 주었다. 일 처리가 야무진 윤 접주가 미리 준비해 놓은 것들이었다. 이인환은 바랑에서 붓과 벼루를 꺼내서 먹을 갈았다. 그리고 종이에 입도식에 참가할 사람의 인적 사항을 적기 시작했다. 생년월일과 생시를 적으며 이인환은 그 사람의 성정을 읽고 있었다. 오랫동안 사람들을 위해서 일을 한 까닭에 이인환의 손놀림이 빨랐다. 입도식 명단에서 한 사람 한 사람의 이름을 대할 때마다 눈썹을 꿈틀거리며 그들의 기운을 느끼곤 했다.

덕도 앞바다에 보름달이 떠올랐다. 수평선 위로 대보름달이 천천히 떠오르자 수면 위로 은빛 물결이 찬란하게 펼쳐졌다. 이인환은 윤 접주의 집 마당에서 바다를 바라보고 있었다. 포구에서 풍장을 치는 왁자한 소리가 이곳까지 들려왔다. 이인환은 골목을 살폈다. 이제 곧 새로운 도인들이 올라올 터였다. 윤범식의 아들 성도가 마루에서 뛰어 내려와 포구를 내려다보았다.

"아무래도 심상치 않소이다. 짚이는 게 있는데 내려가 보십시다."

윤범식이 먼저 골목길을 내달리며 이인환에게 길을 터 주었다. 성도가 이인환과 윤범식의 사이로 파고들며 속삭였다. 밤바람이 돌담 사이를 스치며 성도의 말을 가르고 있었다.

"오늘 밤에 나타난 수졸들은 메뚜기 타작을 하겠다고 벼르고 있답니다."

"메뚜기 타작이라니? 아직 여름이 오지도 않았는데, 웬 메뚜기란 말이냐?"

윤범식은 뒤로 처지며 성도의 뒤통수에 대고 물었다.

"오늘이 보름이라 어민들이 모처럼 풍어제를 지내기로 했는데 풍어제에 올린 제수들을 걷으러 수졸들이 한밤중에 감찰을 나온다고 하더이다. 평소에 수졸에게 고기를 빼앗기지 않으려고 도망친 배들을 노려서 한꺼번에 왕창 뜯어 가고, 만약 돈이나 물건을 내놓지 않는 사람들은 곤장밥을 만든다는 소문입니다."

성도는 마을에서 들은 이야기를 전해 주었다. 회령진의 수군 만호가 오늘 벼르고 마을에 들어온다고 했다는 것이었다. 때마침 덕도에 도인들이 숫자가 늘고 있다는 소문이 돌아서 이참에 어민들에게 경계를 강화할 태세였다.

이인환의 손에 힘이 들어갔다. 포구에서는 여전히 왁자한 소리가 들려왔다. 일행은 풍장소리가 들리는 포구로 발걸음을 재촉했다. 꽹과리 소리가 간간이 들리긴 했지만 풍물 가락을 맞추기 위한 것이 아니었다. 무슨 담판이라도 짓고 있는지, 쨍! 하는 소리가 들렸다. 바닷물이 넘실대는 포구에 내려서니 여남은 척의 배가 정박 중이었고, 한 무더기의 사람들이 그 중에서 가장 큰 배에 모여 있었다. 관군의 깃발을 단 배가 한 척 떠 있는 것이 수군이 들이닥친 모양이었다.

이인환도 윤범식과 더불어 그들 사이로 끼어들어 갔다. 수군 두 명이 동네 사람들에 둘러싸여 있었다. 수군 포졸이 허리에 칼을 차고 몽둥이를 들고 사람들을 윽박지르는 중이었다.

"네놈들이 우리를 거슬렀다가는 무슨 일이 일어나는지 이미 잘 알고 있을 터! 빨리 길목을 터라. 그리고 풍어제 지낸 제수는 여기 이 자루에 담아라. 만호의 명령이다. 조금이라도 속이려 들면 내일 당장 관으로 불러 곤장을 내리치리라!"

그런데 수군을 둘러싸고 있는 장정들은 누구 하나 기가 죽지 않고 험악한 표정으로 두 사람을 살피고 있었다. 이윽고 배 주인인 듯한 늙수그레한 사내가 깃발을 매단 장대를 하나 뽑아 들고 수군들을 당장이라도 두들겨 패겠다는 시늉을 했다. 수군들은 겁에 질려서 뒷걸음질을 쳤다.

"혹, 오늘 이 자리에서 제삿밥이 한번 되어 볼 테냐! 우리가 벼르고 있었다. 너희 만호에게 가서 일러라. 이 덕도에서 더 이상 생선을 빼앗아 가지 말라고, 이제 우리들이 똘똘 뭉쳤으니 너희들에게 애써 잡은 갯것들을 빼앗기지 않을 것이다."

노인은 일부러 배가 휘청거릴 정도로 장대를 이리저리 흔들었다. 장대에서 바람 가르는 소리가 휘익휘익 나며 공포 분위기를 자아냈다. 그러자 키가 작은 수졸이 허리에 찬 칼을 빼내어 휘두르기 시작했다. 빠르게 허공을 가르는 장검의 소리에 사람들이 이리저리 피하며 뱃전이 아수라장이 되었다. 시퍼런 칼날이 달빛에 은빛으로 부서졌다. 칼날이 어찌나 예리하던지 누구 하나 맞으면 금방 팔다리가 잘려 나갈 것만 같았다. 다른 수졸도 기가 살아서 허리춤에서 장검을 빼들었다.

"하룻강아지 범 무서운 줄 모르는구나. 감히 수졸들에게 대들어서 너희들이 얻을 게 뭐라고 생각하느냐? 빨리 풍어제를 마치고 제수를 여기에 넣어라. 특별히 오늘은 3월 보름이니 그동안 잡은 고기들을 넣으란 말이다. 나라를 위해 수고를 아끼지 않는 병졸들을 위로해야 하지 않겠느냐?"

수졸들이 장검을 휘두르자 기가 한풀 꺾인 동네 사람들이 이러저리 뱃전에서 물러나기 시작했다. 이인환은 두 주먹을 꼭 쥐며 주변을 돌아보았다. 노인은 여전히 장대를 휘두르며 금방이라도 수졸들의 어깨를 내려 칠 기세였다.

그런데 뭍의 상황을 예의주시하고 있던 관선들이 서서히 다가오기 시작했다. 두 척의 관선에 타고 있는 수졸들의 숫자는 꽤 많았다. 이인환은 상황이 급박하게 돌아가는 것을 느꼈다. 그는 뱃전에서 일어나서 모여 있는 사람들에게 외쳤다.

"빨리 집으로 돌아가시오. 그리고 혹 관헌들이 들이닥치면 오늘 이 바닷가에는 얼굴도 내밀지 않았다고 하시오. 저들은 내가 어찌해 보겠소."

사람들이 어리둥절 서로를 마주보며 발을 동동 굴렀다. 이인환은 처음 수졸을 친 노인을 부축하여 윤범식에게 인근의 섬으로 피신을 시키라고 했다.

"이쪽 포구는 관선이 지키고 있으니 섬 뒤편으로 가서 배를 구해 육지로 떠나시오. 그리고 당분간은 섬에 돌아오면 아니 되오."

노인은 풍어제를 드리고 난 뒤 음복으로 술을 마시고 난 뒤에 취기에 젖어서 그동안 쌓인 분풀이를 수졸들에게 해 버린 것이다. 수졸들은 관선으로 돌아가서 이인환에게 육모방망이를 흔들며 협박했다.

"감히 우리에게 대들어? 너희들은 모두 죽은 목숨이다. 지금이라도 늦지 않았으니 모두 엎드려 매라도 줄이거라."

이인환은 윤범식과 성도를 나루터로 보낸 후에야 관선으로 올라가서 칼을 빼 들고 소리쳤다.

"이미 관에 바친 공물이 충분한데, 관명을 빙자하여 사사로이 재물을 취하는 것을 전라 감영에 발고할 것이다."

이인환의 긴 칼은 손질이 잘 되어서 스치기만 해도 살을 벨 것만 같이 날카로웠다. 이인환이 바랑에서 화약 봉지를 꺼내 들었다.

"잘 들어라! 누구든지 덤비면 함께 저승길로 갈 것이다. 빨리 이곳에서 물러나라. 물러나지 않으면 물고기 밥이 되게 해 줄 것이다. 여기에 불을 붙여서 관선에 던지기만 하면 너희들은 한 사람도 살아 돌아가지 못한다. 빨리 이곳을 떠나라!"

이인환의 고함 소리에 수졸들이 놀라서 뱃전으로 다가와 화약 봉지를 살폈다.

"아니, 저것은 우리 진에 있던 것일세. 저게 어떻게 저자의 손에 들어간 것일까?"

그러자 관선 두 척이 해안가로 다가왔다. 이인환은 일부러 횃불을 치켜들고 다시 한 번 소리를 질렀다.

"불쏘시개가 되지 않으려면 다시는 노략질할 생각을 말아라."

그와 동시에 화약 봉지 하나에 불을 붙여서 허공으로 날렸다. 허공에서 화약 터지는 소리가 우레와 같이 들렸다. 놀란 수졸들이 재빨리 관선을 출발시켰다. 해안가로 들어오던 관선에서 수졸들이 외쳤다.

"무슨 일이냐?"

"저 자가 화약 봉지를 가지고 있다. 빨리 떠나자."

"와아아아!"

수졸들은 고함을 치며 돛을 당기고 노를 저으며 도망을 쳤다. 이인환은 멀어져 가는 관선을 바라보며 껄껄 웃었다.

"힘에는 힘으로 대항해야지 말로는 저들을 쫓아 보낼 수가 없다."

그는 칼집에 칼을 넣고, 남은 화약 봉지를 다시 바랑에 집어넣으며 회심의 미소를 지었다.

보름달이 한가운데로 떠오르고 밤이 깊어지자 삐걱거리는 노 소리를 내며 여남은 명의 장정들이 다시 해안가에 나타났다. 그들은 소리 없이 골목길을 올라왔고 달빛이 들어찬 윤범식의 집 마당에는 구경 나온 마을 사람들이 가득 찼다. 그래도 누구 하나 말이 없었다.

"장도의 김도수 도인, 비금의 이하인 도인, 생일도의 박춘삼 도인, 금당도의 장삼수 도인."

덕도 인근의 섬에서 들어온 도인들은 자신들의 이름이 불리면 깊이 고개를 숙이고 싶고했다. 무엇이 이들을 이 밤중에 이 자리에 모이게 했는가. 윤범식이 바다에서 얻은 인맥으로 그들에게 포덕을 한 것이다. 그러나 그들이 윤범식의 손길에 응답한 것은 이미 가슴속 깊이 염원이 깃들어 있었기 때문이었다.

"도인이란 사람에 차별을 두어서는 안 되며, 내 것을 더하려고 남의 것을 빼앗아도 안 되며, 잘나고 못난 것을 책해도 안 되며, 내 손에 있는 것은 나눠서 이웃과 함께하고…."

이인환이 그동안 수없이 입도식을 주관하며 일러 주던 이야기를 뱃사람들이 알아듣기 쉽게 바꾸어서 세세히 알려 주었다. 그들은 하늘에 입도하는 소식을 고하며 고요히 눈을 감고 마음을 모았다. 마을 사람들은 이인환의 표정에서 또다시 범접할 수 없는 기운을 느끼고 있었다. 수졸들의 횡포를 혼자서 처리해 버리고 유유히 돌아와서 도인들에게 설법을 행하는 모습이 마치 위대한 장군처럼 보였다.

성도도 마을 사람들 사이에 서서 입도식을 바라보고 있었다. 바닷바람이 싸하니 불어왔다. 이인환의 설법 소리 너머로 파도 소리가 잔잔하게 들려왔다.

"도인이 되고 나면 사람을 서로 차별해서는 아니 되오. 특히 여자와 어린아이들을 가장 귀하게 여겨야 하며 먼저 보살펴 주어야 하오. 그리고 부모를 잘 모시는 것은 유학에서도 강조해 온 바이며, 유무상자(有無相資)는 우리 도인들의 생활 습관이 되어야 하는 고로 반드시 가진 자는 못 가진 자에게 콩 한 쪽이라도 나눠서 먹도록 해야 하오이다. 또한 제사를 모실 때에는 많은 제수를 마련할 필요가 없소이다. 청수 한 그릇을 조상신 쪽으로 차리는 게 아니라 나를 향해서 모셔 놓고 심고를 드려야 하오. 조상들의 은덕으로 오늘 내가 살아 있음을 감사드리는 것이 바로 제사의 의미올시다."

성도는 이인환의 목소리를 하나도 놓치지 않으려고 두 귀를 내밀고 숨도 제대로 쉬지 않고 가만히 앉아 있었다. 보름달이 바다 위로 무수한 빛을 쏘아댔다.

이인환은 다음 날 연지리에서 온 부고를 받고 새벽같이 윤범식의 나룻배를 타고 덕도를 나왔다. 이제 막 입도식을 마치고 수련에 임하고 있는 최동린이의 부친이 돌아가신 것이었다.

"어찌된 일이오?"

이인환은 집에 들러서 부인 유씨에게 물었다.

"서방님께서 덕도로 떠난 날부터 관군들이 들이닥쳤습지요. 동학에 관여한 자들은 모두 잡아들이겠다고 엄포를 놓으며, 이미 동학의 수운이 역적으로 사형을 당하고, 영해 작변으로 또다시 나라에 큰 죄를 지은 동학을 지금에 와서 받아들이는 것은 역적질이나 진배없다고 마을 사람들을 갈구었습니다."

"그런데 왜 동린이의 부친이 횡액을 당한단 말이오. 그분은 아직 입도도 하지 않았는데…."

이인환은 평소와 다르게 부인을 채근했다. 부인은 남편의 성정을 잘 알기에 간단하게 말을 이었다.

"진결세 안냈다고 일부러 노리고 들어왔는데 동린이, 최신동이가 동학은 사도가 아니고 정도라고 그 말을 하니 그 부친을 잡아갔습니다. 그리고 얼마나 곤장을 많이 때렸는지 그만…."

이인환은 입술을 깨물었다. 자신이 마을을 떠나지 않았다면 일어나지 않을 사건이었다. 연지리 사람들은 대부분이 입도를 했고, 인근의 송현리 이순홍 도인의 정성으로 대흥면 일대가 새로운 동학의 터전이 되었다. 그런데 이인환이 없는 사이에 회령진에서 관군들이 들이닥친 것이다.

회령진의 만호는 이인환이라면 이를 갈았다. 이인환은 가끔씩 진성으로 소리 없이 들어가서 무기고의 화약들을 훔쳐 오곤 했다.

그러니 이인환과 관련된 사람은 모두 잡아다가 곤장밥을 만들겠다고 벼르고 있었다. 그러나 정작 그들은 이인환을 어찌 하진 못했다. 이인환을 괴롭히다가는 어떤 사달이 날지 모르기 때문이었다. 신출귀몰, 성동격서 하니 기세등등한 만호라도 그를 함부로 하지 못했다.

마을에는 분개하는 기운이 고조되고 독자인 최동린은 혼자 상주 노릇을 하며 피눈물을 흘리고 있었다. 마을의 장정들이 모두 초상집으로 몰려가서 날을 샜다. 보릿고개를 넘어가느라 입에 풀칠하기도 어려우니 초상집이라고 한들 돼지고기 한 점도 올릴 수가 없었다. 들판에는 보리가 피어나야 할 시절인데도 누렇게 뜬 보리들은 가뭄에 말라 가고 개울에 물도 흐르지 않았다.

온 동네 사람들이 억울하게 죽은 최신동 부친의 원혼을 달래주기 위해서 밤새 소리판을 벌였다.

"가네 가네 나는 가네. 저승길로 나는 가네."

선소리 잘하는 마을 어른이 먼저 소리를 메기면 동네 사람들이 다 같이 뒷소리를 했다.

"어너 어너 어너 영차, 어나기 어영차아."

"잘 있으소, 잘 있으소, 영감님네 잘 있으소."

"어너 어너 어너 영차, 어나기 어영차아."

"말이 없는 천관산아, 어찌하여 너는 죽음을 말리지 않았느냐."

"어너 어너 어너 영차, 어나기 어영차아."

"오백 년 묵은 사장나무야, 사장나무야, 어찌하여 관군 발길을 막지 않았느냐."

"어너 어너 어너 영차, 어나기 어영차아."

"인환이여, 인환 장수여! 어디 갔다 이제 왔나."

"어너 어너 어너 영차, 어나기 어영차아."

"내 아들아 최신동아, 동학이 다 무엇이냐."

"어너 어너 어너 영차, 어나기 어영차아."

최동린은 발버둥을 치며 자지러졌다. 이인환도 가슴을 쓸며 피울음을 쏟아 냈다. 동네 사람들 모두 눈에 핏발이 섰다. 누구도 집으로 돌아가려 하지 않았다. 최신동과 함께 입도했던 청년 몇몇이 밤을 새며 손님들의 시중을 들었다.

다음 날 꽃상여가 도착하고 상여에 관을 묶자 최동린은 또다시 정신을 잃고 쓰러졌다.

"아이고, 아이고! 우리 아들도 죽게 생겼네그려. 이 노릇을 어찌할꼬. 누가 나라를 망하게 할 동학을 데리고 와서 우리 집 주인이 돌아가시고 내 아들도 제정신으로 살아갈 수 없게 되었으니 이 노릇을 어찌할꼬!"

최동린의 모친이 이인환의 다리를 잡고 통곡을 했다. 마을 사람들이 모두 통곡을 하다가 누군가 낫을 들고 나왔다. 선소리꾼은 앞서서 북을 치며 소리를 메고, 젊은 청년들은 상여를 메고 뒷소리를 매기며, 마을 사람들은 모두 낫과 괭이와 삽을 들고서 상여 뒤를 따랐다.

"장지로 가지 말고 회령진*으로 갑시다. 가서 수군 만호 앞에서 그

---

* 장흥부 대흥면에 있는 수군진성.

놈부터 초상을 치르자고 합시다."

성난 마을 사람들이 상여꾼들을 막아서며 천관산으로 향하던 상여를 회령진으로 돌리게 하였다. 회령진까지는 십여 리 길, 상여는 천천히 한길로 나갔고 상여꾼들은 울부짖으며 소리를 메겼다. 상여 뒤를 따르는 무리들이 하나둘 늘어나더니 나중에는 상여가 지나가는 마을 사람들 대부분이 상여 뒤를 따랐다. 상여가 대흥면 장터를 지날 때에는 군중이 수백 명으로 불어나 있었다. 그들은 모두 손에 농기구를 들고 있었다.

정오 무렵에야 회령진에 도착하니 진성에는 이미 소식이 전해진 듯 수군들이 무장을 하고 정문을 가로막았다. 그러나 성난 백성들이 곡괭이와 쇠스랑을 휘둘러 문을 부수며 돌입하자 수군들은 바다 쪽으로 도망치기 시작했다. 그러나 진성 안에 남아 있는 수군들은 대포를 쏘며 흩어지라 함성을 질렀다. 노약자들이 대포 소리에 놀라 흩어지자 군중들이 동요하기 시작했다.

그때 언제 준비했는지 갑옷을 걸치고 나타난 이인환이 군중을 지휘하기 시작했다. 이인환은 화승총을 든 선봉대 열 명을 선두에 세워서 회령진으로 공격해 들어갔다. 이인환은 준비한 화약 봉지에 불을 붙여서 진성 안으로 화살로 쏘아 날렸다. 화약이 터지기 시작하자 회령진의 수졸들은 너나 없이 도망을 치느라 아우성이었다. 이인환은 무인지경이 된 회령진으로 들어가서 외쳤다.

"만호는 나오너라. 무고한 백성을 죽였으니 내 오늘 만호의 목을 함께 묻어야겠노라."

그러나 만호는 이미 관선을 타고 녹도진으로 향했다는 소리만 들려올 뿐 회령진에 관리들은 한 사람도 남아 있지 않았다. 지휘자도 없이 수군들만 남아서 소리를 지르다 백성들의 기세에 눌려서 그나마 바닷속으로 도망을 친 것이다.

"만호야, 만호야, 수군 만호야, 네 목을 내놓아라."

"어너 어너 어너 영차, 어나기 어영차아."

다시 우렁찬 소리가 이어졌다. 최동린은 분노에 차서 진성 곳곳에 불을 지르고 관아 구석구석을 미친 듯이 돌아다니며 악을 써댔다. 성난 백성들도 회령진 관사의 문짝을 뜯어내고 쓸 만한 물건들을 모조리 끄집어 패대기치며 분풀이를 했다. 이인환은 그들이 하는 양을 가만히 보고 있었다. 불꽃이 피어오르고 까만 재가 하늘을 뒤덮었다. 쇳소리와 함성 소리가 하늘로 바다로 퍼져 나갔다.

"가자, 바다로! 이제 바다로 도망친 수군 만호를 잡아서 갈기갈기 찢어야 한다."

선소리를 메기는 노인이 소리를 질렀고 북소리가 둥둥 울렸다. 그러나 누구도 바다 위로 뛰어들진 않았다.

"갈 수 없네, 갈 수 없네, 바다로는 갈 수 없네."

"어너 어너 어너 영차, 어나기 어영차아."

"바다로 들어가면 심청이같이 살아날 수 없어."

"어너 어너 어너 영차, 어나기 어영차아."

"심청아, 심청아, 나를 데려가 다오."

"어너 어너 어너 영차, 어나기 어영차아."

한 맺힌 선소리와 뒷소리가 이어지며 회령진이 아수라장이 되었다. 한바탕 한풀이를 한 상여는 미시(未時)가 되어서야 다시 출발했다. 부서진 상여를 다시 다듬고 구겨진 종이꽃에 물을 뿌려 펼친 다음에 최동린이 노인 대신 선소리를 해 댔다.

"아부지, 아부지 우리 아부지, 내가 대신 오래오래 살다 가리다."

"어너 어너 어너 영차, 어나기 어영차아."

"아부지, 아부지, 우리 아부지, 이 아들이 원수를 갚아 주고 가리다."

"어너 어너 어너 영차, 어나기 어영차아."

이인환은 한 맺힌 최동린의 선소리를 가슴에 새기고 있었다.

3. 1894, 당제(堂祭)

임진년(1892)의 공주 집회,* 삼례 집회**와 지난해(1893)년 광화문 복합상소 그리고 보은 대집회 이후 이방언과 이인환은 손화중, 김개남은 물론 전봉준 접주 등과도 호응하며 장흥 동학도인들을 군제에 맞춰 편성하기 시작했다. 이미 작년까지 장흥 고을은 거의 전체가 도인이 되다시피 했고, 인근의 보성과 강진에서도 도인들의 숫자는 날로 늘어만 갔다. 이인환 접만 해도 도인이 오천 명이 넘어서고 있었다.

특히 계사년 초봄, 한양 경복궁 앞에서 사흘 동안 엎드려 수운 대선생을 신원하고 동학에 대한 금압을 해제하라는 상소 운동과 보은에서 수만 명이 모여 보름 동안 대집회를 연 이후에는 동학에 대한 백성들의 눈빛이 더욱 예사롭지 않았다. 임금에게 직접 호소도 하고, 임금이 보낸 순무사와도 당당히 마주 앉아 나라 일을 의논하였다는

---

* 1892년 10월 충청도 공주에서 동학교조 수운 최제우의 신원(伸寃, 원한을 풀다)과 동학 포교의 자유를 주장하기 위하여 개최되었던 집회.

** 1892년 11월 전라도 삼례(현 금구)에서 열린 동학도인들의 집회. 최제우의 신원과 관리들의 동학교인 탄학 금지를 전라 감사에게 청원함.

소문이 전국 곳곳에 퍼져 나가고 있었다.

그러나 복합상소와 보은 대집회 이후 동학에 대한 탄압 또한 극심해지고 있었다. 무엇보다 동학 금령을 구실로 동학도와 그 주변 백성들에게까지 관헌들의 온갖 작폐가 극에 달하여 재산을 빼앗기고 매타작을 당하는 것은 물론 죽어 나가는 도인들이 부지기수였다. 두 개의 격한 물길이 부딪치며 거대한 소용돌이를 일으킬 조짐이 곳곳에서 감지되었다.

그중에서도 전봉준은 발빠르게 움직이고 있었다. 계사년 겨울 전봉준의 아버지가 고부 백성들을 대신하여 고부군수와 담판을 벌이다 순절하게 되자, 이번에는 전봉준이 고부군수의 행악을 징치하겠다고 벼르고 있었다. 전봉준은 이 일이 단지 고부군만의 일이 아니라 전국 동학도인들의 일, 나아가 온 나라 백성들의 일이라 생각했다. 그리고 그것을 바로잡는 것이야말로 동학 입도 이후 갖게 된 개벽의 꿈을 향한 출발점이 된다는 것을 직감했다.

이방언과 이인환도 어슴프레하게 그런 기운을 감지하고 있었다. 갑오년 정월 초사흗날, 이방언이 탐진강변 정자로 인근 고을의 대접주들을 불러들였다. 한겨울 시퍼렇게 얼었던 강은 서서히 풀리고있었다. 이방언은 동문 앞 정자에 앉아서 커다란 화로를 가져나 놓고 불을 피웠다. 불꽃이 혀를 내밀고 넘실대니 얼굴이 뜨겁게 달아올랐다.

대접주 다섯 명이 모였다. 대흥면의 이인환, 남상면의 이방언, 용계면의 이사경, 웅치면의 구교철, 유치면의 문남택이 차례로 둘러앉자 이방언 대접주가 그간의 소식을 정리해서 말했다.

"광화문 앞 상소운동과 보은 대집회 이후 지난 1년 동안 전국적으로 도인 수가 몇 배로 늘어나고, 도인들의 기세도 날로 높아지고 있습니다. 그러나 관의 탄압도 그만큼 커지고 있습니다. 이제 대도소*에서도 더 큰 일을 준비하는 듯합니다."

이방언이 곶감과 한과를 나눠 주며 말했다. 접주 중에서 가장 젊은 이사경이 이방언에게 큰절을 올렸다.

"대접주님 설날에는 찾아뵙지를 못하여 이제야 세배 드립니다."

이방언이 맞절을 하며 물었다.

"아이고 이런, 새해 첫날 인사도 못 나누고…. 그래 조부님과 부친은 건강하시오?"

이사경이 좌중을 둘러보며 입을 열었다.

"조부님께서는 아직도 정정하십니다만 부친께서 몸이 더 안 좋아져서 걱정입니다. 조부님은 올해도 무슨 일이든 참여하신다고 벼르고 계십니다."

"아, 그렇습니까? 이야 접주님은 정말 대단하신 분이시지요. 지난해 보은 집회 때도 앞장을 서셨지요. 팔순이 넘으셨는데도 생각은 정월 보름달처럼 크고 밝습디다. 저희들에게 늘 귀감이 되십니다."

---

* 동학의 교세 확장과 도인들의 지도를 위해 설치된 교단 지역별 중심 조직.

이방언은 호탕한 웃음을 웃으며 이사경을 격려했다. 이사경도 조부처럼 기골이 장대하고 도량이 크고 넓었다. 접주들이 서로를 바라보며 흐뭇한 미소를 지었다. 이방언이 화로에서 장작을 골라 넣으며 다시 회의를 진행했다.

"임진년부터 지난해까지 모두 열심히 포덕을 해 주셔서 크게 포덕이 일어났습니다. 모두들 대단히 정성을 들여 주셔서 우리 고을의 도인 숫자는 이미 만 명을 넘었습니다. 이인환 접주 아래만 해도 오천 명이라 하니 이제 곧 동학 세상이 올 것은 명약관화합니다. 그런데 관에서도 전에 없이 탄압이 가중되고 있지요. 보은 집회 이후 전라도 지역 몇몇 접주들은 계속해서 해월 선생께 대책을 마련해야 한다고, 좀 더 적극적으로 조정을 압박해야 한다고들 뜻을 모으고 있다고 합니다. 아무래도 다시 큰일이 벌어지게 될 것입니다. 그때를 대비하자면, 갓 입도한 도인들을 더욱 철저히 공부시키고 조직적으로도 견고하게 만들어야 합니다."

이인환이 턱을 쓸며 이방언을 바라보고 있었다.

"이인환 접주, 이 일을 어떻게 해 나가면 좋겠소?"

이인환은 기다렸다는 듯 자신만만하게 대답했다.

"저도 그 생각을 하고 있었습니다. 지금 대접주 다섯에 접주 열 분이 계시는데, 그동안 경험으로 보아 오십 호마다 접주가 있어야 원활한 것이 사실입니다. 도인들의 숫자는 벌써 만 명이 넘었는데 접주가 열다섯 분뿐이다 보니 각 접에서 가르쳐야 할 도인의 숫자가 너무 많습니다."

이방언이 빠르게 셈을 하면서 입을 열었다.

"지금 덕도와 인근의 섬 지역까지 합하여 보면 적절한 접주의 수는 그 배라고 할 수 있소. 각 접마다 도인의 숫자가 다르니 조정하도록 합시다. 오십 호를 접의 단위라고 정해서 그것에 따르되 섬마을이나 외딴곳에는 굳이 오십 호가 안 되어도 접주를 임명해야 하오. 접은 세력을 과시하는 것이 아니라 효과적으로 도인들을 관리하는 조직일 뿐이오."

이사경이 곧바로 입을 열었다.

"그럼 앞으로 또 집회가 있을 때에 참여할 도인 수를 접당 얼마로 한정하십니까, 아니면 원하는 도인들은 모두 참여케 하실 겁니까?"

구교철이 두 눈을 가스느름하게 뜨며 의견을 제시했다.

"접당 몇 명으로 할당을 하되, 희망자는 최대한 받아들여서 원정을 나가는 숫자가 많은 쪽으로 추진을 해야 하지 않습니까?"

이방언이 소리 내어 웃었다.

"숫자가 많다고 해서 반드시 좋은 것은 아니오. 많은 사람이 움직이려면 식량이 구비되어야 하고 관군과 싸움이라도 할 경우에는 무기도 갖춰야 하오. 그러니 이 두 가지 문제를 먼저 해결해야 하오."

한쪽에서 말없이 앉아 있던 문남택이 상체를 앞으로 구부리며 이방언에게 여쭈었다.

"식량이라면 이방언 접주께서 모을 수 있지 않으시오? 고을 유지들과 친분이 있으니 천석꾼 양반들에게 협조를 받으면 좋을 듯싶소. 저희들이야 마을에서 겨우 두서너 집에나 손을 내밀 수 있지만 접주님께서는 온 고을에 친분이 있지 않으십니까?"

이방언이 수염을 내리쓸며 껄껄껄 웃었다. 이방언의 시원스러운 웃음은 접주들의 기운을 살리곤 하였다. 접주들이 어렵고 힘들게 해결해야 할 문제도 이방언은 한달음에 달려가서 끝을 보곤 하였다.

"그렇지 않아도 제가 억불산 아래 고씨들의 마을에서 쌀 오백 섬을 얻어다가 묵촌에 보관해 두었소이다. 그러나 오백 섬이라 해도 우리는 식솔이 만 명이 넘으니 한 끼도 모자랄 판이오. 그래서 이동 중에는 밥을 먹지 않고 미숫가루나 누룽지 같은 것을 먹고, 큰 일을 치른 날에는 차분하게 죽이라도 쑤어서 먹일 참이라오. 그리고 김학삼 접주의 처가인 방촌 위씨 집안에서 우리 도인들에게 천 섬을 내주겠다고 약조했소."

접주들의 입이 벌어져서 다물어지지 않았다.

"반가(班家)의 재산이 그렇게 실속 있는 줄 몰랐습니다. 장흥부에는 실세를 과시하는 토호들이 많이 있군요. 이방언 대접주께서는 3백 섬지기 논에서 나는 벼들을 모두 묵촌에 쌓아 두셨다고 합니다."

구교철이 접주들을 돌아보며 이방언의 선행을 소개했다. 이방언은 눈빛 하나 흔들리지 않으며 이야기를 계속 이어 갔다.

"그리고 여러분들이 아시다시피 우리 고장에 사육신 박팽년의 후손들이 내려와서 살고 있소."

이방언의 발언에 놀란 문남택이 사연을 물었다.

"역적으로 몰리면 삼대가 멸하는데 어떻게 하여 자손들이 살아남았다 합니까?"

이방언은 흐뭇한 미소를 지으며 박팽년의 후손이 살아남은 이야기를 들려주었다.

"박팽년의 후손들이 우리 고장에 내려와서 살고 있다는 사실은 우리 고장에서 후손들에게 사당이라도 지어 줘야 할 명예로운 일이 아니겠소. 박팽년의 아들들은 모두 죽임을 당하고 며느리가 임신을 했는데 조정에서 딸이면 살려 두고 아들이면 죽이라고 했다오. 그런데 마침 데리고 있던 몸종이 비슷한 시기에 출산을 해서 그 딸과 며느리의 아들을 바꿔치기하여 길렀다 하오. 충신의 가솔들답게 지혜롭게 후손을 살려 내지 않았소?"

유치 접주 문남택이 무릎을 치며 감탄했다.

"그분들에게 이인환 접주와 제가 포덕을 했소. 그래서 그 집안에서도 쌀을 몇 백 섬 보내오기로 했소."

이사경 접주가 손을 들며 말을 덧붙였다.

"저희 집에도 많지는 않지만 곡식을 보탤 수 있습니다. 조부님께서 극구 권하시는 일입니다."

"이야 접주야 항상 제일 먼저 가진 것을 내놓으니, 집안이 흔들리지 않을까 의심스럽소."

구교철의 농담에 좌중이 또다시 웃음바다가 되었다.

"그럼 이제 무기 문제로 들어가 봅시다. 무기는 어디에서 마련해야 하겠소?"

이방언이 입을 열자 접주들이 모두 이인환을 바라보았다. 이인환은 무슨 뜻인지 알겠다는 듯이 빙그레 웃었다.

"연지리 연못에다 무기 제작소를 만들었소이다. 그동안 회령진의 수군을 하나 매수해서 꾸준히 무기를 빼냈습니다. 그래서 무기를 뜯어서 어떻게 생겼는지 살피기도 하고 화약 재료도 구입해 놓았습니다. 돈만 있으면 회령진에 머무는 일본군들에게 무기를 살 수도 있다고 하오. 그러니 군량미를 모아 저에게 주면 무기 구입비와 제작비로 쓰겠습니다."

동그란 얼굴에 두 눈이 유독 큰 문남택이 또다시 놀란 표정으로 물었다.

"이인환 접주께서 무기 제조까지 하신다니 정말 대단하시오. 주로 어떤 무기를 만들고 계시오?"

이인환이 빙그레 웃으며 낮은 목소리로 대답을 했다.

"최무선이 400년 전에 화약을 만들었는데 저라고 못 만들겠습니까? 주로 포탄을 만들고 있습니다."

"그렇다면 포탄을 어떻게 써야 하오? 불을 붙여서 던져야 하지 않소?"

이방언이 몹시 궁금하다는 듯이 물었다.

"그렇습니다. 화승총으로는 적을 제압하기가 쉽지 않지만, 이 포탄한 방이면 여러 사람이 상하게 됩니다. 대포에 넣어서 쏠 수도 있고 손으로 던질 수도 있습니다."

이인환이 자신만만하게 말했다.

"만약 불을 붙인다면 잠시도 지체하지 말고 던져야 하겠소?"

이방언은 마치 포탄이 눈앞에 있는 것처럼 주먹을 쥔 왼손에 불을 붙이는 시늉을 했다. 접주들도 이방언을 따라서 포탄을 던지는 시늉을 해 보였다.

"접주님들에게 훈련을 따로 시킬 필요가 없겠소. 이렇게 스스로 훈련을 잘하니 말이오. 연지리 들판에서는 장정들을 모아 놓고 포탄을 던지는 연습을 시키고 있소."

이인환은 무기 부문에서 특출한 재능이 있었다. 어떻게 해서 회령진 수군을 매수했는지 그는 굳이 말을 하지 않았다.

"두 접주님께서 곡식과 무기를 책임지고 모아 주시니 몸 둘 바를 모르겠습니다. 그렇다면 저희들이 곡식을 옮기는 일이나 화약의 재료를 사러 가는 일 등을 맡아 하겠습니다. 언제든지 통문을 보내주시면 도인들을 데리고 가겠습니다."

다섯 명의 대접주들은 서로 얼굴을 맞대고 궁리에 궁리를 계속하였다.

다음 날 이방언은 묵촌으로 들어갔다. 묵촌에서 십리쯤 떨어진 월림동에서 살았지만 이방언은 해마다 당제(堂祭)는 묵촌에 와서 지냈

다. 월림동에는 아직 당산이 없어서 무당이 주관하여 당제를 지내왔
다. 본래 정월 초사흗날 마을 앞 당숲에서 지내는 제사는 마을의 안
녕을 결정하는 매우 중요한 역할을 했다. 그런데 초이튿날 제관으로
지목된 마을 집강이 급사를 하였다. 연만(年晩)하셔서 작년에 제관을
선정할 때 극구 반대했는데 마을에서 가장 어른으로 취급받는 것은
오로지 나이에 달려 있어서 누구도 그 말을 하지 못했다. 마을엔 침울
한 기운이 흘렀다. 당제는 마을의 대소사 중에서 가장 중요한 일이었
다. 동네 사람들은 마을에 깃들어 있는 최고의 정령에게 온갖 정성으
로 한 해 마을과 집안의 안녕을 빌고 만약 부정을 타면 당장에 액운이
찾아든다고 믿고 있었다. 그 일로 당제는 연기가 됐고 다시 길일을 택
해서 지내기로 되었다. 그리고 그 처분이 이방언에게 맡겨졌다. 그런
데 문제는 의외로 쉽게 풀렸다. 바로 온이의 입을 통해서였다.

이방언은 어제 오후 접주 회합을 마치고 묵촌의 당산에 올라 마을
을 내려다보며 월림동 당제를 어떻게 할까 궁리 중이었다. 그런데 따
라온 막내딸 온이가 당돌하게 이방언에게 입을 열었다.

"아버님, 동학은 남녀가 차별이 없다고 했지 않습니까?"

"흐음, 동학은 남녀를 차별하지 않고 어린아이들도 어른 못지않게
귀하게 대접을 하라고 가르치지."

"그럼, 당제도 여인이 주관하면 되지 않습니까? 이서단 언니는 영
험해서 기도를 하면 하늘과 뜻이 통한다고 사방에 소문이 났습니다.
그러니 그렇게 영험한 사람이 제관이 되어 당제를 지내야지, 무얼 고

민하십니까? 아버님이 여자는 제관이 될 수 없다고 하시면 동학을 허투루 믿는 것입니다."

이방언은 어린 딸에게 뒤통수를 맞은 것 같았다. 서단이는 주문을 많이 외우면 영대가 맑아져서 자꾸 먼 곳의 일이나 과거지사는 물론, 앞으로의 일까지 눈앞에 보인다고 했다. 그것을 남편 김양문에게 이야기하곤 했는데, 김양문은 부인이 무당이 되었다고 생각하여 본가로 돌아가 버렸다. 소박 아닌 소박데기가 된 이서단은 날마다 남편이 돌아오길 기다리며 기도만 하며 지냈다.

"그럼 마을 사람들을 설득해 봐야겠구나. 남녀가 평등하다고 도인들에게 가르치고서 내가 먼저 낡은 관습을 깨지 못한다면 어찌 동학도인이라 할 수 있겠느냐!"

이방언은 딸을 데리고 이서단을 찾았다. 이서단은 여전히 남장을 하고 파리한 얼굴에 두 눈만 광채를 띤 모습을 하고 있었다.

"서단아! 중책이 있느니라. 마음을 단단히 먹고 할 수 있는지 대답을 하거라."

이서단은 두 눈만 꿈벅이며 이방언의 말을 들었다.

"오늘 밤 자정부터 시작되는 당제에서 제관이 되거라. 하늘이 시키는 대로 하면 되느니라. 우선 청수를 모셔다가 제상에 올리고 두 번 절한 뒤에 하늘에 심고를 하고, 제문을 읽은 다음, 당나무와 큰바위 앞에서도 제문을 읽고, 용왕신을 위로하는 심고를 하면 되느니라."

이서단은 눈을 감고 이방언의 말을 새겨들었다. 그러자 어느 새 이

서단의 온몸에 전율이 일어났다. 이방언은 이서단에게 목욕재계를 하게 하고 마을 어른들에게 내일 당제를 지낼 것이며, 제관은 이서단이라는 것을 통지했다.

다음 날 저녁 이방언은 이서단의 집에 들러 이서단을 앞세우고 당숲으로 올라갔다. 마을 사람들이 걱정 가득한 표정으로 이서단을 바라보았다. 아예 고개를 틀고 이방언과 이서단을 쳐다보지도 않는 노인들도 있었다.

"당제에 여인은 얼씬도 못하게 하는 것이 법도입니다. 여인이 얼씬거리면 재수가 없다는데 여인에게 제관을 맡기는 법이 어디 있소. 마을이 망하길 부채질하는 격이니 차라리 당제를 지내지 않은 것만 못하겠소."

그러나 이방언은 산천을 울리는 큰 목소리로 당차게 외쳤다.

"이제 세상이 개벽이 되어서 귀하고 천함도 나누지 않으며, 남존여비 또한 해묵은 사상입니다. 이서단은 남편이 떠난 지 오래되어 청결한 몸으로 날마다 기도를 올렸으니 제관으로 이보다 적당한 사람은 없소이다. 누구든 이서단보다 깨끗한 성령과 몸을 가진 이가 있으면 나와서 제사를 도맡아 하시길 바라오."

이방언의 결기어린 말에 아무도 대적을 하지 않았다. 방금까지 수군거리던 소리도 사라지고 한동안 침묵이 흘렀다. 이서단은 당집에 들어가 소복을 차려입고 나오더니 청수를 모시러 천관산 골짜기 쪽으로 올라갔다. 반식경이 지날 때쯤 이서단은 청수 그릇을 가슴 높이로 받들고 돌아왔다. 이서단은 제단 위에 청수를 올리고 재배한 뒤에 정좌하고 한동안 묵념 심고를 하더니 소리내어 제문을 읊어 나갔다.

"하늘이시여, 갑오년 정월 초나흘, 용산면 묵촌 마을 사람들이 새해를 시작하며 정성으로 마련한 음식으로 조상전, 마을신전, 바위신전, 나무신전에 재배 드리옵나니, 부디 우리 마을을 잘 보살피어 액운이 피해 가게 하옵시며 나날이 번창하고 있는 도인들의 세력 또한 세상으로 뻗어 나가 가진 자와 못 가진 자, 천한 자와 귀한 자가 모두 모두 귀하고 높은 존재가 되도록 보살펴 주시옵소서."

이서단은 온몸에 내린 전율을 어찌하지 못하고 사시나무 떨 듯이 작게 흔들리며 제사를 주재했다. 제주의 호령에 따라 함께 참여한 마을 어른들의 재배와 헌주(獻酒)가 이어졌다. 이방언도 맨 뒷자리에 서서 그들을 따라 절을 올렸다. 한밤중에 시작된 제례는 동이 터 올 때에야 끝이 났다. 이서단은 여느 제관과 다름 없이 정성스럽게 제사를 마무리하고 산짐승, 들짐승을 위한 고수레를 했다. 붉은 태양이 동산에 떠오르고 제사에 참석한 사람들에게 음복 차례가 돌아왔다. 마을의 어른들은 서로 술잔을 기울이며 한 해의 건강을 축원했다.

"지이이이잉!"

음복이 어느 정도 마무리될 즈음, 이서단이 징을 한 번 두들기며 메구굿의 시작을 알렸다. 굿패들이 제각 주변으로 몰려들었다. 이서단은 그들에게 남은 술로 음복을 하게 했다. 마을의 장정들이 모두 모여들었다. 어린아이들과 소년들도 깃발을 들고 따라 나왔다.

'천하지대본(天下之大本)'

마을의 장정들이 무리를 지어 앞장을 섰고 장년배들도 그 뒤를 이어 굿패의 뒤를 따랐다. 이서단도 북을 메고 메구굿 판으로 들어갔다. 상쇠가 꽹과리 가락을 자지러지게 쳐 올리자 장구와 북이 일제히 울리며 간간이 징 소리가 끼어들었다.

"깬지깬지 깬지깬."

쇳소리는 짧고 경쾌했다.

"다갈다갈다갈."

장구 소리와 북 소리가 모래톱에 자갈 굴러가는 소리를 냈다. 어린 동자들이 깃발을 흔들며 앞장을 섰고 행렬의 뒤에서 느릿느릿 노인들도 따라오고 있었다. 굿패는 당산을 두어 번 돌고 난 후에 마을 어귀로 들어와서 온 동네 사람들이 먹는 샘으로 가서 샘귀신을 달래고, 고목나무 아래 흐르는 시내로 가서 물귀신도 달래며 축원했다.

이방언은 광목에다 '광제창생(廣濟蒼生) 포덕천하(布德天下)'를 써서 아이들에게 들려 주었다. 아이들은 대나무에 맨 깃발을 흔들며 마을 길로 접어들었다. 이젠 집집마다 돌면서 지신을 밟고 집안에 경사가 있길 축원하는 것이었다. 상쇠는 다시 깽! 하고 신호를 보내더니 빠른 가락으로 고샅길을 벗어나 들판으로 나갔다. 그리고 이방언의 옛 집을 둘러싸고 한판 야무지게 풍물판을 벌였다. 이방언이 엽전 열 냥을 내놓았다.

"이방언 접주 댁에 만복이 깃드소서!"

굿패들이 힘껏 만세를 불렀다.

"이방언 대접주 만세, 광제창생 동학 만세."

다시 한바탕의 풍물이 요란하게 울려 퍼지며 이번에는 이방언이 장정들을 훈련시키는 도르뫼 들판으로 상쇠가 인도했다. 이방언도 신이 나서 상쇠를 따라갔다.

"올해도 모든 동학도인들이 제 기량을 발휘해서 보국안민, 광제창생하세!"

이서단이 북을 치며 목소리를 높여 덕담을 했다. 그러자 굿패들이 풍물을 울리며 함성을 질렀다. 한바탕 질펀하게 풍물 소리가 울려 퍼지자 이방언은 덩실덩실 춤을 추었다. 이서단의 어깨도 나비처럼 사뿐사뿐 들썩이며 북소리를 이어 가고 있었다.

상쇠는 이번에는 굿패를 이끌고 이서단의 집으로 향했다. 이성언은 이서단이 당제의 제관이 되자 혹시 실수나 하지 않을까 마음이 조마조마하여 집 밖으로 나오지도 못하고 전전긍긍하고 있었다. 굿패가 들어가자 이성언과 부인이 버선발로 뛰어나오며 이서단의 손을 부여잡았다.

"마을의 길흉화복이 모두 당제에 달려 있는 것이어늘 어찌 그 어렵고 힘든 일을 한다고 했느냐? 무사히 마쳤다니 경사로고!"

이서단은 어머니의 눈에 맺힌 눈물방울을 보며 어머니를 꼭 안아 주었다. 그러자 우람한 징 소리가 울려 퍼지고 잔바람 같은 장구 소리, 그리고 다글다글 자갈이 굴러가는 듯한 쇳소리에 듬직한 큰형님

같은 북소리가 울려 퍼지면서 두 모녀를 위한 가락이 이어졌다.

상쇠가 상모를 휘돌리자 다시 한 번 걸립패의 신바람과 동네 사람들의 함성이 높아지며 마당이 온통 상모 가락으로 덮이는 것 같았다. 이서단은 어머니와 떨어져서 다시 북을 치기 시작했다. 이성언이 이방언을 붙잡고 솟을대문을 나섰다.

"어쩌자고 양반집에서 무당이 나온단 말인가? 무남독녀 외동딸이 동학을 잘못 만나서 무당이 되고 말았으니 대체 어찌할 것인가? 김양문은 아예 데리러 오지도 않고 처가살이도 싫다하니 이제 내 딸은 여지없이 소박을 맞은 것일세."

이성언은 이방언을 책하며 한숨을 내쉬었다. 이방언은 이성언을 달래며 낮은 목소리로 입을 열었다.

"형님, 이제 새 시대가 열리오. 그런 뒤떨어진 소리일랑 하지 마시오. 서단이는 백 년을 앞서가는 여동학이오. 제관이 되었다고 무당이 된 게 아니오. 또 무당이라 한들 천함도 귀함도 없는 세상에서 그게 무슨 잘못이란 말이오. 동학의 수행은 누구나 깨닫게 하는 힘을 가지고 있습니다. 서단이가 영대가 맑아져서 접신(接神)이 되는 것을 미신(迷信)으로 여겨서는 아니 됩니다."

"아무리 시대가 변한다 해도 누가 무녀를 좋은 신분이라 하겠는가? 부디 내 딸을 도인이 되기 전으로 되돌려 주게."

이방언은 온 들판이 울리도록 호탕하게 웃더니 큰 소리로 외쳤다.

"여동학 이서단의 활약은 역사 속에서 길이길이 빛나게 될 터이니 너무 걱정하지 마시오."

이성언은 이방언이 야속하기만 했다. 그러나 한편으로 호방한 걸음걸이로 메구굿패를 따라가는 그의 뒷모습을 바라보며 알 수 없는 통쾌함이 찾아들었다.

"어허, 여기는 새로운 세상을 만들어갈 여동학 이소사의 집일세. 우리 모두 지신을 밟고 어허허."

꽹과리를 잡은 상쇠는 쉽게 발길을 돌리지 못하고 다시 이서단의 집에 덕담을 하기 시작하자 풍물패들이 각자 박자를 맞췄다.

"갠지갠지갠지갠!"

"쿠구궁 쿠구궁!"

"두두둥 두두둥!"

"지이잉 지이잉!"

그러는 사이 이서단의 어머니가 대청마루에 올라 한과와 막걸리를 내왔다. 마당을 돌던 굿패들이 돌아가며 대열을 빠져나와 한과를 베어 물고 막걸리를 들이켰다.

"이 댁에는 만수무강하옵시고, 논밭들에 주렁주렁 곡식들이 열리고, 발걸음마다 도인들이 줄을 이어가고⋯."

"갠지갠지갠지갠!"

동네 사람들은 누구랄 것도 없이 마당을 돌면서 어깨춤을 덩실덩실 추어댔다. 지붕도 들썩들썩 바람도 들썩들썩 온 동네가 굿판에 휩싸여서 들썩댔다. 얼쑤 얼쑤 사람들이 마당을 돌고 마루로 올라가서 지신께 절을 드리고 부엌으로 들어가서 조왕신께 절을 드렸다. 그리고 마당을 돌아 장독대로 가서 장독대신에게도 절을 올렸다. 온 집안을 뱅뱅 돌며 지신을 밟는 행렬이 이어졌다.

'척양척왜(斥洋斥倭) 보국안민(輔國安民)!'

메구굿은 그 후로도 며칠 동안 이어졌다. 집집마다 돌며 술과 음식을 나누며 덕담을 하느라 시간 가는 줄 몰랐고, 모두들 다가올 큰 싸움을 예감하며 서로 의기투합하는 시간이 되었다. 이방언은 굿판을 따라다니며 새롭게 포덕을 할 청년들을 눈여겨 보았다. 김양문이 떠난 후 한동안 침울해 있던 이서단이 당제를 지낸 후에 다시 씩씩하게 도르뫼로 나왔고, 이방언도 남장을 한 그녀에게 전투 훈련을 허락했다. 이서단은 이제 맘껏 칼을 휘두르고 총포를 쏘았다.

그러나 이성언과 그의 부인은 애가 달았다.

"무릇 여자란 혼인을 하여 남편을 모시고 자식을 낳아 기르는 것이 도리이니 본가로 들어가도록 하여라. 아들을 낳으면 본가로 보내려고 했더니 아들이 생기기도 전에 남편을 보냈으니…. 출가외인이니어서 짐을 챙겨 내일이라도 이곳을 떠나거라."

이성언이 이서단을 불러 엄명을 내렸다. 이서단은 청천벽력같은 소리에 얼굴이 파랗게 변했다.

"아버님, 제가 원치도 않은 혼인을 시켜 놓고서 이제 마음도 내키지 않고, 아내로 인정도 하지 않는 김씨 댁에 들어가서 구박을 받으며 살란 말씀입니까? 그리는 못합니다. 제가 혼인을 하지 않았다고 생각하시고 이 집에서 머물게 하여 주십시오."

"안 된다. 우리 집안에 그런 법도는 없느니라. 몸종을 딸려 보내고 네가 먹을 식량도 넉넉하게 보낼 터이니 내일은 짐을 싸거라."

이성언은 더 이상 이서단의 말을 듣지 않겠다는 듯 방으로 들어가 버렸다. 이서단은 어머니를 붙잡고 울었지만 어머니도 아버지의 마음을 돌릴 수는 없었다. 이서단은 눈물을 흘리며 옷가지를 챙겼다. 분홍 저고리, 초록 치마 한 벌에 나머지는 모두 바지와 긴 저고리들이었다.

이서단은 한밤 중에 일어나 부모님 침소에 절을 올리고 옷보따리를 들고 밖으로 나왔다. 때마침 달밤이었다. 마구간에서 말을 꺼내 묵촌을 빠져 나왔다. 차가운 겨울 바람이 온몸으로 파고 들어서 뼛속까지 추위가 느껴졌지만 이를 악물며 이서단은 밤길을 달렸다. 그녀는 단 한 번밖에 보지 못했지만 이인환 접주가 자신의 길을 열어 줄 것이라 믿고 있었다.

'이제, 이서단은 없다. 나는 그저 동학의 아낙으로 살아갈 것이다.'

겨울밤, 시린 달빛을 받으며 어둠을 깨우는 말발굽 소리를 동무 삼아 이서단은 말을 달렸다.

4. 갑오년 여름, 집강소

1893년 3월의 보은 집회*는 장흥 고을의 접주들에게 전라도 전역과 충청도, 경상도, 강원도 지역의 동학도인들의 조직과 긴밀하게 연결되는 기회가 되었다. 이방언은 특히 그날 이후 전봉준과 통문을 주고 받으며 긴밀한 관계를 유지하고 있었다. 보은 집회는 외적으로는 뚜렷한 성과를 얻지 못하였으나 고립적이던 전국 조직이 종횡으로 연결되고 다른 지역 접주들과의 연대가 활발하게 이루어지면서 새로운 운동의 동력과 계기를 마련해 주었다. 무엇보다 그날 이후 동학에 대한 탄압의 강도가 드세지는 데 대해 동학도인들은 이제 전과 다른 대대적 반격을 가할 때가 다가오고 있음을 직감하고 있었다.

갑오년 정월, 고부접주 전봉준이 가혹한 착취로 고부 백성을 괴롭혀 온 조병갑 군수를 쫓아내면서 예감은 현실이 되었다. 전봉준이 이

---

* 1893년 3월 11일부터 3월 말까지 충청도 보은에서 열린 동학도인들의 집회. 동학교단의 공인, 척왜양창의, 보국안민의 기치를 내걸고 전국에서 동학도인 3만여 명이 모였으며, 정부에서 어윤중을 선무사로 파견하여 대화하게 함.

끈 동학군은 고부 관아를 점령하고, 원성의 상징이던 만석보를 깨뜨려 버렸다. 조병갑은 겨우 목숨을 부지하여 도망을 쳤지만, 전봉준이 이끄는 동학군 부대는 백산으로 옮겨 추이를 살폈다. 신임군수로 부임한 박원명이 조병갑의 죄상을 감영에 보고하고 선정을 베풀 것을 약속하며 사태는 마무리되는 듯했다.

그러나 장흥부사 이용태가 고부 민란을 수습하는 안핵사로 발령을 받아 벽사 역졸 8백여 명을 데리고 고부로 온 다음부터 가담자를 색출한다며 닥치는 대로 살인과 방화, 강간으로 악행을 자행했다. 조정에서도 이용태의 과잉 진압에 책임을 물어 김산으로 귀양을 보냈다. 전봉준은 때가 무르익었다고 판단하고 고부 인근의 대접주들인 손화중, 김개남, 김덕명 등을 움직여 무장에서 기포하고, 전라도 일대의 접주들에게 백산으로 모여 줄 것을 요청하는 통문을 띄웠다.

장흥의 이방언은 전봉준이 보낸 통문을 받고 곧바로 도인들에게 동원령을 내렸다. 그는 장흥 관내 접주들을 불러서 도인들을 모아달라고 당부했다. 하루 사이에 백여 명의 도인들이 당도했고, 팔십 노구의 용계면 이야 접주, 그의 아들 이호인 접주, 손자 이사경 접주까지 3대가 함께 출정을 하기로 했다.

4월 초순 황토현에서 관군을 격파한 동학군들이 고창을 거쳐서 영광으로 밀려 들었다. 이방언은 영광 전투에서 전봉준과 합류하여 나주, 함평 전투를 치르면서 새로운 전략을 짜기 시작했다. 기포에 참여할 지방의 관군과 동학군의 무기들은 서로 비슷해서 관군의 화승총만 피하면 동학군의 승리는 보장된 것이었다. 그러나 그들의 뒤를 쫓아오는 경군은 훨씬 개량된 총과 대포까지 갖추고 있었다. 이방언은 그들과 대적할 방법을 골똘히 생각하다가 묘안을 찾아냈다. 이방언은 영광에서 나주로, 나주에서 장성으로 이동하는 사이, 대나무 장태 속에 짚을 가득 채워 넣어 총알을 막을 무기로 만들었고, 장성의 황룡천 전투에서 장태는 관군의 총을 무력화시키는 데 혁혁한 공을 세웠다.

황룡천에서 승전한 동학군은 이제 전주까지 가는 길에 그들을 막아 설 군사들은 없음을 알고, 파죽지세로 전주로 향하였다. 이방언은 장성에서 장흥으로 돌아가 도인들에게 그동안의 전황을 설명하고 혹시 있을지 모를 장흥 고을 관군의 공격에 대비할 것을 당부하였다. 그러고 나서 이방언은 무기 제작에 골몰하고 있는 이인환을 데리고 이야 접주 3대와 함께 추가로 참전하는 동학군들을 인솔하여 전주성으로 향하였다. 이방언이 도착했을 때 동학군 본진은 막 전주성 부근에 당도해 있었다. 전봉준은 동학군을 장꾼으로 변장시켜 성안으로 들여보냈다. 이야 접주와 이방언도 장꾼과 양반으로 분장하여 그 속에 끼어들었다. 정해진 시각, 이야 접주는 성곽에 올라가서 소리 쳤다.

"동학군들이여, 하늘의 뜻이여! 이제 우리의 뜻이 이뤄졌소. 여러분! 어서들 오시오!"

성내에 미리 들어와 있던 동학군들이 일시에 소리치고, 성 밖에서도 동학군들의 총포 소리가 들리자 성내는 일순간에 아수라장이 되었다. 관군들은 싸워 볼 엄두도 내지 못하고 도망치기에 급급했다.

백발을 휘날리며 거구의 이야 접주가 목이 쉬도록 외쳐 대자 전주성 안팎의 동학군들이 함성을 지르며 환호했다. 이야는 가슴이 벅차서 전주 성벽에서 쓰러져 죽는다 해도 더 이상 한이 없는 것 같았다. 동학에 입도한 후로 아들과 손자까지 그리고 전 재산을 내놓으며 오로지 새 세상의 꿈을 이루기 위해 살아왔다. 그런데 총 한 방 쏘지도 않고 전주성을 함락시킨 것이다. 그것은 동학군의 온전한 승리였다.

"가자! 한양으로."

이야는 여전히 풍남문 마루 위에서 황색 깃발을 흔들며 목이 터져라 외쳤다. 성 밖의 수많은 동학군들이 앞 사람의 몸을 타고 오르기 시작했다. 동학군들의 어깨를 밟고 성벽으로 기어기어 오르는 것이었다. 그것은 수만 명이 만든 사람의 사다리였다.

"해냈어. 우리가 이루어 낸 것이야. 늙은이라고 못 할 일은 없는 것이고, 도란 늘 그렇게 한결같이 닦고 행하고 이루는 것이야."

전라도의 수부 전주를 점령한 농민군의 사기는 하늘을 찔렀다.

그러나 그 다음날 홍계훈이 이끌고 당도한 관군들이 완산에 진을 치고 포격을 가해 오면서 상황은 급변했다. 동학군은 몇 차례 성문을 열고 나가 관군과 치열한 전투를 벌였으나 승기를 잡지 못한 데다가 전투 과정에서 점점 피해가 늘어 가자 위축되는 분위기까지 감지됐다. 더욱이 조정이 청국군에게 동학군 진압을 요청한 것이 빌미가 되어 일본군까지 한반도에 대거 상륙하게 되자, 우선은 외세를 우리 땅에서 몰아내는 일이 최우선 과제로 대두되었다. 전봉준 등 동학군 지도부는 머리를 맞댄 끝에 관군에게 화약을 맺자고 요청했다. 화약 조건에 대한 몇 차례 공방을 벌인 끝에 전봉준이 27개조의 폐정 개혁안을 제시하고 전라 감사 김학진이 이를 수용하여 조정에 상주키로 하면서 화약이 결정되었다.

이야는 이방언과 더불어 전주화약이 체결되는 과정을 바라보았다. 또 전봉준은 전라 감사 김학진에게 폐정 개혁안의 실행을 엄정히 하기 위해서 집강소를 설치하겠다고 제안하였다. 김학진은 이에 동의하였다. 관(官)과 민(民)이 협력하여 백성을 위한 정치를 실현해 나가자는 조약을 맺은 것이다.

이방언도 장흥으로 돌아갈 채비를 차렸다. 이미 장흥부로 출발한 이인환이 장흥에서의 도회를 준비하고 있을 터였지만, 팔순의 이야 접주가 백성들의 꿈인 집강소가 전주성에도 설치되는 것을 보고 돌아가길 원했기 때문에 마음이 바빴다. 이야 접주는 하루를 기약할 수 없을 정도로 노쇠했지만 정신력으로 버티고 있었다. 그러나 집강소의 운영 방식을 파악하고 가야 했다. 그가 초조하게 며칠을 전주에 머무는 동안 전봉준은 집강소를 개설하고 부당한 세금 문제를 정리해 나가기 시작했다.

이방언은 전주 집강소에 하루하루 도인들의 발길이 끊이지 않고 이어지는 것을 보고 휘하 동학군들을 모아 풍남문을 빠져나왔다. 그의 머릿속에는 이미 장흥부 집강소가 차려져 있었다.

"벌써 모내기철이 되었나 보구려. 집을 떠난 지 두어 달이 지났는데 그동안 장흥 고을은 무사했소?"

5월 23일에야 이방언은 이야 접주 등과 더불어 장흥으로 돌아왔다. 읍내 사인정에 접주들이 속속 모여들었다.

"이인환 접주와 읍내에서 도소를 개설하느라 부산했습니다. 도인들의 발길이 끊일 사이 없이 이어지고 있습니다."

"관군들 동향은 어떠하오?"

이방언은 피곤이 가시지 않은 얼굴로 웅치 접주 구교철에게 물었다. 구교철이 죽창을 흔들며 당차게 대답을 했다.

"벽사역에는 관군이 천 명이 넘고, 장녕성에는 수성군 5백여 명, 그리고 병영성에는 천여 명의 군사들이 있으니 잠시도 경계를 늦출 수가 없지 않습니까? 날마다 보초를 서고 있습니다. 다행히 이용태 부사가 떠난 후로 장흥 부사가 부임하지 않고 있어서 수성군이 횡포를 부릴 여지는 없었습니다. 게다가 전주화약으로 관군과 동학도인이 서로 협력하기로 한 마당에…."

문남택이 초췌한 얼굴로 덧붙였다.

"그런데 민보군과 보부상들이 판을 치고 있습니다. 도인들의 수가 늘어난 만큼 그들의 수도 늘어났어요. 보부상들은 부사가 없는 틈을 타서 백성들에게 온갖 수탈을 하고 있는 모양입니다."

"어허, 야단이로군. 호랑이 없는 산에 여우가 대장 노릇을 한다더니 민보군과 보부상들이 그리 설친단 말이오?"

이방언은 낭패스런 표정을 지으며 접주들을 바라보았다. 김학삼이 얼굴을 붉히며 이방언에게 입을 열었다.

"대접주님의 친구이신 김한섭* 어른이 민보군을 조직하고 경시적 도문(警示賊徒文)을 보내왔습니다. 우리 동학군이 인의예지를 모르는 도적이라고 분개하며 가르치려 드는 글입니다."

"허허허허."

이방언이 소리 내어 웃었다.

"저도 그 친구가 보내온 글을 읽었습니다. 나라를 사랑하는 마음은 같으나 그 방법이 다르니 어찌 안타깝지 않겠습니까. 저더러 동학을 그만두고 유학의 사상으로 다시 돌아오라고 간곡히 권하고 있더이다. 하지만 유학이란 이미 우리 눈앞에서 그 모순을 뿌리까지 드러내고 있소. 신분 차별의 폐습이 나라의 근간을 흔드는 데다가 부가 양반에게만 몰리는 것도 나라의 안녕을 해치는 제도일 뿐입니다. 영웅이 난세에 나온다는 말은 시대를 잘 파악하여 어려움을 이겨 낼 방책을 찾는다는 뜻이오. 그런데 한 스승님** 아래서 동문수학한 벗이 이처럼 시대를 잘 읽지 못하고 있으니 참으로 안타까울 뿐이오. 그런 태도는 이미 낡아서 살을 가릴 수 없는 옷을 입고 외출하는 것이나

---

* 강진 출신 유학자. 이방언과 임헌회 문하에서 성리학을 익힘. 갑오년 전후로 민보군을 조직하여 이방언의 군사에 대항함.
** 조선 고종 때의 문신. 학자 경학과 성리학에 조예가 깊어 이이, 송시열의 학통을 계승하며 많은 제자를 양성함.

마찬가지라오."

이방언은 그 말만 남겼을 뿐 그 후로 김한섭이 어떤 서찰을 보내와도 관심을 두지 않았다.

들판에는 온통 보리가 익어서 한시도 쉴 틈이 없었다. 이방언은 전주에서 돌아오자마자 식솔들을 모아서 보리타작을 지휘했다. 5월의 들녘에는 아이들까지 주렁주렁 달려들어서 일을 거들어야 했다. 비라도 한바탕 내리면 보리 줄기가 썩어 내리면서 물에 잠긴 보리에서 싹이 나올 판이었다. 보리타작을 마친 논에는 저수지 물을 터서 써레질을 하는가 하면, 늦은 모내기를 서둘렀다.

농군이기도 한 동학도인들은 잠시도 쉴 틈이 없이 농사에 매달리고, 밤에는 또 밤대로 수련과 강도(講道) 자리에 참석했다. 월림동 앞 들녘에도 모내기를 하는 농군 도인들이 몰려들었다. 모내기판에서도 고구마를 심는 밭두렁에서도 집강소 이야기가 꽃을 피웠다.

"자라골에 집강소가 생긴다고 하니 우리의 꿈이 머지않아 이루어지지 않겠소."

늙수그레한 남정네가 논두렁에 앉아서 집강소 소식을 전했다.

"벌써 윗녘에서는 탐관오리와 악덕 양반들이 처단되고 있다고 하니 이 얼마나 속 시원한 일이오! 그동안 백성들의 피를 빨아먹고 산 놈들은 이 기회에 다 처단되었으면 좋겠소이다."

도인들은 못줄을 잡고 흔들흔들 춤을 추며 호들갑을 떨었다.

"그나저나 이 근동에서 백성들을 가장 많이 괴롭힌 자들은 진성을 지키는 수성군들 아니오? 수성군 대장은 언제쯤 어떤 식으로 징치를 해야 할까요?"

귀밑까지 구레나룻이 자란 사내가 논둑을 다듬던 낫을 세우며 일어났다. 늙은 사내가 손사래를 치며 아니라고 했다.

"그렇다고 아무나 잡아서 족치면 안 되오. 사람이 귀하다고 가르치면서 관군의 목숨을 가볍게 여기면 되겠소. 이방언 접주는 도인들이 감정적으로 원한을 풀어서는 안 된다고 하오. 아무나 잡아서 족치는 것이 아니라 백성들을 못살게 굴었으면서도 뉘우치지 않는 사람만 본보기를 보여야 하는 게 아니겠소."

"하긴 전봉준 접주도 전주성으로 향할 때 소리 높여서 무고한 사람들을 죽이지 말고 관군이라 할지라도 도망치는 놈은 살려 주라고 했습니다. 그렇지만 뭐 성난 도인들이 그걸 곧이곧대로 받아들이진 않습디다. 다들 그동안 쌓인 분풀이를 수성군에게 해 댔지요."

모내기판에 모여 있는 도인들은 전주성 전투와 장성의 황룡천 전투 소식을 들으려고 그곳에 다녀온 도인들 곁으로 다투어 모여들었다. 머리에 수건을 질끈 동여맨 도인들이 수성군을 무찌른 이야기의 운을 떼면 다른 사람들이 얼쑤! 추임새를 넣으며 못줄을 넘겼다.

이방언은 말을 타고 논밭을 돌아보았다. 그는 묵촌의 바다 같은 논에 연초록 물결이 퍼지는 것을 보며 가을 추수 광경을 떠올렸다. 저 벼들이 황금 들판을 만들어 갈 즈음에는 수확한 곡식들을 도인들을 위해 나눌 생각이었다.

그가 부모로부터 받은 논밭이 3백 마지기였다. 또한 착실하게 가산을 불려서 논밭이 날로 늘어 갔으며, 39세 때 부친을 잘 모시기 위해서 월림동에 새집을 지어서 이사를 했다. 장성한 아들과 어린 늦둥이 딸까지 자식들도 잘 자라고 있었다.

이방언은 들판을 달리며 꿈에 부풀었다. 남면에도 집강소를 설치할 계획이었다. 장녕성 아래에 설치한 집강소는 읍내 도인들이 운영하였고, 용계면 자라골에도 집강소를 설치하여 이야 접주가 날마다 둘러보고 있었다. 이방언은 집강소마다 전봉준이 전라 감사와 합의한 폐정개혁안*을 써서 붙이도록 하였다.

장흥 부사는 여전히 공석이었다. 이용태 뒤를 이어 박제순을 부사로 발령을 냈으나 장흥에 만여 명의 동학도인들이 있다는 소식을 듣고 신병을 빌미로 부임을 미뤘다. 그래서 장녕성 수성 별장이 책임을 맡고 있었으며 벽사역의 찰방이 내왕하여 크고 작은 일을 처결했다.

이방언은 고을 부사가 부재하는 동안에 장녕성 동문 아래 집강소를 설치하고 각종 폐단을 하나하나 고쳐 나갈 계획이었다. 벽사역의

---

* 12개 조목으로 된 개혁안 : (1) 도인과 정부 사이에 묵은 감정을 씻고 정사에 협력할 것 (2) 탐관오리를 엄하게 벌할 것 (3) 횡포한 부호들을 엄하게 벌할 것 (4) 불량한 유림과 양반을 징벌할 것 (5) 노비문서를 불태울 것 (6) 칠반천인에 대한 대우를 개선하고 백정이 쓰는 평양립을 벗게 할 것 (7) 청춘과부 재혼을 허가할 것 (8) 무명잡세를 모두 없앨 것 (9) 관리 채용은 지벌을 타파하고 인재를 등용할 것 (10) 왜와 내통하는 자는 엄징할 것 (11) 공사채를 막론하고 지난 것은 모두 무효로 할 것 (12) 토지는 평균으로 분작하게 할 것.

찰방이 대거리를 해 오겠지만 이미 상대가 되지 못했다. 찰방은 시시때때로 역졸들을 데리고 집강소를 철거하겠다고 벼르고 있었지만, 설령 장흥 부사가 부임을 한다고 해도 곳곳에 설치된 집강소와 수많은 도인들을 어찌할 방법은 없을 터였다.

유월로 접어든 날씨는 제법 더웠다. 장롱에서 삼베, 모시 옷을 꺼낸 아녀자들이 풀을 먹여 여름옷 채비를 차리고, 모내기가 끝난 들판에서는 온통 초록빛이 번지고 잠자리가 날아올랐다.

자라번지에는 마침 장날을 맞이하여 여름 채소들을 들고 나온 장꾼들이 장터에 가득했다. 풋살구와 끝물 앵두가 나오고 산에서 캐 온 약초들이 즐비하게 저잣거리에 쌓여 있었다. 장터 한가운데는 포장을 친 집강소가 우뚝 서 있었다. 집강소 앞에는 황색 깃발이 나부꼈다. 제폭구민, 척양척왜의 글씨가 깃발 속에서 산들산들 흔들렸다.

"가장 시급한 일이 탐관오리들을 색출해서 징계하는 일이오. 우선 목록을 작성합시다."

아침 일찍부터 집강소에 들어와 자리를 잡고 앉아 있던 용반 접주 이사경이 할아버지 이야의 뜻이라며 앞서서 이야기했다.

"제일 먼저 징계할 사람은 물론 벽사 역졸들을 앞세우고 안핵사로 고부에서 분탕질을 한 이용태*인데 김산으로 귀양을 갔으니 그리로

---

* 이용태는 조선 말기 무신으로 1891년 참의내무부사로 임명되었고, 이어 장흥부
  사로 재임시 1894년 고부 민란의 수습을 위한 안핵사로 발령을 받아 고부군에

쫓아갈 수도 없고, 고부에서 강간과 폭력을 행한 벽사 역졸들부터 잡아다가 곤장을 칩시다."

웅치 접주 구교철이 분개하여 말했다.

"거긴 천여 명에 가까운 군사들이 있는데 어떻게 다 잡아다 곤장을 치시렵니까? 찰방을 잡아 오든지 아니면 도인들이 무장을 하고 쳐들어가서 역졸들을 해산시키는 방법밖에 도리가 없소."

김학삼이 다른 의견을 냈다. 그러자 오산에서 건너온 강봉수 접주가 주변을 헤치며 안으로 들어왔다. 그는 주로 이방언 접주와 전봉준 접주 사이를 오가며 활동하고 있었다.

"바닷가 마을에서 백성들을 가장 괴롭히는 놈들은 회진 수군들이오. 수군 만호를 잡아다가 우선 곤장을 칩시다. 그러면 수군들이 섬 지방 백성들을 괴롭히는 일을 덜할 것이오."

이인환이 한쪽에서 접주들의 이야기를 듣고 있다가 벌떡 상체를 일으키며 단호한 목소리로 말을 꺼냈다.

"지체할 것 없소. 당장 가서 수군 만호를 잡아 오도록 합시다. 그렇지 않아도 최신동의 부친을 곤장 독으로 돌아가시게 하였으니 그를 잡아다 물고를 내야 하오."

접내 도인 몇 사람이 이인환을 따라나섰다. 곧 인근의 동학군들이

나아가 민란에 참가한 동학군과 농민들에게 혹독한 만행을 저지름.

소집되었다. 이인환의 말발굽 소리가 요란하게 앞장을 서고, 깃발과 죽창 등으로 무장한 동학군들이 뒤를 이어 회령진을 향해 떠났다.

"그럼 저는 장녕성의 수성 별장을 잡아 오도록 하겠소. 그동안 도인들을 괴롭히는 죄는 묻지 않아도 장안의 백성들이 모두 알고 있으니 내 그놈을 잡아다가 물고를 낼 것이오."

"접주님, 용계면 도인들은 이미 준비를 마치고 기다리고 있습니다"

이사경이 화승총을 어깨에 메고 죽창을 들고 자리에서 일어서자 용계면의 도인 몇몇이 따라나섰다. 그들은 한바탕 먼지를 일으키며 용계면 쪽으로 향했다. 그곳에서 도인들을 편성하여 장녕성으로 향할 생각이었다.

이방언은 집강소 장막을 나와 장터에 몰려든 사람들을 향해 연설을 했다. 그의 목소리가 온 장터에 쩌렁쩌렁 울려 퍼졌다. 인근의 논밭에서 일을 하던 사람들도 일손을 놓고 이방언의 연설을 들었다.

"이제 온 나라 백성들이 일어나고 있소이다. 새로운 세상이 우리 앞에 펼쳐지고 있으니 그동안 쌓인 억울한 일이 있으면 집강소로 찾아오시오. 동학 집강소는 백성이 주인이 되는 세상을 만들어 가는 여러분의 집이니 조금도 꺼릴 것이 없소!"

"무엇보다 밀린 진결세를 탕감해야 합니다!"

"부당한 환곡, 군포와 어민세 모두 없애야 합니다!"

이방언의 목소리가 끊어질 때마다 여기저기서 요구 사항들이 터져 나왔다.

"예, 모두 좋습니다. 그 모든 일들을 처리하기 위해서라도 각자 원한을 사사로이 풀지 말고, 모두 이 집강소를 통해 해결해 나가야 합니다."

도인들과 백성들은 너 나 할 것 없이 환호성을 질렀다. 그러는 사이에도 장터 주변의 백성들이 집강소를 향해 구름 떼처럼 몰려들고 있었다. 이방언은 가슴이 뜨거웠다. 동학도인이 된 지 5년, 벌써 이렇게 많은 사람들이 동학을 높이 흠모하니 그 힘으로 새로운 세상을 만들어 갈 수 있으리라.

성품이 온화한 김학삼이 몰려든 사람들에게 집강소가 어떤 일을 하는지 자세히 설명해 주고 있었다.

"여기는 온 백성들의 뜻이 살아나는 곳입니다. 이제 관리들이 제멋대로 세금을 거두는 일이 없도록 하고, 추수한 곡식에서 정해진 양만 세금으로 내도록 개혁해 나갈 것입니다. 부당한 군포 징수도 없고, 포구 마을에 부과하던 대모피도 없애도록 건의하겠소."

"와아!"

김학삼이 종이에 적힌 내용을 읽어 내려가자 사람들이 환호성을 질렀다.

"이제 환곡의 이자를 터무니없이 내라고 하는 자는 주리를 틀 터이니 누구도 부당하게 곡식을 빼앗기지 않을 것입니다. 여러분들을 괴롭히면서 뱃속을 채운 자들의 재산은 모두 거두어들여서 본래 주인들에게 나눠 드리겠소."

백성들의 환호성은 하늘을 찔렀다. 꿈인지 생시인지 꿈과 희망이 부풀어 하늘에 닿는 사이 어느덧 장터에는 긴 그림자가 드리우고 있었다. 이사경이 장녕성의 별장*을 잡아서 장터로 들어오고 있었다. 사람들의 환호성이 저잣거리를 울리고 상인들도 잡혀 온 수성 별장의 모습을 보려고 몰려들었다.

"이놈! 네가 그동안 도인들을 괴롭힌 일이 얼마나 되느냐? 제대로 불지 않으면 물고를 내리라."

줄에 묶인 별장은 주변을 둘러보며 고개를 푹 숙였다. 그의 주변으로 몰려든 수많은 도인들이 원망하는 소리를 질러 댔다.

"이 자에게 수모를 당한 도인이 있으면 나와서 증언하도록 해라."

이방언이 좌중을 둘러보며 별장을 신문할 사람을 찾았다. 장터 한가운데 위치한 집강소의 마당에는 명석 위에 별장이 잡혀 와 앉아 있었고, 그 주변을 동학군들과 백성들이 빽빽이 울타리를 치고 있었다. 어린아이들까지 이 광경을 구경하려고 어른들의 다리 사이를 비집고 들어왔다.

"제가 하겠습니다. 저자에게 매를 맞고 저희 집 부친께서 영영 다리를 절게 되었습니다."

맨상투에 갓을 쓰지 않은 마흔 줄의 사내가 앞으로 나왔다.

---

* 수성 별장이란 읍성을 지키는 무인의 벼슬 이름을 말함.

"저는 장녕성 아래에 사는 김영칠이라 합니다. 지난해 가을에 이방언 접주에게 입도하였습니다."

그는 자기를 소개한 후 곧장 별장에게 다가서서 물었다.

"진결세를 내지 못했다고, 사람들을 얼마나 닦달하고 잡아 가두어 매질하셨소?"

고개를 숙인 채 잠잠하던 별장이 이윽고 고개를 치켜들고 떨리는 목소리로 입을 열었다.

"백성이 세금을 내는 것은 국법으로 정한 일이오. 국법을 어긴 자를 잡아가는 것이 관리의 도리이지 죄란 말이오? 지금 부사가 부재중이라 하여 이렇듯 횡포를 부린다면, 이것을 어찌 정도라 하겠소."

별장은 제법 논리를 앞세워 제 할 말을 해 나갔다.

"가난하고 힘없는 백성들을 사지로 몰아넣는 것이 어찌 잘한 일이라 억지를 부리는가. 네놈들 매질에 저세상으로 간 사람이 한둘이 아니다. 오늘은 너도 죽지 않을 만큼 맞아 봐라."

김영칠 도인은 당장에라도 별장의 목을 치겠다는 기세로 목소리를 높였다. 모여든 사람들도 분개하여 악을 써 댔다.

"당장 곤장을 내리쳐 물고를 내자!"

그러나 드세게 말한 것과는 달리 김영칠은 별장을 치지 못하고 이방언을 바라보았다. 이방언은 사람들을 향해 소리쳤다.

"또 누가 이 자에게 어떻게 당했소? 차례대로 나와서 샅샅이 고해 보시오."

그 말 끝에 또다른 중늙은이 한 사람들이 앞으로 나섰다. 그 뒤로 사람들이 앞서거니 뒤서거니 줄을 짓기 시작했다. 수성 별장에게 수모를 당했다고 나서는 사람이 백 명이 더 되었다. 별장의 얼굴빛이 더욱 창백해지며 소리를 질렀다.

"너희들이 모두 나에게 원한이 있다고? 말도 안 되는 소리 마라. 나는 명령대로 따랐을 뿐 사사로이 행패를 부린 적이 없다."

그러나 늘어선 줄에서 사람들이 외쳤다.

"저 자에게 잡혀가서 우리 형님이 반병신이 되었소."

"저놈은 민보군과 내통해서 도인들을 잡아들이는 데 혈안이 되어 우리 동네 동학도인들이 다섯 명이나 잡혀가서 매를 맞고 나왔소."

"성안의 백성 중에서 입도한 도인 집을 찾아가서 곡식을 모조리 빼앗아 간 적도 있소. 도인이라고 하면 마구 잡아들여서 메뚜기처럼 타작을 한 자가 바로 저 자요."

무리 속에서는 돌멩이도 날아왔다. 이방언은 돌을 던지거나 침을 뱉지 말라고 막았다. 죄가 많을수록 세세히 죄를 물어서 처벌하는 절차가 필요했다. 이방언은 성난 군중들을 막아서며, 별장에게 되물었다.

"이래도 끝까지 무고함을 주장할 테냐?"

그제야 겁에 질린 별장이 고개를 떨구었다.

"살려만 주시오. 제가 앞장서서 제 배를 불리자고 한 것이 아니라 명령대로 따랐을 뿐입니다. 제발 살려 주시오. 무사히 돌려보내 주시면, 수성군들을 다독여서 동학도인들에게 협조할 것이오."

이사경 접주가 이방언을 바라보며 물었다.

"여러 사람들에게 물어서 형벌을 정하는 것이 좋겠습니다."

이방언은 이사경을 돌아보며 눈짓으로 동의를 표하고, 다시 몸을 일으켜 사람들을 둘러보며 천둥이 치는 듯한 목소리로 물었다.

"이자를 어떻게 처단해야 하겠습니까?"

그러자 여기저기에서 외치는 소리가 저잣거리를 메웠다.

"피해를 당한 사람들이 모두 한 대씩 곤장을 치도록 합시다."

"곤장 오십 대를 치고 다시는 별장으로 일을 하지 못하도록 합시다."

"손발을 분질러서 아예 병신을 만들어야 합니다."

이방언은 파랗게 질려 있는 수성 별장에게 일렀다.

"들었느냐? 네 지은 죄를 생각하면 저 사람들에게 모두 곤장을 치게 하고 싶지만 백성들을 수탈한 것이 네 잘못만은 아니다. 곤장 스무 대를 내릴 테니, 이 이후로 다시는 도인들을 괴롭히지 말아야 한다. 다시 너에 대한 이야기가 집강소에 들려 오는 날에는 목숨을 부지하지 못할 것이다. 자 앞줄에 계신 세 분이 저자를 형틀에 묶으시오."

김영칠이 좌우 두 사람과 함께 별장을 곤장 틀에 묶자, 진즉에 곤장을 들고 기다리던 장정 두 사람이 양쪽에서 곤장을 치기 시작했다. 모두 한두 번씩은 직접 당한 일이라 절차가 일목요연했다.

"아이고!"

하나 둘을 올려 세는 소리와 별장의 비명 소리가 저잣거리로 퍼져 나갔고, 사람들은 몇 겹으로 둘러싸 별장이 맞는 것을 구경했다.

"이렇게 하루아침에 세상이 바뀌어서 서슬 푸르던 저 수성 별장이 도인들에게 곤장을 맞고 있으니 세상은 참 오래 살고 봐야겠소."

구경을 나온 늙은이가 혼자 주절댔다.

그간 쌓이고 쌓인 민원을 하소연하는 백성들의 발걸음은 하루도 끊이지 않아, 자라번지는 연일 장터처럼 북적였다.

별장이 곤장을 맞은 다음 날, 병영성에서 병마절도사의 참모인 양우후*를 잡아들였다. 양우후는 상황 판단이 빨라서 잡혀 오자마자 땅바닥에 머리를 조아리고 호들갑스럽게 죄를 빌었다.

"살려 주십시오. 살려만 주시면 도인들을 하늘 같이 모시며 살겠습니다. 저는 도인들을 괴롭힌 적도 없고 돈을 빼앗은 적도 없습니다. 제발 살려 주시면 도인들이 하라는 대로 하겠습니다."

구교철이 어이없는 표정을 지으며 한 손에 곤장을 들고 우후에게 달려들었다.

"정녕 백성들을 괴롭힌 적이 없단 말이냐? 백성들이 곤욕을 치러야 했던 작폐가 모두 네 머리에서 나온 게 아니더냐? 거짓말을 하면 머리통이 날아갈 것이니라!"

양우후는 당장이라도 머리 위로 떨어질 듯한 곤장을 보고 혼비백

---

* 조선시대에 각 도에 둔 병마절도사를 보좌하던 무관 벼슬.

산하여 땅바닥에 바싹 붙어 두 손을 머리 위로 쳐들고 빌었다.

"네네, 죽을 죄를 졌습니다. 모두가 제가 꾸민 일입니다. 그저 살려만 주십시오."

구교철이 혀를 끌끌 차며 물었다.

"그럼, 그렇게 긁어 모은 재물들은 다 어디로 갔느냐?"

"여기저기 상납하고 제가 가진 것은 없습니다."

"이놈이, 또 거짓말!"

구교철은 채찍으로 양우후의 어깨를 내리쳤다. 예리한 신음 소리가 퍼져 나왔다. 사람들은 혀를 끌끌 찼다. 호가호위의 권력을 남용하던 병영의 군관들이 이처럼 곤욕을 당하는 것은 짜릿하면서도 소름이 돋는 일이었다. 도인들에게 몰리면 무고한 양반인들 그냥 넘어가지 못할 것만 같았다. 사람들은 호기심에 장터를 떠나지 못하고 우후가 당하는 모습을 지켜보고 있었다.

"저 악질 양우후에게 곤장 스무 대를 쳐야 한다."

무리들 속에서 누군가 큰 목소리로 외쳤다. 그런데 다른 소리들이 들려왔다.

"스무 대는 말도 안 된다. 서른 대는 맞아야지."

"서른 대도 부족하다. 마흔 대를 쳐야 한다."

구교철은 사람들의 고함 소리를 잠자코 듣고 있다가 우람한 목소리로 외쳤다.

"앞으로는 곤장을 때리는 것도 규칙을 정해서 합시다. 백성을 괴롭히면 열 대, 재물을 빼앗으면 또 열 대, 세금을 탈취하면 열 대, 아녀자를 희롱하면 또 열 대!"

"저 자는 그 모든 것에 다 해당하는 사람이오!"

무리 속에서 우후를 고발하는 소리가 쉬지 않고 들려왔다. 구교철은 징을 한 번 크게 친 후 물었다.

"이 자에게 곤장 마흔 대를 치면 좋겠다는 사람은 손을 흔드시오."

"와아!"

모여든 사람들이 양우후에게 야유를 보냈다. 양우후는 번뜩이는 눈빛으로 접주들과 동학군들 그리고 군중들을 돌아보며 이를 악물었다.

'언제까지 네놈들이 판을 치는지 두고 볼 것이다. 내 살아남아 꼭 너희들은 엄벌에 처할 것이다.'

구교철이 양우후를 곤장 틀에 끌어 올렸다. 그는 사지를 버둥거리며 올라가지 않으려고 안간힘을 썼다. 억센 도인들의 손길이 그를 곤장 틀에 묶었다.

이야 접주는 병영성의 양우후가 곤장을 맞는 것을 보며 함지박만한 미소를 지었다. 그는 날마다 집강소에 나와서 백성들의 소리를 들었다. 노쇠한 몸은 걷기조차 힘들었지만 백성들의 함성 소리는 그에게 황홀한 즐거움이었다. 그러던 이야는 양우후가 곤장 틀에서 정신을 잃고 도인들이 찬물을 끼얹는 순간에 소리 없이 눈을 감았다. 서산으로 해가 꼴깍 넘어가고 있었다. 그는 입가에 고운 미소를 띠며

한 생애를 고요히 마무리했다.

이야 접주의 장례식은 도인들의 축제였다. 상여가 자라번지 집강소를 지나 용계면의 선산으로 나아갈 때 도인들을 무리를 지어 장송곡을 불렀다. 대나무에 색색의 만장을 나부끼며, 열정적으로 살다가 떠난 노 접주의 영혼을 위로했다.

무더운 여름 햇살이 자라번지에 쏟아지고 구슬땀을 흘리며 곤장을 치는 소리, 곤장을 맞고 내지르는 신음 소리가 장터를 그득 채우고 마을마을로 번져 나갔다. 각 마을의 도인들은 마을별로 돌아가며 집강소에 나와서는 번을 서거나 집강소를 구경하러 온 백성들을 상대로 포덕을 하거나 그들의 민원을 접수하였다. 죽음을 맞은 이야 접주의 장례식은 사람들을 더욱더 수선스럽게 했다.

그러나 동학군의 세력이 날로 치성하여 가는 가운데 한편으로 유생들을 중심으로 한 민보군 결성 움직임도 활발해지면서 장흥 일대에는 전운이 고조되고 있었다.

7월 그믐날 장흥 부사로 임명된 박헌양은 장녕성에 도착하여 제일 먼저 자라번지 주변에 모여 있는 동학군 무리를 보고 경악을 금치 못하였다. 상황은 들었던 것보다 더 시급했다. 탐진강 건너 골짜기마다 황색 깃발이 휘날리고, 함성 소리가 끊임없이 들려왔다.

그는 전전반측하다 새벽이 오자 의관을 정제하고 향교로 향했다. 전날 미리 통문을 돌려 관내의 유학자들을 모이라고 당부했다. 새 부사의 부임 소식을 접한 지역 유지들이 두루마기를 갖춰 입고 갓을 쓰고 차례로 향교로 들어왔다. 이방이 순서를 정해 줄을 서게 하고 차례로 술잔과 향을 올리며 제를 시작하였다.

그동안 부사의 부임이 늦어져서 관아를 차지하다시피 한 동학도인들을 못마땅해하던 유림들이 너나없이 모여들어 향교 뜨락은 발 디딜 틈조차 없었다. 부사는 정성을 다해 공자의 위패와 여러 유학자들의 위패에 절을 올렸다. 유림들도 부사를 따라 함께 절을 올렸다. 제를 마치기도 전에 유림의 대표가 먼저 나라의 위태로움을 고하고 땅을 치며 머리를 조아렸다.

"부사 나리. 이곳 사정은 익히 들어서 알고 계시리라 믿습니다. 지금 장흥 고을은 동비들이 판을 치며 관리들을 잡아다가 곤장을 때리고 양반들의 곡식을 탈취하여 사람들에게 나누어 주고 있습니다. 이것은 나라의 근본 질서와 인륜을 뒤흔드는 일이므로 한시바삐 다잡지 않으면 부사 나리와 관리들 그리고 양반들의 목숨이 위태롭습니다. 하루빨리 동비들을 처단해야 합니다."

나이가 지긋한 유학자의 통곡에 맞장구를 치며 일제히 유림들이 고개를 숙이며 탄식을 했다.

"우국충정(憂國衷情)에 빛나는 유림들이 민보군을 만들었으나 제대로 훈련을 하지 못해서 오합지졸이며, 동비들의 숫자는 날로 늘어 가고 있어 싸울 엄두도 못 내고 있사오니 빨리 대책을 세우도록 하십시오."

박헌양은 시시각각으로 다가오는 위험에 온몸이 떨렸다. 그는 그

자리에서 유림 대표들을 선정하기로 했다. 그들이 하루빨리 백성들을 교화시켜서 더 이상 도인들이 늘어나지 않도록 방비를 하는 것이 가장 시급한 일이었다.

늙은 선비가 한 사람을 가리켰다.

"저기, 김한섭 유생은 지금 장흥에서 가장 날뛰고 있는 동비 이방언과 오랜 친구로서 한 스승 아래에서 공부를 한 동문입니다. 학문이 뛰어나서 많은 제자들을 가르치고 있으며 가문에서도 그 신실함을 인정받은 인물이니 김한섭으로 하여금 선량한 백성들을 교화시키도록 하십시오. 그에게 많은 지원을 해 주서서 지금 날뛰고 있는 동비들도 귀화시키도록 해야 합니다."

부사는 늙은이의 말에 귀가 번쩍 뜨였다. 그래서 유림(儒林)들을 향해서 외쳤다.

"여러분들은 지금 저렇게 날뛰고 있는 동비들과 다정한 벗이며 친절한 이웃이며, 일가 간에 친척도 될 수 있소이다. 부디 옛정을 떠올리며 그대로 두고 볼 것이 아니라 귀화(歸化)를 권하도록 하시오. 동학을 버리고 선량한 백성으로 돌아오면 아무 벌을 받지 않고 살아갈 수 있다고 설득을 해야 합니다. 한 사람이 한 명씩 아는 사람들을 귀화시키도록 합시다."

김한섭은 부사의 말을 들으며 눈물을 훔쳤다. 그는 이방언이 양반을 잡아들이고, 벼슬아치들을 괴롭히는 일이 안타까워 이방언에게 수없이 많은 서찰을 보냈지만 이방언은 듣는 체도 하지 않았다.

"듣자 하니 이방언이라는 자가 가장 간악해서 병영성과 회령진의 책임자를 잡아들여서 매질을 했다고 하니 그 자부터 귀화를 시켜야 하지 않겠소?"

부사는 김한섭의 옷섶을 잡으며 이방언에 대해서 물었다. 김한섭은 입술을 굳게 닫으며 가느스름한 눈초리에 강한 빛을 내뿜을 뿐 이방언에 대해서는 한마디도 하지 않았다. 부사는 그날 하루 종일 유림들과 더불어 동비들을 해치울 계획을 세웠다. 유림들은 동비들을 물리치는 것이 구국의 항쟁이라고 열변을 토했다.

다음 날 부사는 장녕성의 별장을 불러서 당장 이방언 도당을 쳐부수라고 했다. 그러나 수성 별장은 오히려 부사를 이상한 눈으로 쳐다보았다.

"부사 나리, 지금 상황이 눈에 보이지 않으십니까? 적도는 수천 명이 넘고 수성군은 겨우 5백 명에 불과합니다. 저희들이 아무리 좋은 무기를 가지고 있다고 해도 수천 명의 비도들이 달려들면 해볼 수가 없습니다. 무장을 하고 동비들에게 다가갔다가 화승총마저 빼앗기고 온 병사가 한둘이 아닙니다."

박헌양은 자신을 비웃으며 꼼짝도 하지 않는 수성 별장을 벼락 치는 소리로 꾸짖었다.

"아니, 성안의 군사만으로 대적이 되지 않으면 병영성에 청군을 해야지 아무것도 안 하고 이 자리에서 맞아 죽을 것이냐?"

그러자 수성 별장은 부사의 다리 밑에 무릎을 꿇고 통곡을 했다.

"나리님이 오시지 않아 비도들에게 잡혀가서 곤장 40대를 맞고 한 달이나 꼼짝을 못 하고 누웠다가 이제야 거동을 하게 되었습니다요. 부디 저놈들을 잡아들일 수 있도록 병영성과 회령진에 원군을 요청해 주십시오. 그리고 벽사역 찰방에게도 역졸을 보내 주라고 하셔서 저놈들을 쳐서 해산시켜야 합니다. 그렇지 않으면 부사 나리도 우리들도 목숨 줄을 이어 갈 수가 없습니다."

별장은 자기 목을 손으로 매만지며 금방이라도 목이 날아가는 듯 두려움에 떨고 있었다. 부사는 하루빨리 집강소를 없애야겠다고 생각했다. 읍내를 중심으로 이방언이 중심인 집강소가 있고, 각 면마다 접이 있는 곳에서는 집강이 생겨 관리들과 양반들을 잡아다가 원풀이를 하고 있는 것이다.

"저들 중에서 가장 강성한 자가 누구더냐? 그자부터 잡아들여야 할 것 같구나."

부사는 시시각각으로 몰려드는 두려움 속에서도 평상심을 찾으며 먼저 해야 할 일을 헤아리고 있었다.

"이방언이라는 자로 함부로 대적할 수가 없습니다. 교활하기가 하늘을 찌르고 몸집이 우람하고 힘이 세서 장사가 몇이 함께 덤벼도 이길 수 없습니다. 그가 한 번 일어서면 수천 명의 동학도들이 함께 따르니 그의 세력이 장흥 고을은 물론 이 지역 일대를 흔들고 있는 셈입죠."

"그럼 그 자를 귀화시킬 방법은 없느냐?"

"그 자는 고을의 양반들과 막역한 사이라서 아무도 함부로 대하지 않습니다. 들리는 소문에 의하면 대원군과도 왕래가 있다고 합니다. 오히려 그 자가 나타나면 곡식을 갖다 바치는 양반들도 많습니다요."

"아니, 극악무도한 비도에게 곡식을 바치는 유생들이 있단 말이냐?"

부사는 화가 치솟으며 온몸이 부들부들 떨렸다. 합심해서 비도들을 잡아들이는 것이 아니라 오히려 부화뇌동 하는 유림들이 있다니 그것부터 바로잡아야 하리라.

부사는 다음 날부터 도인들의 세력을 파악하고 대접주들에게 공문을 내려서 관아로 들어오라고 하였다. 그가 직접 대접주들을 만나서 귀화를 권할 생각이었다. 그러나 비도들은 부사의 요구에 응하지 않았다. 관아로 들어오라고 하여 해코지를 할 것에 대비하여 성안으로 들어가는 것을 꺼렸다.

부사는 여러 가지 궁리를 한 끝에 대접주들을 찾아서 성 밖으로 나왔다. 그는 성문 앞에서 병사들을 물리고 대접주들을 맨몸으로 만났다. 이방언과 구교철, 이사경과 문남택이 차례로 성문 앞으로 나왔다. 부사는 그들의 다부진 몸매와 날카로운 눈빛에 기가 질렸지만 위태로운 나라를 구해야 한다는 일념으로 조건을 내세웠다.

"이제까지 한 일에 대해서는 아무 죄도 묻지 않겠소. 그대들이 귀화를 하면 목숨과 안전을 보장해 줄 테니 이제 더 이상 동학 비적 떼로 살아가면서 나라를 망치는 일을 하지 마시오."

그는 대접주들에게 깍듯이 절을 하며 예우를 했다. 그리고 오랫동안 장흥 고을의 유지로 지내 온 유림의 대표들을 모이라고 하여 대접주들을 설득하게 했다. 이방언은 친분이 두터운 유림들이 다가와서 부탁을 하자 호탕한 웃음으로 대하며 귀화를 허락한다고 했다.

"도인들은 나라를 망치는 자들이 아니라 나라를 구하려고 하는 의병들이라오. 지금 상황이 우리들을 비도로 몰아가고 있지만 우리의 뜻은 곧 백성의 뜻이니, 이미 전주에서 관과 민이 서로 돕자고 화약하였으니 우리 고을에서도 관민상화로 우리가 먼저 귀화를 하겠소. 그러니 부사께서도 우리 도인들의 일에 적극 협조해 주길 바라오."

이방언의 우레와 같은 선언에 부사는 흔쾌히 마음을 놓으며 만족스러운 미소를 지었다. 이방언은 웃음을 삼키며 낮에는 귀화한 것처럼 했다가 밤이 되면 관아를 칠 셈이었다. 그러나 이방언의 뜻을 알지 못한 구교철이 자리를 박차고 일어났다.

"탐관오리들의 뜻을 받들며 귀화를 택하느니 당당하게 목숨을 바치겠소. 부사 나리, 비겁하게 우리더러 협조하라고 하지 말고 당당하게 싸워서 겨룹시다."

이사경도 냉엄한 표정을 지으며 자리에서 일어났다. 부사는 당장이라도 접주들을 잡아들여 처단하라고 명령하고 싶었지만 보복이 두려워서 입을 다물었다. 지금 당장 몇 명의 대접주들을 잡아들인다고 저 들판에 벌 떼들처럼 드글거리는 동비들을 모두 없애진 못할 것이었다. 오히려 벌 떼들이 달려들어서 장녕성을 무너뜨릴 것이다.

"허허, 우리 접주들이 급성이라 부사님께 예의를 갖추지 못하고 떠난 점을 양해하시기 바랍니다."

이방언은 새로 부임한 부사에게 민망한 표정을 지었다. 그는 모인 유림들에게도 사람 좋은 웃음을 지어 보였다. 유림 속에 있던 김한섭이 천천히 다가왔다.

"이보게! 오늘 귀화를 참으로 환영하네. 이제 그만 동비들을 데리고 장안을 어지럽게 하는 일을 삼가시게. 그것은 선비가 할 도리가 아닐세."

이방언이 김한섭을 바라보며 흐뭇한 미소로 대답을 했다.

"그대가 보낸 경시문은 도인들과 더불어 잘 읽었네. 그대의 뜻은 갸륵하지만 나라를 위하는 길은 그 방법이 다를 뿐, 근본은 그대와 같으니 너무 탓하지 말았으면 하네."

김한섭은 안타까운 표정으로 이방언을 설득했다.

"조선은 오백 년 동안 성리학으로 지켜 온 나라일세. 지금 성리학의 질서를 무너뜨리고 백성들이 관리들을 무시하고 나아가 국사를 가로맡아 나서고 있으니 이것은 하늘과 땅이 바뀐 셈이 아닌가. 지금이라도 근본으로 돌아가 국법과 윤리를 바로잡지 않으면 이 나라의 앞길은 바람 앞에 등불이 아닌가. 스승님의 가르침을 마음에 깊이 새겨 우국충정을 펼치진 못할지언정 망국의 전초 역할을 하시다니 스승님께 부끄럽지 않은가?"

김한섭의 말에 이방언은 소리 없이 웃고 있었다. 더 이상 이야기해 보아야 서로의 감정만 상할 뿐이었다. 이방언이 부사를 돌아보며 말했다.

"부사 나리의 뜻대로 도인들을 데리고 원정을 나가지 않고 조용히 월림동에 머무를 터이니 너무 노여워하지 마시고 이제 모두들 집으로 돌아가도록 합시다."

이방언은 부사에게 머리를 조아리며 조용히 돌아섰다. 유생들 사이에서 혀를 끌끌 차는 소리가 들려왔지만 그는 당당하게 함께한 도인들을 인솔하여 탐진강가로 내려왔다. 뒤통수에 머무는 김한섭의 눈길이 따가웠다. 이방언은 소리 없이 되뇌고 있었다.

'그대가 친구인 것은 선천의 인연일 뿐, 지금 그대와 나는 돌이킬 수 없는 적이로세.'

읍성 아래의 집강소에는 오늘도 도인들이 떼를 지어 몰려들고 있었다. 그가 집강소로 들어서자 뒤따라 들어온 구교철이 화가 묻은 목소리로 다그쳐 물었다.

"대접주님, 대체 무슨 생각으로 귀화 운운하신 건지요?"

이방언은 구교철의 심중을 읽으며 화난 표정의 접주들을 조용히 타일렀다.

"거기 모인 사람들은 오래전부터 친분이 있는 사이인데 얼굴을 붉히며 갈등을 부채질할 필요가 있겠소? 구 접주께서는 제가 도인들을 배신하고 귀화하여 그들에게 돌아갈 사람으로 보이십니까? 저는 단지 시간을 벌어야 한다고 생각했을 따름이오. 이제 갓 부임하여 오로지 도인들을 처단할 생각만 하고 있는 부사에게 먹잇감이 되고 싶진 않았소이다."

구교철이 퉁명스럽게 대꾸했다.

"새로 부임한 부사가 도인들을 떠보려고 회유를 하는데 대접주님께서 넘어가면 다른 사람들 눈에는 어떻게 보이겠습니까? 이방언 접주께서 귀화한다는 것은 장흥 고을의 도인들이 모두 귀화한다는 것과 다름이 없습니다."

이방언은 강경하게 말을 이어 가는 구교철을 바라보며 입을 다물었다. 사람의 생각이 항상 같을 수는 없어서 고을의 유생들과 잠시 환담을 나눴던 자신의 태도를 과민하게 받아들이는 구 접주를 어떻게 설득해야 할지 판단이 서지 않았다. 한동안 무거운 침묵이 흐르자 뒤에 서 있던 이사경이 앞으로 나서며 말을 이었다.

"가뜩이나 도인들을 제압하려고 틈을 노리는 부사에게 호의적인 태도를 보여서 무엇을 얻겠습니까? 도인들을 함부로 대했다가는 관아도 부사도 무사하지 못할 것이라는 경고를 먼저 하는 것이 순서 아니겠습니까?"

이사경은 냉철하게 이방언의 잘못을 들추었다. 이방언은 젊은 구교철과 이사경 접주가 너무 급하다고 생각하였다. 무엇을 얻으려면 정성을 들여야 하는 법, 도인이 되는 것도 시간이 흘러야 도력이 무르익는 법인데 돌아갈 줄 모르고 눈앞만 보는 그들이 안타까웠다.

"접주님들의 말이 옳습니다. 맺고 끊는 것을 잘하지 못하는 성격이라 내가 실수를 했소이다. 그러나 그곳에 모인 유생들 중에서는 도인들에게 곡식을 내준 부호들도 함께 섞여 있으니 너무 속단하여 덤벼들지 마시오. 그들에게 속내를 모두 비출 필요는 없소이다. 위기가 닥칠 때에는 지혜를 발휘해야 하는 법이니 겉으로는 귀화를 하고 속으로는 도인으로 살아가는 것이 어찌 나쁘다고만 할 수 있겠소?"

이방언의 말에 구교철은 생각에 빠져들었다. 마을마다 부호들을 찾아가서 도인들이 문을 두드리면 양반들은 줄행랑을 치기 일쑤였다. 부잣집의 창고를 열어 곡식을 털어 오고, 장롱 속에 깊이 감춰 둔 금은보화와 비단옷들을 빼앗아 오면서 도인들은 통쾌해했다. 그러나 이방언은 달랐다. 이방언이 가는 곳에는 부자들이 제발로 나와서 고개를 숙이며 곡식을 내놓곤 했다.

"대접주님은 어찌하여 부자나 가난한 사람이나 싫어하는 이가 없고 모두 고개를 숙이며 스스로 재산을 들고 찾아옵니까? 우리가 몰려가면 무서워서 도망을 치는 사람들도 접주님이 나타나면 다들 고개를 숙이며 절을 올립니다."

구교철은 입을 다물고 있는 이방언을 향해서 물었다. 이방언은 입가에 깊은 주름을 잡으며 집강소 안을 둘러보았다. 많은 사람들이 줄을 지어 서 있었으나 소란함이 전혀 없었다.

"덕(德)으로 세상을 살아가면 미워할 것도 부러워할 것도 없소. 내가 가진 것을 아낌없이 남에게 베풀면서 살아가면 남도 그렇게 나에게 베풀고, 내가 인색하면 남도 나에게 인색할 뿐이라오."

구교철은 이방언의 말을 듣고 조급증이 일어서 다시 물었다.

"저들이 저렇게 호시탐탐 우리를 칠 궁리만 하고 있는데도 덕이란 말씀이 나오십니까? 지금 덕을 베풀다가는 당장이라도 몰살을 당하게 생겼습니다."

이방언은 구교철의 대꾸에 더 이상 대답을 하지 않았다. 그리고 발길을 돌려서 자라번지로 향하였다. 이사경 접주가 묵묵히 이방언을 따라나섰다. 이방언이 집강소에 들어서니 전봉준의 통문이 기다리고 있었다.

"전 접주께서 통문을 보내셨소. 북쪽 일이 급하다는 전갈이오. 장흥 고을에는 이미 이인환 접주부터 이사경 접주까지 대접이 열 개가 넘고 소접도 스무 개가 넘으니 나는 도인들을 일부 데리고 원정을 다녀오리다."

통문을 읽은 이방언이 이사경에게 일렀다. 이사경은 이방언과 더불어 전주 쪽으로 올라가야 할지 자라번지를 지키며 집강소 일을 거들어야 할지 분간이 서지 않았다. 새로운 부사가 부임하였으니 이제 장흥 일대의 동학 세력을 지키는 일도 만만치 않을 터였다.

"남면 일대와 웅치, 유치 접에서 도인들을 모집하면 많은 수가 따를 것입니다. 저는 자라번지에 남아서 집강소 운영을 책임지도록 하겠습니다."

이방언이 고개를 끄덕였다. 이사경은 조부가 돌아가시고 몸이 약한 부친이 더 이상 원행을 하지 못하게 된 것이 아쉬웠다. 부친은 이제 마을에서만 머물고 있었다. 조부와 달리 건강이 좋지 않아서 잘못하다가는 초상을 또 한 번 치르게 될 판국이었다. 이방언은 아무쪼록 가벼이 움직이지 말 것을 신신당부하며 이사경의 어깨를 두들겼다.

동학 접주들과 한바탕 담판을 벌인 장흥 부사 박헌양은 수시로 이방언의 행보를 주시하고 있었다. 이방언이 귀화하겠다는 뜻을 비쳤을 때 그는 반색하며 이제 장흥 고을의 비도들을 해산시키는 일이 눈앞에 다다른 것처럼 기분이 좋았다. 그러나 오랫동안 동비를 이끌고 동에 번쩍 서에 번쩍 하며 살아온 이방언에게 속았다는 것을 금방 알 수 있었다. 이방언의 동정을 살피던 세작은 이방언이 집에 없다는 소식을 가져왔다.

"이방언이 이 지역 동비들의 수괴인데 그가 귀화하겠다는 말을 믿었단 말입니까? 그는 신출귀몰해서 어디든지 자유자재로 드나들며 동학을 포덕하고 있습니다. 나리가 속은 것이오."

장녕성의 별장은 박헌양 부사를 보고 껄껄 웃었다.

"그는 다른 비도들과 다르게 예우로 유생들을 응대하였고 말씨도 공손했소. 나를 대하는 태도도 적대감을 갖지 않고 그저 예의를 갖춘 선비로밖에 보이지 않았는데 그가 거짓으로 귀화했다니 믿기지 않소. 내 그를 만나서 다시 협상을 하겠소. 충분히 말이 통하는 사람일진대 미리 포악무도하다고 판단할 일이 아니오."

부사는 별장과 호방을 보고 성급한 판단을 하지 말라고 질책했다.
별장과 호방은 부사에게 속으로 도리어 코웃음을 지었다.

'겉 다르고 속 다른 게 사람인데 부사는 이방언의 감춰진 잔악함을
모르고 어찌 저리 두둔하고 나서는고?'

수성 별장은 이방언의 옷자락만 보아도 소름이 돋았다. 관아에 일
이 있어 나갈 때면 장흥 고을에서 이방언의 세력은 호랑이 떼보다 더
무서웠다. 누구도 이방언의 눈 밖에 나서는 안 되었다. 이방언이 지
목한 관리들은 쥐도 새도 모르게 도인들에게 잡혀가서 병신이 되도
록 몰매를 맞고 오곤 했던 것이다.

수성 별장은 겉으로는 부사가 시키는 대로 이방언이 언제 장흥을
떠나는지 감시했다. 이방언의 무리는 천 명이 넘어서 그들만이라도
장흥 고을을 떠나는 날에는 수성군도 힘을 얻을 수 있었다. 대흥면의
이인환만 따돌리면 어떻게든 병영성의 도움을 받아 동비들을 제압할
수 있을 터였다. 부사가 날마다 동학도들을 치기 위해 궁리하고 있는
모습이 부산해지고 있었다.

부사는 의지할 데가 유림(儒林)밖에 없어서 그들이 민보군을 결성
하는 데 적극적으로 지원을 했다. 그리고 보부상들에게 연통을 넣어
민보군에 참여할 것을 종용했다.

애쓴 보람이 있어 10월을 넘기면서 장녕성 아래에는 보란 듯이 세
를 형성한 민보군과 보부상들이 진을 치게 되었다. 요란한 깃발을 내
걸고 풍악을 울리며 위력을 과시하기도 했다. 성안에는 수성군들이

역시 전투 태세를 갖추고 동학도인들이 쳐들어올 것을 대비했다.

이방언이 1천여 도인들을 데리고 북쪽으로 올라가자 이사경은 금구에서 세력을 형성하고 있는 김방서에게 통문을 보내서 지원을 요청했다. 보은에서 승리하고 금구에 머물러 있던 도인들이 장흥의 부사가 도인들을 공격하려 한다는 소식을 전해 듣고 무리를 이끌고 먼 길을 내려오고 있었다. 김방서 접주는 이방언 접주가 전주성 점령 당시 장흥의 도인들을 이끌고 와서 힘을 모아 주었기에 이번에는 장흥의 도인들을 돕는 일에 적극 나서기로 하였다.

김방서가 정읍을 거쳐 나주를 지나 장흥으로 들어오는 동안, 보성과 강진, 해남 영광의 도인들도 소식을 듣고 속속 장흥으로 이동하고 있었다.

그러나 이방언이 장흥을 떠났다는 소문을 들은 부사는 그 즉시로 병영성에 군사를 요청하고 민보군과 보부상을 동원하여 읍내의 집강소를 공격했다. 집강소에 모여 있던 도인들은 순식간에 들이닥친 수성군들이 쏘아대는 화승총에 맞아 이리 뛰고 저리 뛰며 도망을 쳤다. 몇 명은 총에 맞아 목숨을 잃기도 했다.

수성군들은 도인들이 쫓기자 더욱 힘을 얻어 나머지 집강소까지 공격하기 위해 서둘러 진열을 정비해 나갔다. 때마침 병영성에서 도착한 3백여 명의 군사들도 합세했다. 관군들의 사기는 하늘을 찔렀고, 부사는 성곽에 올라 전투를 지휘하며 환호성을 질렀다.

"이방언이 돌아오기 전에 장흥 비도들을 모두 잡아들여야 한다."

그러나 부사의 승전가는 오래가지 못했다. 도인들을 이끌고 김방서가 유치재를 넘어서 들어오고 있었다. 여기저기에서 합세한 도인들이 3천 명이 넘는다고 했다. 유치재에는 이미 장구와 북을 요란하게 치며 진군하는 도인들로 먼지가 구름처럼 피어올랐다.

이사경과 구교철은 덕도 인근의 섬으로 들어간 이인환을 찾는 서찰을 황급히 보냈지만 답장이 오지 않았다. 이인환은 섬을 돌며 마지막 도인들을 규합하고 있었다.

이인환은 배를 타고 장산도로 들어가는 길에 구교철의 서찰을 받았다. 지금 장흥의 도인들이 총공격을 받고 있다는 소식이었다. 그가 다시 돌아가서 대흥면 일대의 도인들을 모은다고 해도 이틀의 시간이 필요했다. 그는 이방언이 군량미를 숨겨 둔 창고를 알려 주며 김방서 접주에게 무기와 식량을 내줄 것을 서찰로 전했다. 그리고 뱃머리를 돌려 대덕으로 향하였다.

금구에서 동학도인들이 내려오고 있다는 소식을 들은 부사는 그들이 도착하기 전에 대세를 결정 지어야 한다고 생각했다. 그래서 그도 무장을 하고 말을 달려 용계면의 자라번지로 갔다. 이미 한바탕의 전투를 치른 집강소 자리에는 불길이 여전히 타오르고 있었다.

"비도들은 저 산으로 도망을 쳤습니다."

수성 별장은 바위와 나무들이 칙칙하게 우거진 뒷산을 가리켰다.

"어쩔 수 없소. 지금 동비들이 구름 떼처럼 몰려온다고 하니 빨리 퇴각을 하시오. 수십 명의 비도들을 척살하고 또 잡아들였으니 그것만으로도 큰 성과라고 생각하오."

수성 별장은 모처럼의 기회를 포기해야 한다는 것에 미련이 남아 부사에게 여쭈었다.

"병영성의 관군과 더불어 수성군도 천 명이 넘는데 저들이 아무리 수천 명이 넘는다 할지라도 무장도 제대로 하지 못한 오합지졸입니다. 화약이 아직 넉넉하니 일거에 몰아붙이면 승산이 있지 않겠습니까?"

부사는 수성 별장을 바라보며 호탕하게 웃었다.

"나 또한 어찌 그런 생각이 없겠소. 당장이라도 싸워서 저들을 쑥대밭으로 만들고 싶소이다. 그러나 싸움이란 사기가 문제요. 저들이 기습 공격에 일패도지했다고는 하나 이제 다시 유리한 고지를 차지하고 저렇게 저항하는데 수성군의 사기가 꺾이지 않겠소?"

"그럼 물러나서 다음을 도모하겠습니다."

수성 별장은 수성군들에게 장녕성으로 퇴각할 것을 명령했다. 군사들은 여염집으로 숨어 들어간 도인들을 잡기 위해서 골목 안을 뒤지며 퇴각을 늦추었다.

그러나 그들이 채 마을을 빠져나가기도 전에 먼지가 구름처럼 피어오르며 김방서 접주가 이끄는 동학군이 도착하고 있었다. 수성군은 궁지에 몰려서 도망갈 곳을 찾기 시작했다. 김방서가 이끄는 동학군들은 장흥 고을의 집강소를 굳건히 지켜 주었다. 부사는 자라번지와 대흥면 일대에 설치된 집강소를 없애려고 벽사 역졸들을 동원해서 여러 차례 공격을 시도했지만 동학군들의 완강한 역공에 성과 없이 번번이 물러서고 말았다.

박헌양 부사는 장녕성에서 고을을 내려다보며 한숨을 내쉬었다.

'어린 시절부터 학문을 게을리하지 않아서 과거를 보고 벼슬길에 올랐지만 비도들이 판을 치는데도 진압할 길을 찾지 못하고 있으니 한스럽기 짝이 없구나. 강진 부사에게 원군을 청하여도 소식이 없고 병영성에 원군을 청하여도 돌아보지 않네. 벽사역 찰방도 겉으로만 돕는 척하고 뒤로는 발뺌만 하고 있으니 이 노릇을 어찌할고?'

5. 벽사역을 쳐라

　동학군의 세력은 날로 커져 갔고, 조정에서는 그들을 제압하기 위해 일본군을 끌어들이며 소모사*와 장위영** 군사를 파견했다. 가을로 접어들자 본격적인 동학군 진압 작전이 시작되었고, 위기의식을 느낀 동학 교주 해월 선생은 전국 모든 동학 조직이 일제히 기포할 것을 지시했다.

　그러나 전봉준-손병희의 동학연합군은 10월 24일 공주 전투***에서 크게 패배하고 일본군-관군 혼성군의 연속 공격에 밀려 남하하기 시작했다. 그 무렵 이방언은 혹시라도 서남 해안 지역으로 일본군이 상륙해 올 것을 대비하며 이방언은 전라남도 일원을 돌며 동학군들을

---

* 　조선시대 병란이 발발했을 때 그 지역의 향병을 모집하기 위하여 왕이 임시로 임명하던 관리.
** 　조선시대 고종 때 군영의 하나. 수도 방위를 위하여 3군영을 두었으며 왕의 직속 군대임.
*** 　1894년 10월 24일부터 공주 우금티 일대에서 벌어진 동학군과 일본군-관군 혼성군의 전투. 동학군이 많은 인명 손실을 하면서 크게 패함.

독려하고 있었다. 우금티 전투에서 패한 동학군들이 남하한다는 소식을 접하고 11월 21일 구교철이 웅치에서 제일 먼저 다시 기치를 올렸고 이인환은 대흥면에서 11월 25일 재기포하였다.

입동이 지나자 들판엔 차가운 바람이 불기 시작했다. 그러나 동학군의 기세는 하늘을 찌를 듯이 드높았다. 장흥만을 둘러싸고 있는 여러 섬에서 올라온 동학군들만 수천 명이었다. 도인들은 머리에 황색 명주 수건을 두르고 행렬 맨 앞에는 척양척왜의 깃발을 내세웠다. 들판엔 온통 노란꽃이 피어난 듯 황색 깃발이 휘날렸다.

이인환은 대흥면 장터에 도인들을 모으고 대장기 아래 청수를 올리고 큰절을 올렸다. 그리고 우렁찬 목소리로 고천문을 낭독했다.

"한울님! 이제 때가 되었습니다. 백성이 하늘이 되는 세상을 만들고자 하늘 사람들이 여기에 모여 고하노니 한울님의 뜻을 보여주시옵소서."

이인환의 우렁찬 목소리가 허공에 울려 퍼지자 수천 명의 도인들이 주문을 외우기 시작했다.

"시천주 조화정 영세불망 만사지."

도인들의 주문 소리는 강산 초목을 흔들며 번져 나갔다. 지진이라도 일어난 듯 땅이 흔들렸다. 구경을 나온 여염집 사람들은 어지러워 옆 사람을 꼭 붙들었다. 행군을 알리는 징소리가 땅을 고르자 꽹과리 소리가 높은 음으로 대열을 선도하고 긴 나팔 소리가 이어지며 기운을 북돋웠다. 수천 명의 동학군들이 열을 맞춰 땅을 울리며 앞으로 나아갔다.

동학군들은 네 곳으로 나뉘어 동서남북을 가르며 진군을 시작했다. 중앙에서 다시 나팔을 길게 불자 동쪽에서, 서쪽에서 차례로 나팔 소리가 울리며 이에 호응했다. 그리고 거대한 강물이 흐르듯이 도인들은 앞으로 앞으로 밀려갔다.

이인환은 말을 타고 제일 앞에서 전체를 지휘했고 최신동 역시 말을 타고 그 뒤를 따랐다. 최신동은 벅찬 마음을 숨길 수가 없었다. 아버지의 원수를 갚기 위해 이인환 접주를 따라다니며 숱한 날을 함께한 덕분으로 오늘 전투에 참가하게 된 것이다. 최신동의 나이 열다섯 살. 아직 어린 티가 가시지 않은 소년 동학군은 구름처럼 피어나는 흙먼지를 뚫고 말채찍을 휘두르며 함성을 지르고 행군 대열에 신바람을 불러일으키고 있었다.

'기필코 아버지 원수를 갚고야 말겠어. 아니, 기어이 동학의 새 세상을 보고야 말리라.'

그들은 대흥면을 한 바퀴 돌고 곧바로 회령진으로 향했다. 황색 두건을 쓰고 황색 천을 무릎에 두르고 깃발을 흔들며 진군하는 모습은 수천의 새 떼들이 하늘을 가르며 새 세상으로 나아가는 듯 웅장하고 끝없이 이어졌다. 최신동은 가슴이 미어터질 것만 같았다. 부친의 상여가 나간 길을 이제는 수천 명의 동학도인들과 함께 가고 있었다. 최신동은 부친의 혼이 이 길을 함께 가는 것이라고 생각했다.

그는 말을 타고 앞서가는 이소사를 바라보며 이소사가 부친의 혼을 불러들여 주면 좋겠다고 생각했다. 동학군들은 이제 이소사라고 부르고 있었다. 이소사는 집을 나와 연지리와 덕도를 오가면서 이인환의 수하에서 수련을 하고 포덕에 앞장섰다. 이인환의 빼어난 무술 실력을 전수받은 이소사를 이제 누구도 무녀라고 부르지도 않았고 이름을 함부로 부르지도 않았다. 여전히 큰 소리로 주문을 외우면 접신의 경지로 들어갔으나 강단진 표정 가운데서도 도인다운 온화함이 흘러넘쳤으며 용담유사를 외우고 동경대전을 전파하며 지혜를 베푸는 도인의 생활을 해 나갔다.

이방언도 이인환도 이소사를 끔찍이 아꼈다. 이소사는 여동학 지도자로서 자기 몫을 톡톡히 해내고 있었으며, 접주들의 지친 마음을 위로해 주는 청량제 역할을 해 주었다. 맑은 목소리에서 우러나오는 맑은 정신이 사람들을 깨워서 일어서게 하였다.

이인환이 이끄는 동학군들은 바닷길을 따라 십여 리를 걸어 회령진에 이르렀다. 한바탕 전투를 치를 생각으로 낫과 죽창과 쇠스랑을 든 연지리 접이 가장 앞에 나섰다. 중간중간에 화약 주머니를 든 동학군을 배치하고 화승총을 든 도인들이 선봉에 나선 도인들을 엄호하게 하였다. 회령진 앞에 집결한 동학군의 함성은 지축을 흔들었다.

"만호 나와라!"

"……!"

"만호는 썩 나서서 항복하라!"

이인환이 우렁찬 목소리로 진성 안을 향해 외쳤다. 그러나 이상한 일이었다. 회령진의 성벽 안에는 수군이 한 명도 보이지 않았다.

"이미 도망을 친 모양이다. 성으로 들어가라!"

이인환이 동학군들을 독려했다. 그러나 성은 수천 명이 들어가기에는 비좁았다. 날쌘 동학군들이 앞장서서 성으로 짓쳐 들어갔다. 나머지는 성 밖을 둘러싸며 깃발을 흔들고 주문을 외웠다.

앞바다에 관선 몇 척이 떠 있었다. 배에 탄 수군들이 동학군들에게 야유를 보내며 간간히 화승총을 쏘아 댔다. 이인환은 대포의 방향을 틀어서 관선으로 몇 방을 쏘도록 명령했다. 포탄이 바다로 떨어지자 관선들이 뱃머리를 돌려 더 먼 바다로 멀어졌다. 그들은 포탄 사정거리를 멀찍이 벗어난 즈음에 다시 배를 세우고 헛총을 쏘아 댔다.

"또 한 번의 무혈입성이라. 만호 놈이 최신동이 부친의 복수를 하러 온다는 소식을 미리 알고 일찌감치 도망을 했군."

이인환은 껄껄 웃으며 최신동을 데리고 성안으로 들어갔다. 최신동은 아쉬운 듯 화승총을 매만지며 바다로 눈길을 돌렸다.

"회령진의 만호를 잡으려면 배를 가지고 와야겠소이다. 도인들이 탈 배를 구할 수 없다는 것을 알고 바다로 도망쳐서 지금 저 바다에서 우리를 비웃고 있지 않습니까?"

최신동이 투덜거리며 이인환의 뒤를 따랐다. 이인환은 최신동을 돌아보며 대답했다.

"그것은 섬마을 도인들에게 맡기면 해결되는 문제로구나. 너무 상심치 말거라. 우리의 싸움이 계속 이어진다면 회령진을 다시 한번 날릴 때가 있을 터인즉, 그때는 수군부터 물귀신으로 만들어 주마. 치졸한 녀석들이 바다에서 헤헤거리고 있다니."

이인환은 잠자코 무기고로 향했다. 무기고를 지키고 있던 수군 서너 명이 이인환 일행이 다가오자 줄행랑을 쳤다. 이인환은 그들을 죽이지 말라고 명령했다. 먼저 들어간 동학군들이 만호의 옷가지를 찾아내 들고 나왔다. 이인환은 무기고를 열고 얼마 되지도 않는 무기나마 샅샅이 뒤져서 가지고 나왔다.

"비록 탐관오리라고 할지라도 그들의 사사로운 물건에 함부로 손을 대지 말라. 그들의 물건을 빼앗아서 도인들이 나눠 쓰면 도인 또한 도둑이 되는 원리이니라."

이인환이 만호의 비단 옷가지들을 다시 돌려놓으라 했다. 그러나 이미 만호에게 복수를 각오한 도인들이 슬며시 만호의 물건들을 불이 타오르는 곳에다 던져 넣었다. 이미 쓸 만한 무기들은 이인환이 수군 몇몇을 매수해서 다 빼냈기 때문에 무기고에는 무거워서 옮길 수도 없는 낡은 대포 몇 대만 남아 있었다. 이인환은 동학군들에게 대포를 옮기라고 지시했다. 도인들이 달려들어 낑낑거리며 나귀가 끄는 수레에 대포를 옮기자 도인들이 환호성을 질렀다. 만호와 수군들이 떠난 만호는 더 이상 도인들이 머물 곳이 못 되었다.

이인환은 도인들에게 대흥면으로 돌아가자는 명령을 내렸다. 동학군들은 또다시 열을 지어서 행군을 시작했다. 각 접 단위로 줄을 서서 척왜양창의(斥倭洋倡儀) 깃발을 높이 펄럭이며 해안길을 따라 걸었다. 짙푸른 바다에서는 파도가 하얗게 부서지고 매서운 바람이 불어왔다. 그러나 도인들의 기세는 하늘을 찔러서 누구 하나 바람과 추위를 나무라지 않았다. 지나는 마을마다 구경 나온 사람들이 그 의연한 모습을 침이 마르도록 칭찬하였다.

대흥면으로 돌아온 도인들은 장터에 진을 치고 돼지를 잡고 술추렴을 했다. 몇몇 집에서는 키우던 돼지를 내놓았고 이인환이 군자금을 헐어서 술과 반찬을 준비했다. 대략 5천 명 정도의 동학군들이 모였으니 장터는 장사진을 이루고, 별의별 재주를 가진 사람들이 한둘이 아니어서, 금방 풍악을 울리며 한바탕의 놀이마당이 펼쳐졌다.

덕도 인근의 섬에서 나온 5백여 명의 도인들은 거친 바다 일을 하면서 그것을 이겨 낼 풍류를 지니고 있었고, 판이 벌어지자 그들이 육자배기를 부르며 분위기를 잡았다.

"저 건너 갈마봉에 비가 몰려들어 온다. 우장을 두르고 지심 매러 갈거나, 진국명산 만장봉에 바람이 분다고 쓰러지며 송죽 같은 굳은 절개 매맞는다고 훼절할까."

덕도 접주 윤범식이 느린 가락으로 서럽게 한 소절을 불러 대자 여기저기에서 코를 훌쩍이며 추임새를 연발했다.

한 사람이 길을 트자, 소리깨나 한다는 사람들이 줄지어 나섰다.

"내 몰랐소 내 몰랐소 도련님 속내 몰랐소. 도련님은 양반이요 저는 천민이라 잠깐 좌정허였다가 버리는 게 옳다 허고 나를 떼라고 허시는디. 속 모르는 이 계집은 늦게 오네 편지 없네 짝사랑 외즐거움이 오직 보기 싫어졌소."

누군가 춘향가 한 구절을 소리 높여 풀어내자 윤범식이 대열의 앞으로 나가서 이인환에게 의견을 제시했다.

"접주님, 아무리 지금 상황이 전국에서 동학군들이 밀리고 있다지만 인생이란 한바탕 꿈일 뿐, 내일부터 치열한 전투가 시작될 터인즉 오늘 여기서 미치도록 한번 놀아 봅시다."

이인환은 그들의 의견을 받아들여 대열 뒤쪽에서 동학군들을 격려하고 있던 강봉수 접주를 불렀다.

"접주께서 이제까지 도인들의 안전을 위해서 아프거나 지친 환자들을 돌보아 주셔서 참으로 감사하오. 이제 일을 하나 더 맡으시오. 이소사와 더불어 동학군들이 쉬는 시간에 즐거운 여흥을 꾸리시면 사기 진작에 여간 도움이 되지 않겠소. 여기 윤범식 접주는 덕도의 소리꾼이니 잘 쓰도록 하시오."

평소에 우스갯소리 하기를 즐겨하는 강봉수 접주가 윤범식을 보며 맞절을 했다. 맡은 일이 일인지라 신중을 기하는 데 애를 썼던 강봉수의 얼굴이 확 펴졌다.

"거, 듣던 중 반가운 소리올습니다. 그럼 각 접에서 대표를 뽑아서 재주를 겨루는 판을 마련해 봅시다요."

각 접에서 자천 타천으로 재주꾼들이 뽑혀 나왔다. 5천여 명의 도인들이 모였으니 비상한 재주를 가진 사람이 어디 한둘이랴! 이소사는 장구를 들고 나와 박자를 맞추어 주었고, 구구절절한 소리와 노동요가 울려 퍼지고, 장내는 삽시간에 춤판이 되어 너 나 할 것이 없이 어깨춤이 덩실덩실 흐드러졌다. 한바탕 혼을 빼고 노래를 부르던 도인들이 갑자기 씨름 대회를 열자 하여 각 접에서 씨름 잘하는 사람이 선발되었다. 멍석이 펼쳐지고 선수들이 앞으로 나갔다.

"연지접 이겨라!"

"생일도접 이겨라!"

"송현접 이겨라!"

도인들은 각자 자기 접 대표들을 응원하며 소리를 높였다. 목이 터지도록 응원을 하며 한 사람이 이길 때마다 그 접에만 술과 고기를 건네주니, 모두들 죽기 살기로 선수를 내보냈다. 도인들은 술과 고기가 다 떨어지도록 판을 벌이며 놀다가 마지막에는 누군가의 선창으로 구호를 외치기 시작했다.

"척왜양창의!"

선창이 쏟아지면 우레와 같은 함성이 이어졌다.

"척왜양창의!"

"보국안민!" "보국안민!"

"포덕천하!" "포덕천하!"

이어서 풍물패의 풍악이 울려 퍼졌다. 빠르고 강한 진오방진 가락을 치며 굿패들이 앞장서자 동학군들이 그 뒤를 따르며 거대한 진이 만들어졌다. 장관이었다. 이인환은 수천 명의 도인들이 어울려 거대한 달팽이진을 감는 모습을 보며 머릿속으로 작전을 세우고 있었다.

　최신동은 도인들의 놀이판을 피해서 우시장 쪽으로 걸어갔다. 기대에 들떴던 회령진의 공격이 무혈 전투로 끝이 나자 허한 기운이 찾아들며 갑자기 쓸쓸한 생각이 들었다. 홀로 계신 어머니가 그립기도 했다. 부친이 돌아가신 후 시들시들 아프기만 한 모친의 건강이 몹시 걱정되었다. 오늘 아침에도 집안의 대를 이어야 할 독자가 싸움터에 나간다고 하니 가지 말라고 울며불며 매달리던 어머니였다. 최신동이 눈가를 촉촉이 적시며 텅 빈 우시장을 서성이고 있을 때 어디서 나타났는지 이소사가 다가왔다. 최신동은 반가운 기색으로 이소사를 맞이했다.

　"오늘같이 좋은 날에 어찌 혼자 이곳에 있느냐?"

　이소사는 맑은 목소리로 최신동에게 물었다. 최신동은 얼굴을 붉히며 이소사에게 부탁을 했다.

　"이소사님, 돌아가신 이의 혼을 부를 수 있나요? 사람들이 이소사님께서 접신을 한다고 하던데, 우리 부친 혼 좀 불러 주시오. 그러면 제가 못다 한 말을 전하고 싶습니다."

　이소사가 두 눈을 치켜뜨며 놀란 표정을 지었다.

　"오호라! 맘고생이 얼마나 심했느뇨! 내가 접신이 된다는 말은 세인들이 그저 붙인 말이다. 나는 접신을 하는 것이 아니라 그저 동학의 주문을 정성스럽게 외우면 몸이 떨리며 뭇 생명의 소리가 들려올 뿐 죽은 혼을 부르는 것은 아니란다. 부친께 할 말이 있으면 심고로

하여도 그 뜻이 전해질 터이니 염려 말고 이 자리에서 해원(解冤)을 하도록 하여라."

최신동이 머리를 긁적이며 멋쩍은 표정을 지었다.

"아닙니다. 저는 그저 부친의 혼을 부를 수만 있다면 제가 원수를 갚겠다는 말을 하고 싶습니다."

이소사가 하늘을 향해 심고를 올렸다.

"한울님이시여, 이 아이의 뜻을 받들어 주소서. 그러나 사무친 원한이 깊다 하여도 개인적인 보복에 머무르지 말게 하시어 이 한 맺힌 세상에 평안이 깃들게 하시옵소서."

최신동은 이소사의 심고를 들으며 고개를 살래살래 저었다. 이소사가 그런 최신동을 의아하게 바라보았다.

"이인환 접주님의 큰 뜻을 좇아 출병을 했지만 제 뜻은 제 아비의 원수를 갚는 것입니다. 저더러 큰 뜻을 생각하고 작은 뜻을 버리라고 하지 마십시오. 사람이 제 작은 뜻 하나도 제대로 펼치지 못하고 어찌 큰 뜻을 이룰 수 있겠습니까. 우선은 작은 제 소망을 이루고자 합니다."

이소사는 최신동의 머리를 쓰다듬어 주었다.

"생각이 많은 아이로구나. 나는 작은 뜻을 이루지 못하고 큰 뜻을 세우기 위해 집을 나왔으니 너를 통해 다시 한 번 성찰을 해야겠구나. 실은 내 속뜻은 평범한 아녀자로 지어미가 되고 어미가 되는 것이었다. 그러나 세상이 그것을 허락하지 않으니 누구를 원망하며 누구를 탓하겠느냐. 지금은 여동학으로서의 역할에 충실하리라 생각할 뿐이다. 호시절이 찾아들면 지어미로 돌아갈 수 있겠지!"

최신동은 이소사의 말에 정신이 맑아지며 부친에 대한 한스러움이 조금 덜어졌다.

"내 부모님을 버리고 나왔으나 날이면 날마다 부모님 계신 곳을 향하여 심고하며 안부를 물으니 그 기운이 전해지리라 믿는다. 신동아. 홀로 있는 모친 생각에 애간장을 끓이지 말고 지극한 마음으로 심고하면 그 뜻이 모친에게 전해질 것이다. 그것을 믿고, 느끼고, 체험해 보아야 한다."

최신동은 이소사를 보며 맑은 웃음을 보냈다. 이소사는 소문대로 사람 속까지 훤히 들여다보고 있었다. 최신동은 이소사가 친누이처럼 좋았다. 이소사와 함께 있으면 동학군의 전투가 길어진다고 해도 외롭지 않을 것 같았다.

다음 날 이인환의 동학군은 홍양성*을 향해 나아갔다. 이방언의 동학군도 며칠 후면 장흥에 도착한다는 통문이 당도했다. 치솟아 오른 동학군의 사기가 쉬는 동안 꺾일 수도 있으므로, 최대한 빨리 진군을 해야 했다. 5천 명의 대군이 한꺼번에 홍양성으로 가는 것은 전력 낭비일 뿐이므로, 그는 선발대 천여 명을 뽑아 이끌고 밤새 보성 쪽으

---

* 홍양성은 현재 전라남도 고흥군의 읍성임.

로 이동하여 벌교에서 홍양으로 이어지는 뱀골재를 넘었다.

회령진에 심어둔 수군의 말에 의하면 만호는 늘상 녹도진이나 발포진으로 발령을 받지 못한 것을 한탄했다고 한다. 회령진은 이인환이 수시로 쳐들어와서 무기를 탈취해 가니 조정에 알릴 수도 없어 울며 겨자 먹기로 쉬쉬하고 있었으니, 그에게는 회령진 만호가 바늘방석이나 다름없었다. 만호는 이인환이 기포하여 수천 명의 도인들을 이끌고 회령진으로 향한 날도 관선을 타며 이렇게 투덜거렸다고 했다.

"홍양현에는 수군 진이 네 군데나 있어서 동비가 공격을 해 와도 물샐 틈이 없는데 우리는 병영에 천여 명 군사를 두고도 원군을 청할 수 없으니 안타깝도다. 내가 녹도진이나 여도진, 발포진이나 사도진으로 발령을 받았다면 이 수모를 당하지 않았으리라."

홍양현은 수군 만호들이 파견을 나가서 지킨다고 하니 한번 싸워보면 수군의 힘이 얼마나 되는지 가늠할 수 있으리라. 장녕성을 치기 위해서는 사전 준비가 철저해야 했다. 시험 삼아 들어간 회령진에서 총포 한 번 안 쓰고 점령을 하고 말았으니, 제 목숨을 보전하고자 하는 벼슬아치들의 허장성세가 극명하게 드러났다.

이인환은 이번에도 홍양현의 방비가 얼마나 허술한지 보여줄 생

각이었다. 홍양에는 유복만* 접주를 비롯하여 송년섭,** 송년호,*** 오
준헌, 정영순,**** 이창도, 명사홍 등 기라성 같은 접주들이 진을 치고 있
었다. 그들은 김개남과 연계하여 주로 남원 전투에 참여한 후, 홍양
성을 점령하기 위해 주월산에 주둔하고 있다고 했다. 홍양현의 접주
유복만은 일찍이 입도하여 남원 전투에서 군수품을 담당하여 물자를
조달하는 일에 공력이 컸다. 또한 구례에서 염찰사 엄세영으로부터
1천 냥을 지급받아서 동학군의 경비로 쓰고 있었다.

11월 28일 새벽, 이인환이 이끄는 동학군 부대가 홍양성 건너편 운
람산 아래 진을 쳤다. 홍양성 뒤편 주월산에는 유복만이 이끄는 천여
명의 부대가 기회를 엿보고 있었다.

먼동이 희부옇게 터 올 무렵 이인환이 나팔 소리로 신호를 보내자
유복만의 부대가 성 뒤편에서 공격을 개시했다. 두원면 신송리 출신
송년섭 접주가 미리 준비한 화승총으로 성 뒤편을 공격하자 수성군
들이 우르르 뒷담으로 몰려갔다. 이인환은 유유히 도인들을 이끌고
남계천을 지나 아문(衙門)으로 향했다. 수천 명의 도인들이 깃발을 흔

---

* 　전남 고흥 동강면 출신 동학 접주. 김개남의 최측근. 주로 남원에서 활동하다
　　1894년 10월 이후 고흥으로 돌아와 홍양성 공략을 시도하다 잡혀서 처형당함.
** 　전남 고흥 두원면 신송리 출신 대접주. 21세인 1891년에 입도하여 보은 집회에
　　참가함. 갑오년에 체포되었으나 탈출하여 후에 천도교 고흥교구장을 지냄.
*** 전남 고흥 점암면 신안리 출신 접주. 백산 결진에 참여함.
****전남 고흥 점암면 출신의 접주. 같은 마을 출신의 송년호와 같이 활동함.

들며 관아 앞에 서자 백성들이 몰려나와 구경하느라 인산인해를 이루었다.

서문 쪽에서는 점암 출신 접주 정영순이 나로도 접주 명사홍과 함께 성문 공격을 시도하고 있었다. 사방에서 도인들이 성문을 부수자 수성군들은 우왕좌왕 날뛰며 삽시간에 성안이 아수라장이 되었다. 이인환은 대포로 아문을 쏘아 부수고 관아로 들어갔다. 넓은 관아의 뜰은 텅비어 있었고, 방이란 방의 문들, 곳간 문들은 이미 제대로 붙어 있는 것이 없는, 한마디로 난장판이었다. 게다가 이미 향리들을 줄행랑을 쳤고 비속들만 담을 넘느라 아우성이었다. 동학군들이 쫓기는 비속들을 쫓아 뒤통수를 잡아챘다. 덜미를 잡힌 비속들은 살려달라고 괴성을 질렀다.

이인환이 소리쳤다.

"죄 없는 자들을 함부로 죽이지 말라. 힘 없고 나약한 자들은 도망갈 길을 터 주어라. 저들도 휘둘리며 살아온 잔챙이들일 뿐이다."

그러자 이인환의 뒤에 서 있던 한 동학군이 투덜댔다.

"저들은 현감에게 붙어서 갖은 아부를 하고 살아온 버러지 같은 존재일 뿐인데 어찌 살려 주라 합니까? 저들은 더 앞장서서 백성들의 간을 빼먹고 뒤통수를 치던 자들입니다!"

이인환은 돌아보며 껄껄 웃었다.

"가진 것이 없는 자는 당당할 수가 없다. 가진 자가 베풀어야만 평화가 온다. 지금은 우리가 가진 사람들이다. 우리는 동학도인으로 하늘이 주신 많은 것을 받았노니 저들을 용서하는 것이 옳다."

철통같다던 홍양성의 수성군은 이인환이 이끄는 천여 명의 동학군 앞에서 제대로된 대항 한번 못해 보고 무너지고 말았다. 이인환은 회령진과 다를 바 없는 수성군의 허약함에 혀를 끌끌 찼다. 강한 자에게는 한없이 비열하고, 약한 자에게는 한없이 거만하게 구는 법만 일찍이 몸에 밴 군사들은 조금만 위협을 가해도 이처럼 꽁지 빠지게 도망을 치는 것이 아닌가?

관아 맞은편, 봉황산 위로 붉은 해가 솟아오르고 있었다. 이인환은 유유히 부사가 머무는 방으로 들어가 인부를 꺼내 품에 넣었다. 관아 곁 느티나무 고목 아래에서 홍양현 접주들을 불렀다.

유복만 접주가 한 무리의 동학군을 이끌고 이인환에게 다가왔다.

"저희들이 수없이 공격을 시도했지만 막강한 수성군의 세력에 밀리곤 하였습니다. 그런데 이 접주께서는 단방에 홍양성을 점거하고 인부까지 손에 넣다니 소문대로 대단한 전략가이십니다. 탄탄하던 수성군들이 모두 도망을 치고 보이질 않습니다."

이인환은 홍양현 동강고을 출신이라는 유복만의 손을 잡고 허허롭게 웃으며 말했다.

"회령진 무기들을 모두 제가 털었소이다. 오늘 그 무기를 조금 썼으니 홍양현에서 보충을 하고 가야겠소. 무기고를 열어 쓸 만한 것을 가져갈 터이니 양해해 주시오."

유복만은 장흥 동학군들에게 홍양성의 무기들을 수레에 실으라는 명령을 내리고 있는 이인환을 바라보며 알 수 없는 경외감을 느꼈다. 그에게는 범접할 수 없는 기운과 더불어 강한 자신감이 배어 있었다. 유복만은 조심스런 마음으로 이인환에게 물었다.

"우린 기껏해야 천여 명 남짓인데 이 접주 휘하에는 수천 명의 도인들이 참여했다고 들었습니다. 그들이 모두 무장을 했으니 그 많은 무기들은 또 어디에서 구했습니까?"

이인환은 성을 둘러보며 유복만에게 일렀다.

"싸움이란 하지 않으면 더 좋겠으나, 이왕 싸움이 벌어지게 되면 반드시 이겨야 할 말이 있는 것이외다. 지고 나면 아무리 큰 명분이 있었다 한들 모두 넋두리에 불과하오. 비법은 둘이오. 무기가 없으면 전투에서 결코 이길 수가 없으며, 전략이 탁월하지 못하면 좋은 무기를 가진다 해도 지고 말 것이오. 그러나 지금 이곳의 수성군은 그 세력이 강하니 다시 규합해서 성으로 올라올 것이오. 우리가 떠나면 곧바로 주월산으로 퇴각하길 바라오. 그리고 홍양성 공략이 어려우면 도인들을 장흥으로 이동시키시오. 장흥에는 이미 수천 명의 동학군들이 조직되어 있고, 북쪽에서 밀린 동학군들이 속속 모여들고 있어 곧 수만 명이 규합될 것이니, 그 세력으로 말하자면 다시 한양까지 밀고 올라갈 수도 있을 게요. 일단 장녕성을 점령하고 난 후에 강진과 보성, 그리고 홍양성을 차례로 점령할 계획이라오."

이인환의 당찬 목소리에 유복만은 미간을 찌푸리며 봉황산으로 밀려간 수성군들이 다시 대열을 정비하고 있는 모습을 불안하게 살펴고 있었다.

"녹도진과 발포진에서 벌써 관군의 원병이 출발했다 합니다. 서문의 접주들과 더불어 퇴각을 하도록 하시오. 우리는 다시 장흥으로 돌아가리다. 동학군들을 재조직하여 수성군의 규모와 비교하며 다음 작전을 세우기 바라오."

유복만은 인부만 빼내서 다시 장흥으로 돌아간다는 이인환을 잡으며 홍양현에 남아 줄 것을 부탁했다.

"저희 홍양현 접주들은 남원 전투에 참여하느라 홍양에서 일을 서두르지 못하였습니다. 주월산에 숨어 있는 것도 하루하루가 위험하여 목숨을 보전하기 힘든 처지입니다."

그러나 이인환은 이미 장흥에서 기포령을 올렸고, 구교철과 이방언의 부대와 합류하여 장녕성을 칠 준비를 하고 있어 그쪽에 힘을 보태야 한다고 말했다.

"그렇다면 홍양현에는 왜 오셨습니까?"

유복만은 주로 김개남 쪽에서 활동을 하며 장흥과 해남 쪽의 접주들과는 긴밀한 접촉을 하지 못하였다. 그래서 이인환이 홍양성을 지원하러 온다고 하여 의아한 생각을 하다가 우선 급한 불부터 끄고 보자는 셈으로 선뜻 출정을 받아들였던 것이다.

"그건 말이오, 회령진의 수군들이 건방진 소리를 해서 제가 한번 본때를 보여주려고 왔소이다. 홍양현은 네 개의 수군 진성에서 지원을 나온 강력한 수군들이 지키고 있다기에 수군들이 얼마나 나약한

지 보여주려고 온 거요."

유복만을 비롯한 흥양 접주들은 이인환 주위를 둘러싸며 앞으로 흥양 동학군들이 어떻게 싸워야 하는지 물었다. 유복만이 흥양현 지도를 펼쳐 놓았다. 이인환은 진작부터 준비했다는 듯 흥양현 동학군이 앞으로 활동할 방향을 설명해 나갔다. 유복만 접주는 무릎을 치며 감탄했다. 나머지 접주들도 모두 표정이 밝아졌다.

뒷 수습책까지 일러 준 뒤에 이인환은 동학군을 이끌고 총총히 뱀골재를 넘어서 보성으로 갔다. 그길로 보성 관아를 들이치니 보성 현감 유원규*는 수성군을 데리고 피해 버렸다. 유원규는 그동안에도 동학군에게 호의적이어서 탄압을 금지하고 활동을 묵인해 왔다. 이인환은 현감이 곤란한 싸움을 회피함으로써 나름의 배려를 해 주는 것으로 여겼다. 이인환은 보성부의 인부도 찾아내 품에 넣고 장흥으로 돌아왔다.

이인환이 다시 장흥으로 돌아와 보성현과 흥양현의 인부를 보여주니 동학군의 사기가 땅을 울리고 하늘을 찔렀다. 그들은 이방언, 구교철 접주와 합류하기 위해 탐진강 가로 이동했다.

---

* 보성 현감. 현감으로 재직시 동학군에게 우호적으로 대한다는 죄목으로 체포되었으나 풀려나 이방언와 각별한 사이가 됨. 다시 보성 현감으로 재임하면서 동학 토벌에 적극적으로 앞장서게 됨.

이방언은 전봉준이 주도한 공주 우금치 전투에 참가했다가 패배한 후 이인환과 연락을 주고받으며 남으로 내려오고 있었다.

논산, 전주, 원평으로 거듭 밀리며 그 지역 동학군을 재정비하여 일본군-관군 혼성부대와 맞섰으나, 일본군의 우세한 화력과 근대적 작전 역량에 전세를 만회하지 못하였다. 태인에서 전봉준은 마침내 전군 해산을 명하고 각 접별로 흩어져 후일을 도모키로 했다. 그곳에서 손병희가 이끄는 충청도, 경기도 지역 동학군은 북상로를 택하여 올라가고, 이방언은 내처 장흥 방면으로 남하를 계속했다.

이방언은 패배를 인정할 수 없었다. 장흥에는 만여 명의 도인들이 출정식을 마치고 대기하고 있었고, 인근의 동학군들이 속속 집결하여 그 세를 불리고 있었다. 일본군-관군 혼성부대가 그곳까지 내려가지 않았으니 틈새를 이용하여 남으로부터 다시 한양까지 올라갈 길을 찾을 수 있다고 믿었다.

그는 남하 도중 금구의 김방서와 연합하여 나주와 장성 일대의 도인들을 모두 장흥으로 내려오도록 요청했다. 보성 군수 유원규는 도인들에게 우호적이었으므로 여기저기 흩어졌던 도인들은 보성현으로 숨어들어 산야에 숨어 기별을 기다리고 있었다.

이방언은 흩어졌던 수천 명의 동학군들을 모아 화순과 능주 접주들과 함께 장흥 사창으로 들어왔다. 그리고 보성에 숨어 있던 병사들을 장흥으로 집결하게 했다. 이인환 접주는 이미 출정식을 마치고 이방언을 기다리고 있었다. 이방언 접주가 들어와 합세하자 장흥 고을은 수만 명의 동학군들로 인산인해를 이루었다. 장흥부를 둘러싸고 있는 산자락마다 동학군들이 진을 쳤다. 건산에, 사자산에, 억불산에, 빈재와 자울재에 동학군들이 쌓인 눈처럼 모여 있었다.

이방언은 급히 접주 회의를 열었다. 잠시도 지체할 수가 없었다. 일본군-관군 혼성군이 들이닥치기 전에 준비를 마쳐야 했다. 장흥부에는 쳐부숴야 할 관아가 한두 개가 아니었다.

"벽사역부터 쳐야 하오. 간악한 이용태와 더불어 도인들에게 가장 많은 피해를 입힌 역졸들이오. 고부의 도인들에게 인간으로서 할 수 없는 치졸한 짓을 저지른 것을 철저히 응징해야 하오."

구교철이 벽사역을 치자고 하였다. 주변의 접주들도 고개를 끄덕였다. 이방언이 이인환을 향해 고갯짓을 했다. 이인환이 전략을 설명했다.

"이방언 대접주님은 송정등에서 공격을 시작해 오십시오. 저와 구교철 접주는 건산에서 출발하겠습니다. 그리고 금구에서 내려온 김방서 접주님께서는 도인들의 숫자가 제일 많으니 벽사역 뒤쪽에서 공격을 시작하십시오. 이사경 접주께서는 벽사역 앞벌인 행원리를 거쳐 들어오면 될 것입니다. 이렇게 되면 적들은 독 안에 든 쥐가 되어 도망칠 데가 없습니다. 역졸들과 관원, 역리, 역비 등을 합치면 대략 2천여 명이 주둔하고 있으리라 생각되지만 도인들의 기세에 역졸들은 도망쳤을 수도 있습니다."

이인환의 작전은 일목요연했다. 구교철이 접주들을 돌아보며 물었다.

"찰방은 어떤 사람이오? 비겁한 자라면 이미 도인들의 수를 보고 도망쳤을 테고, 그렇지 않으면 만반의 방어 태세를 갖추고 있을 것이 아니오."

이방언이 턱을 쓸며 천천히 입을 열었다.

"소문에 의하면 찰방 김일원은 비겁한 자여서 장녕성에서 살다시 피하며 부사에게 아부를 하고 있다고 하니, 그는 문제가 되지 않소. 관리가 목숨을 버리고 싸우자고 한다면 군사들도 사기가 충천할 것이오만 대장이 먼저 도망을 치면 호랑이 없는 산 아니겠소. 그렇지만 역졸들은 무장을 했고 수성군보다 거친 사람들이니 안심할 순 없습니다. 우리 동학군들은 수만 많았지 무기가 많지 않으니 우리 쪽 병력을 아끼기 위해 되도록 총을 쏘지 말고 동학군 수만으로 기선을 잡고 저들이 총을 쏘면 그때야 우리들도 총을 쏘도록 합시다. 무기를 아껴야 합니다."

"그렇다면 혹시 부사가 수성군들을 데리고 벽사역으로 지원을 올 상황도 발생할 수 있을 것입니다."

이사경이 고개를 저으며 만일의 사태에 대해서 물었다. 이인환이 자신만만한 미소를 지었다.

"그럴 리는 없소이다. 부사는 지금 바람 앞에 등불이오. 누굴 붙잡고 하소연을 할지 몰라서 안달이 났을 것이오. 이렇게 많은 수가 모였으니 민보군과 보부상으로 보충을 한다고 한들 대적이 되겠소? 게

다가 부사는 첫 발령이라 이 지역 사정에 어둡소. 벽사역 다음 전투
는 장녕성이라는 것을 예감하고 여기저기에 지원을 요청했겠지만 누
가 장흥 부사를 돕겠소이까? 일본군이 주둔하고 있는 나주도 동학군
들이 짓쳐 들어갈 기회만 노리고 있으니 지원해 줄 수 없을 것이오.
강진이나 병영도 마찬가지요. 언제 어디서 동학군들이 밀려들어 올
지 모르는데 그렇지 않아도 부족한 군사를 내주겠소?"

접주들은 이인환의 말에 수긍하며 각자의 접으로 돌아가 내일 전
투를 설명하고 준비하기로 했다.

"신호는 대포로 하겠소. 송정등에서 대포 소리가 나면 다들 벽사역
으로 출발하시오."

접주들은 청수를 모시고 주문을 합송한 다음 심고를 올리고 모두
청수를 나누어 마셨다. 이인환은 건산으로 돌아가서 모정등으로 올
라갔다. 최신동이 이인환을 마중하러 나왔다.

"접주님, 이소사께서 찾으십니다."

이인환은 이소사에게 달려갔다. 이소사는 다가올 전투를 위해 기
도를 올리고 있었다. 건산의 꼭대기에 오르니 이소사는 기도를 마치
고 너럭바위에서 산 아래를 내려다보고 있었다.

"내일 일기(日氣)가 어떠하겠소?"

이인환은 동백기름을 발라 쪽을 찐 머리에 싸늘한 눈빛으로 하늘
의 기운을 살피고 있는 이소사에게 물었다.

"비구름은 조짐이 없고 맑겠습니다."

"그럼 새벽부터 공격해도 되겠구려. 낮엔 오히려 불리하오. 적들이 우리의 실체를 보기 전에 공격을 해야 유리하오."

이인환이 이소사에게 작전을 설명하기 시작했다.

"내일 전투에서는 먼저 공격할 장수가 필요하지 않소이다. 벽사역은 평지이니 사방을 포위하고 나면 역졸들은 독 안에 든 쥐가 되어 금세 항복하고 말 것이오."

이소사가 온화한 미소를 지으며 이인환을 바라보았다.

"그렇다면 저는 무엇을 해야 합니까? 뒤에서 도인들을 격려해야 할까요? 아니면 공격하는 도인들을 앞에서 이끄는 역할을 할까요? 저도 전투에 참가하고 싶습니다만."

이소사는 이미 수없이 많은 훈련을 하여 말을 타고 전투에 임하는 것이 두렵지 않았다.

"아무리 남녀가 평등한 동학군이라지만 이소사께서 직접 전투에 임하는 것은 제 역할이 아니오. 여자와 남자는 해야 할 일이 구분되어 있으니 뒤에서 지친 병사들을 위로하고 부상자들을 치료하며 위로해 주시오."

이소사는 가만히 두 눈을 감았다. 잠시 후 이소사의 몸이 파들파들 떨고 있었다.

"접주님, 여자가 귀중하니 더욱더 싸움에 나가야 하지 않겠습니까? 귀한 존재는 귀하게 쓰여야 마땅하니 정히 그러시면 내일은 전투를 보기만 하고 다음 전투에는 저도 참여하게 해 주시오."

이인환은 이소사를 바라보며 짧게 웃었다.

"여동학을 전투에 참여시키는 문제는 저 혼자 결정할 것이 아니라 여러 접주들의 의견을 모아서 결정하겠습니다. 이것은 비단 이소사 혼자만의 문제는 아닐 것이오. 앞으로도 여동학들이 전투에 참가한다면 그 선례가 될 것입니다."

이소사가 합장을 하고 심고를 올렸다.

오후가 되자 벽사역 주변은 도인들이 친 초막들로 장관을 이뤘다. 나주에서 화순에서, 금구에서 속속 합세한 동학군들은 야전 생활에 익숙해 있었고, 야산에서 나무를 베고 농가에 남아 있던 볏짚으로 이엉을 엮어서 어설프게나마 지붕을 이어 바람을 막았다. 어두워지면 화톳불을 피우기 위해 야산에서 가져온 땔감을 산더미처럼 쌓기 시작했다.

시월에 기세 좋게 동학군들을 토벌하러 다녔던 벽사역 찰방 김일원은 코앞에 다가온 동학군들의 엄청난 군세에 어찌할 바를 몰랐다. 그는 누각에 올라서서 동학군들이 진을 치는 것을 보고 올 것이 왔다는 생각을 했다. 김 찰방은 역참을 나서서 장녕성으로 부사를 찾아갔다.

"시시각각 동학도들이 벽사역 주변으로 모여들고 있습니다. 수성군을 벽사역으로 보내주십시오. 벽사역이 무너지면 그다음 차례가 장녕성이니 벽사역을 지켜야 부사님의 안전도 지킬 수 있을 것입니다."

부사도 동학군의 움직임을 시시각각 주시하고 있는 터였다. 부사는 턱을 쓸며 한숨을 내쉬었다.

"우리도 병영성에 지원군을 요청했지만 아직 소식이 없소이다. 벽사역에는 천여 명의 병사가 있고, 무기도 여기보다 더 많으니 고작 죽창을 들고 들어오는 개미 떼들을 못 당하겠소. 찰방은 용기를 내서 병사들의 사기를 일으켜 세우고 역참을 사수하시오."

그러나 찰방은 싸우고 싶은 마음이 없었다. 진작부터 동학군들이 벽사역 역졸을 노리고 있다는 소문이 파다했다. 고부에서 잔인하게 동학도와 농민들을 욕보이고 죽이기까지 한 장본인들이니 인과응보였다. 그는 종종거리며 다시 벽사역으로 돌아와 무기고를 열어 역졸들에게 무기를 나눠 주었다. 역참이 점령당하면 제일 먼저 무기고를 털 터이니 적에게 내줄 무기라면 역졸들이 먼저 가지고 도망을 치는 게 나을 것이었다.

그리고는 슬그머니 관사로 돌아와 짐을 챙겨 식솔들을 이끌고 장녕성으로 향하였다. 겁에 질려 우는 소리를 그치지 않던 그의 부인이 허둥지둥 발을 동동 굴렸다. 장남이 어디 나가서 들어오지 않았다는 것이다. 찰방은 금방이라도 동학군들이 쳐들어올 것만 같아 마음이 급했다. 넋이 나간 부인에게 호통을 쳤다.

"이런 판국에 나가서 들어오지 않고 있다니 정신이 나간 놈이오. 그놈 기다리다가 가족들이 다 죽게 생겼으니 돌아오면 장녕성으로 오라고 하고 빨리 출발합시다."

찰방은 자꾸만 발길을 멈추고 아들을 찾는 부인을 재촉하여 장녕성으로 들어갔다. 부사는 여지없는 피난민이 되어 관아로 들어서는 찰방을 뜨악하게 바라보고 있었다.

"싸우나 마나 이미 승패가 가름 난 전투입니다. 이인환이 기포령을 내렸을 때, 병영성의 지원군과 수성군이 함께 출두했으나 수천 명의 기세에 질려 대포 한 번 쏴 보지 못하고 퇴각했던 일이 엊그제입니다. 그런데 이젠 상황이 또 달라졌습니다. 북쪽에서 장흥 일대 동학도들보다 더 많은 동학도들이 내려와 저들과 합세했습니다. 저 구름떼 같은 동비들의 대군이 보이지 않습니까?"

부사는 장녕성의 누각에 올라서서 장안을 바라보는 중이었다. 하루가 다르게 산자락마다 도인들이 불어나니 이젠 어디를 보아도 누런 깃발뿐이었다. 건산에 진을 친 도인들이 부르는 노랫소리와 그들의 함성이 성내까지 들려왔다. 송정등에는 남면의 이방언이 진을 치고 있었다. 이방언이 이끄는 동학도는 숫자도 많고 기세도 거세어서 아무도 함부로 접근을 하지 못한다고 했다. 또 이방언 접주가 돌아온 날부터 날마다 돼지를 잡고 쌀을 풀어서 잔치까지 열고 있다고 하니 이방언 휘하의 동학군들도 기세가 등등해졌다고 하였다.

찰방은 한편으로는 억울하기 그지없었다. 안핵사로 파견된 이용태 부사는 고부 도인들을 잔혹하게 진압한 벌로 김산으로 유배를 받아 떠난 지 반년이 넘었는데, 동학도들이 복수를 하려면 이용태에게 해야 할 터였다. 그런데 김산까지 가지 못할 처지여서 동학군은 벽사역을 노린 것이다. 역졸들이 치졸하긴 하지만 안핵사가 하라고 해서 한

짓인데 이젠 목숨 줄이 끊어지게 생긴 것이다.

"저는 역참으로 돌아가지 않겠습니다. 식솔들과 함께 장녕성에 머물겠습니다. 오늘이나 내일 아침에 적들이 역참으로 들어올 것인데 거기서 개죽음 당할 순 없습니다."

김일원은 단호한 목소리로 부사에게 장녕성에 머물게 해 달라고 했다. 부사는 냉정하게 잘라 말했다.

"전하의 명을 받들고 나라의 녹을 먹는 관리가 자기 자리를 지키지 않고 도피를 한다는 것은 군율로 다스려야 할 중죄임을 모르시오? 찰방은 지금 즉시 돌아가 역참을 지키시오. 지금이라도 병영성에 지원을 요청하고 군사들을 다독여 전투 준비를 하시오. 여기 수성군은 보낼 수가 없소. 이제 이곳도 바람 앞에 선 등불이니 나도 그 대책을 세워야 할 것이오."

부사의 단호한 엄명에 김일원은 그날 밤으로 다시 나주로 떠났다. 장흥에 남아 있다가는 목숨을 부지하기 어렵다는 판단을 내린 것이다.

찰방이 장녕성에 있던 12월 4일 새벽, 벽력같은 대포 소리가 아직 어둠이 가시지 않은 벽사역을 진동했다. 장흥 고을 한가운데인 송정 등에서 이방언이 이끄는 동학군이 출정하면서 대포를 쏜 것이다. 장안에 대포 소리가 퍼지자 백성들은 모두 우루루 높은 곳에 올라서서 벽사역을 바라보았다. 새벽 기운이 온 들녘에 퍼져 나갈 즈음 북소리와 장구 소리가 요란하게 들려왔다.

이인환도 모정에서 벽사역을 향해 출발했다. 이인환의 동학군은 황색 깃발을 바람에 펄럭이며 황건을 쓰고 있었다. 수천 명의 동학군들이 벽사역을 향해 행진해 가자 장흥 고을이 진동을 했다. 여염집의 사람들이 담벼락에 서서 그들의 행렬을 바라보고 있었다. 같은 시간 벽사역 뒤에 진을 쳤던 김방서가 수천 명의 군사를 이끌고 역으로 이동했다.

구교철과 이사경이 이끄는 동학군들도 역참 앞문에 도착해 있었다. 벽사역은 금세 동학군들에게 포위되었다. 이방언이 우레와 같은 목소리로 외쳤다.

"찰방 김일원은 썩 나서라. 항복을 하면 가엾은 역졸들의 희생을 막을 수 있을 것이다. 빨리 얼굴을 내밀어 도인들의 심판을 받으라."

그러나 역 안에서는 아무런 반응도 없었다. 이방언이 명령을 내려서 역참으로 대포를 쏘았다. 몇 대의 대포가 불을 뿜었지만 역에서는 아무런 공격도 해 오지 않았다.

"모두 도망쳤나 봅니다."

말을 타고 있던 이인환이 역으로 달려들어 갔다. 수천 명의 동학군들이 그 뒤를 따라 벽사역으로 밀고 들어갔다. 역졸들이 여기저기에 숨어 있다가 화승총을 쏘아 대기 시작했다. 잠시 주춤하던 동학군들이 금세 역졸들에게 달려들어 패대기를 치기 시작했다. 역졸들의 화승총이 불을 뿜어도 아랑곳 않고 역졸들에게 다가가 죽창으로 찔러 죽였다.

"저놈들은 고부의 도인들과 농민들을 악질적으로 죽인 놈들이다. 고부에서 한 그대로 돌려주어라."

피를 본 농민군들은 닥치는 대로 역졸들을 잡아 죽였다. 역졸들은 포위망을 뚫고 도망치기 시작했다. 그러나 관아와 성을 벗어나 들판으로 나간다 한들 사방이 터진 곳이라 숨을 곳이 없었다. 역졸들은 죽어라 탐진강을 향해 뛰었고 동학군들은 있는 힘껏 그들을 뒤쫓았다.

누군가 역참에 불을 질렀다. 관아에도 불이 타오르고 역졸들의 숙사에도 화염이 휩싸였다. 때마침 바람이 불어 불은 더욱더 세찬 기세로 치솟았다. 이인환은 역관으로 들어갔다. 찰방이 머물던 관아의 집무실은 물론 안팎 어디에도 역졸들의 옷자락은 눈에 띄지 않고 아녀자들만 겁에 질린 얼굴로 불길에 쫓겨 내달리느라 정신이 없었다.

"찰방을 찾아라!"

이인환은 이리저리 뛰어다니며 찰방을 찾았으나 보이지 않았다. 불길이 곳곳에 치솟아 불티가 날리는지라 이젠 동학군도 피해야 했다. 이방언은 그 와중에도 동학군들에게 고래고래 소리를 질렀다.

"죄 없는 노비들과 여자들은 죽이지 말라. 관사가 아닌 집들은 불을 지르지 말라. 백성들을 괴롭히는 것은 도인의 도리가 아니다."

그러나 이미 분풀이를 시작한 동학군들은 걷잡을 수 없었다. 곳곳에 불길이 치솟고 잡히는 대로 사람을 죽이기 시작했다.

"찰방의 아들이다. 잡아 죽여라."

누군가 도망가는 소년을 향해 외쳤고, 곧이어 소년의 등에 총이 발

사되었다. 열대여섯 살이나 될까 꽃다운 소년이 사지를 버둥거리며 목숨이 끊어졌다.

이방언은 이미 전세가 결정되었다고 보고 접주들을 불러 더 이상의 살상이 없도록 하라고 명령했다. 그러나 그 말을 거스르는 동학군이 한둘이 아니었다.

"접주님, 공주에서 여기까지 오는 동안 우리 도인들이 어떻게 도륙을 당했는지 보시고도 그렇게 말씀하십니까?"

금구에서 내려온 도인들 중에는 고부의 일을 기억하고 있는 자들이 적지 않았다.

"저놈들은 올해 초 고부에서도 온갖 악행을 저질렀던 바로 그놈들입니다. 동학군은 물론이고 그 가족과 아이들에게까지 몹쓸 짓을 한 놈들입니다."

"저놈들의 씨를 말려야 합니다."

이방언은 화가 난 동학군들에게 다시 우렁찬 목소리로 일렀다.

"개인적인 복수를 하는 것은 동학의 뜻이 아니오. 복수를 하기 위해 우리가 모였는가? 도인들이여! 진정하시오. 우리의 뜻은 탐관오리들을 몰아내고 백성들이 주인이 되어 함께 어우러져 사는 세상을 만드는 것일 뿐이오."

그러는 사이 난리판은 점점 진정됐다. 싸움 소리 대신 승리를 염원하는 동학군들의 함성이 벽사역을 진동하고 있었다.

천둥 같은 대포 소리를 신호로 동학군들이 다시 들판으로 퇴각했다. 각자의 진영으로 돌아가며 동민군들은 승리감에 취해서 함성을 지르고 깃발을 흔들었다. 장흥부의 동학군들에는 더욱 더 감회가 큰 전투였다. 그들은 처음으로 대규모 전투를 치뤘고 승리한 것이었다.

"벽사역은 평지여서 접근하기가 쉽고 마침 찰방이 도망을 쳐서 식은 죽 먹기로 승리를 거두었지만 장녕성은 상황이 다릅니다."

이인환이 접주들에게 장녕성 공략을 위한 방안을 내놓았다. 접주들이 모여들어 머리를 맞대었다.

"장녕성은 천연의 요새라고들 합니다. 왜구가 침입해 와도 쉽게 들어갈 수 없게 바위와 산으로 둘러싸여 있고, 동문 쪽으로는 탐진강이 흐르고 있어 수성군이 수비하기에는 안성맞춤인 성곽입니다. 그러나 역으로 공격하는 편에도 유리한 점이 있을 겁니다."

이방언이 지도를 펼쳤다.

"북문은 산으로 올라가 성문을 공략해야 합니다. 밖에서 열려고 들면 큰 희생이 따를 겁니다. 안에서 여는 방안을 찾아야 합니다. 성문을 지키는 수성군을 물리치고 열어야 하니, 싸움이 능한 이들을 가려 뽑아 그쪽으로 집결시켜야 합니다."

구교철이 수성군은 대략 천여 명이니 세 곳의 문을 지키려면 하나의 성문에 3백여 명이 모여 있을 것이라고 알려 주었다. 김학삼이 덧붙여 말했다.

"민보군과 보부상 5백여 명이 더 있습니다. 박헌양 부사가 부임하

고부터 민보군을 늘려서 무기를 지원해 주고 훈련을 시켰으니 그들
도 무시하면 안 됩니다."

이방언이 생각에 잠기더니 입을 열었다.

"민보군은 강진현에도 많은데 부사가 그들의 지원도 요청했을 것
이오. 김한섭이 이끄는 민보군의 세력이 크다 들었소."

이사경 접주는 이방언 접주를 보며 씁쓸한 미소를 지어 보였다.

"대접주님은 장안의 유생들에게 군량미도 얻어 내고 무명과 무기
등을 지원받는 능력을 발휘하면서, 한 스승 밑에서 자란 벗과는 어찌
하여 원수가 되셨습니까? 김한섭은 접주님께 귀화를 권하기도 하고
저희를 도적으로 몰아 경시적도문을 보낸 사람이니 마땅히 무찔러
없애야 할 것입니다. 이번 기회에 김한섭이 이끄는 민보군을 한 사람
도 남기지 말고 없애야겠습니다."

이사경은 박헌양 부사가 접주들을 불러 놓고 유생 대표들로 하여
금 일장 연설을 하게 하며 귀화를 권하던 일이 떠올라 불쾌한 기분이
가시지 않았다. 이방언은 무표정한 얼굴빛으로 다음 말을 이어 갔다.

"도인들이 척양척왜를 외치는 것처럼 저들도 척사위정을 주장하
고 있습니다. 나라를 구하는 방법에 대해서 생각이 다를 뿐이오. 그
러나 흑과 백이 공존할 수 없는 상황이니 어찌할 도리가 없습니다.
그가 민보군을 이끌고 온다 하더라도 살려 둘 수 없는 것은 자명합니
다. 무고한 백성들이 상하는 일은 결단코 없어야 하겠지만 민보군과
보부상은 관군과 매한가지니 모두 무찔러 평정합시다."

접주들이 말없이 고개를 끄덕여 동의를 표했다. 이방언의 말이 이어졌다.

"동문은 무장이 그중 뛰어난 이인환 접주가 맡으시오. 이미 논의한 대로 내일 장녕성 전투에는 이소사가 참여하게 됩니다. 이소사가 앞에서 사기를 북돋을 것입니다. 북문은 이사경, 구교철 접주가 맡으시고 남문은 제가 맡겠습니다. 문남택 접주는 저를 도와 남문을 공격합시다. 북문은 서쪽 산에서 넘어야 하니 도인들을 산과 북문 앞에 나눠서 배치하도록 하시면 좋겠소이다."

이방언은 지도상의 요소요소를 가리키며 접주들의 역할을 설명했다. 이인환이 팔짱이 끼고 듣다가 입을 열었다.

"오늘 이소사가 전투에 참여하지 않고 뒤에서 심고를 올리고 있었습니다. 이소사의 기도는 신기가 있어서 일기조차 바꿀 수 있는 조화를 부립니다. 내일 장녕성 전투에서 이소사의 지휘를 잘 따르시오. 싸움에 임하여 상황 판단이 어떤 접주와 비교해도 뒤지지 않을 것입니다. 모두 이소사의 지시를 잘 따라 주십시오."

접주들이 서로 말없이 눈빛을 나누며 놀란 기색이 역력했다. 이방언이 앞으로 나섰다.

"어제 잠시 논의했던 바이나 벽사역 전투에 집중하느라 이소사 문제에 대해서 여러 접주님들이 속 의견을 내지 않으셨습니다. 이소사가 전투에 참여하게 된 것이 불편합니까?"

"들리는 말로는 비와 구름을 몰고 오고 아픈 사람의 몸을 한 번만

만져도 병이 낫는다던데 그 말이 사실이라면 당연히 전투에 참가시켜야 하겠지요. 우리 도에 여자와 남자의 차별이 없는데 어찌하여 구분을 짓겠습니까? 그러나 선녀처럼 아름다운 이소사가 앞장을 선다고 하니 가슴이 설레서 전투가 제대로 될까 걱정이긴 합니다."

구교철이 오랜만에 농을 했다. 접주들이 소리 내어 웃었다. 그러나 이인환은 손사래를 치며 웃음기를 걷어 갔다.

"동학을 하는 우리가 농이라도 미신을 용납해서는 안 됩니다. 우리는 이소사의 신이한 능력이 주문 수행의 과정에서 얻어진 것임을 한시라도 잊어서는 안 됩니다. 이소사는 평범한 동학 부인으로, 다만 영이 맑고 도를 이루고자 하는 뜻이 커서 남다른 능력을 보여 주는 것일 뿐입니다."

이방언이 이인환을 돕고 나섰다.

"우리들 누구라도 심성을 잘 닦으면 이소사 같은 능력을 발휘할 수 있게 됩니다. 도인들은 지금 싸움에 여념이 없어 마음까지 거칠어진 것이 사실지만 단 하루라도 수련을 하지 않으면 안 됩니다. 해월선생님은 언제 어디서나 수도하였고, 어려움이 닥칠수록 수행과 기도로써 새 길을 개척해 나갔습니다. 여기 접주님들부터 항상 도인들에게 귀감이 되도록 수도하는 자세를 잃지 말아야 합니다."

금구에서 내려온 김방서 접주는 한쪽에서 이야기를 가만히 듣고 있다가 조용히 물었다.

"장흥에는 능력이 탁월한 여동학이 있나 봅니다. 한번 만나 뵙고 싶습니다."

이인환이 한참 생각에 잠겨 있더니 무겁게 입을 열었다.

"내일 이소사와 최신동을 전투에 참가하게 하겠습니다. 최신동은 아직 열다섯 살에 불과하나 어른 못지않게 기력이 뛰어나고 몸놀림도 빠르니 빼어난 동학군에 버금가는 역할을 해낼 것입니다."

"대흥면에서 관군들에게 잡혀가서 몰매를 맞고 죽어 간 연지리 최도인의 아들입니다. 부친의 원수를 갚겠다는 일념으로 그동안 누구보다도 열심히 훈련에 임하였고, 온갖 궂은 일에 앞장서며 이 싸움에 참전하기를 기다려 왔습니다. 그에게 선봉에 설 수 있는 기회를 주는 것이 마땅하다고 봅니다."

구교철이 최신동의 전투 참여를 허락하자고 했다. 그러나 이방언은 입을 굳게 다물었다.

"스무 살 이하의 젊은이는 싸움에 참가시키지 않는 것을 원칙으로 정하지 않았습니까?"

김학삼이 이방언의 고민을 헤아려 다시금 원칙을 상기시켰다. 그러나 이방언은 입을 꼭 다물고 있었다.

"장녕성 전투는 벽사역만큼 쉽지는 않으나 수적으로 우리가 우세하니 우리 쪽 희생은 크게 따르지 않을 것입니다. 이소사와 최신동이 참가해도 무리가 없을 듯싶으니 허락하여 주십시오."

이인환은 이미 생각을 정리한 듯 접주들을 바라보며 대답을 기다렸다. 접주들이 마지 못해 고개를 끄덕여 주었다.

"이소사는 저와 함께 동문 쪽을 맡도록 하겠습니다. 최신동도 제 옆에서 싸움에 임하게 할 것입니다. 두 사람은 제가 목숨걸고 보호하겠습니다."

"병영에서 지원군이 오기 전에 장녕성을 장악해야 합니다. 부사는 아마 며칠 전에 지원을 요청했을 것이니 오늘 밤에 그들이 도착하지 않는다면 내일 새벽에 성을 공략해야 합니다. 오늘 밤은 도인들이 일찍 휴식을 취하도록 해 주십시오."

구교철 접주가 말했다.

"그렇습니다. 모두 각 접으로 돌아가 도인의 상태를 살피고, 내일 새벽 장녕성으로 모입시다. 신호는 지난번처럼 대포로 하겠습니다."

이방언은 접주들을 먼저 떠나보내고, 휘하 동학군들이 기다리고 있는 역참으로 향했다.

"여기서 오늘 밤을 보내고 내일 새벽에 장녕성으로 갈 것이오. 오늘은 모두 일찍 잠자리에 들어야 하오."

이방언의 지휘에 따라 도인들은 각자 정해 둔 숙소를 찾아들었다.

그 시각, 박헌양 부사는 문루에 올라 불타 오르는 벽사역을 바라보고 있었다. 1만 명이 넘는 동비들이 어디서 밤을 보낼 것인지, 밤 사이 성으로 쳐들어오지는 않을 것인지, 불안한 마음을 도무지 가라앉힐 수 없었다. 그의 곁에는 수성 별장이 시시각각으로 전투 소식과 동학도의 동정을 알려 주고 있었다.

"금구에서 온 김방서 접은 벽사역 뒷전에 머물고 있답니다."

"기가 가장 세다는 이인환 접은 어디에 있다고 하오?"

"이인환 접은 지금 이동 중이라고 합니다. 아마 남산으로 들어갈 모양입니다."

"야단이로고. 사방에서 밀고 들어오면 천연 요새라고 한들 무슨 소용이 있나. 북문 옆 서산에 동비들이 모래톱처럼 쌓였고 남문 앞에는 신출귀몰한다는 이인환이 노리고 있으니, 이 노릇을 어찌할꼬."

"부사 나리, 그것도 그러하지만 해괴한 소문 때문에 군사들의 동요가 심합니다. 아무래도 나라가 망할 징조가 아닌가 모두들 수군거리고 있습니다."

"그게 무슨 소린가?"

부사는 가뜩이나 긴장한 판에 해괴한 소문이라는 말에 부아가 나 거친 목소리로 내뱉었다. "지금 장녕성 주변에 진을 친 동비 중에는 여동학도 있다 합니다."

"여인이 섞여 있단 말이냐?"

"네에, 그렇습니다. 그 여인은 신녀라고 해서 비와 구름을 맘껏 부릴 수 있다고 하는지라, 군졸들의 동요가 이만저만이 아닙니다."

"아니, 듣고 보니 한갓 무녀쯤 되는 아낙네 이야기 아니냐?"

부사는 말은 그렇게 하고도, 왠지 기분이 찝찔하여 중얼거렸다.

"여자까지 전투에 참여하다니 변고는 변고로다."

부사는 혀를 끌끌 차며 다시 한 번 벽사역 쪽을 바라보았다. 벽사역에서 피어오르는 연기가 잦아들 줄 모르고 있었다.

6. 비와 구름을 몰고 온 여인

"꽝! 꽈아아앙!"

1894년, 갑오년 12월 6일 새벽! 밤새 흐려진 하늘을 뚫고 포 소리가 울려 퍼졌다. 탐진강을 등지고 장녕성을 향해 서 있던 동학군들이 그 소리에 맞춰 한꺼번에 함성을 내질렀다. 이미 전날 벽사역에서 승리를 맛본 동학군들의 기세는 하늘 높은 줄 몰랐다. 지난밤 사이에도 동학군은 꽤 늘어나 있었다. 그들의 숫자를 눈으로 헤아리며 이소사는 말고삐를 단단히 잡았다. 탐진강과 곧바로 이어지는 동문 밖에는 이인환이 맨앞에서 지휘를 하고 있었다. 이소사는 이인환의 뒤에서 끝이 보이지 않는 도인들의 행렬을 돌아보며 흐뭇한 미소를 지었다.

이인환 접주가 공격 신호를 내리자 기수가 깃발을 펄럭이며 구호를 외쳤다. 연이어서 나팔수가 나팔을 길게 불고 북소리와 징소리가 이어지더니 장녕성 안으로 대포가 떨어졌다. 가파른 암벽을 타고 올라야 하는 남문 공략은 이방언 접주가 맡았고, 왼쪽으로 산자락을 낀 북문은 구교철, 이사경 접주가 맡고 있었다. 삼단 같은 검은 머리에 홍조를 띤 볼, 형형한 눈빛의 젊은 여인 이소사가 이끄는 동문쪽 동학군은 사기가 더욱 높았다. 이소사의 낭랑한 목소리에 화답한 동학군들의 함성은 소리만으로 성벽을 무너뜨릴 기세였다. 뒤이어 꽹과리 소리가 높아지고 또 그 소리를 받아 동학군의 함성 소리도 드높아졌다. 황색 깃발을 흔들며 산자락에도 수천 명의 동학군들이 동문으로 동문으로 밀려 들어왔다. 동문 앞에는 보부상들과 민보군이 진을 치고 있었다.

부사 박헌양은 동문과 남문을 오가며 사방에서 들려오는 동학군의 함성 소리와 움직임을 예의주시하고 있었다. 부사는 동비가 비록 수만 명이라 하더라도 무장이 탄탄한 수성군과 오합지졸인 동비는 비교가 안된다고 스스로를 달래고 있었다. 세 곳의 문을 지키고 선 수성군들은 잔뜩 긴장해 있었다. 그들은 이미 어제 벽사역에서 처절하게 죽은 역졸들의 소식을 듣고 있었다. 부사는 수성군들을 격려하기 위해 밤새 삼문에 방을 부쳐 공을 세운 병사들에게는 넉넉한 상을 내리겠노라고 알렸다.

칙칙한 안개가 계속 밀려들고 있었다. 한겨울에 안개라니, 이 무슨 조화인가? 그는 탐진강에서 밀려오는 안개를 바라보며 자기도 모르는 사이에 혀를 찼다. 적이 보이지 않으니 어디에 조준을 하고 총을 쏘란 말인가? 적들은 사방에서 안개처럼 기어들어 왔다. 동문 밖에는 민보군과 보부상들이 진을 치고 있었지만 그 뒤로는 민보군의 열 배가 넘는 동비들이 늘어서 있었다. 그는 안개 속에서 흐릿하게 보이는 동비들을 바라보며 하릴없이 혀를 끌끌 찼다.

이윽고 동비들의 함성 소리가 들리는 듯하더니 대포가 성안으로 떨어졌다. 그는 그만 정신이 혼미해졌다. 잠시 먼저 공격을 했어야 한다는 생각이 들었지만, 이젠 늦은 일이다. 비도들이 성문을 들이치는지 둔탁한 소리가 천지를 울리고 있었다.

박헌양 부사는 고개를 돌려 남문을 바라보았다. 암벽을 타고 기어 오르는 동비들을 향해 수성군들이 총을 쏘아대고 있었다. 한쪽에서는 쌓아둔 돌멩이를 내던지며 동비들의 접근을 막느라 안간힘을 쓰고 있었다. 부사는 숨을 깊이 들이 쉬었다. 잘 하면 승산이 있었다. 적들은 다만 숫자만 많을 뿐이지, 거의 맨몸으로 달려들고 있었다. 부사는 스스로를 그렇게 달래고 있었다.

벽사역 쪽에서는 아직도 연기가 피어오르고 있었다. 안개 속에 매캐한 냄새가 섞여 고을을 칙칙하게 덮고 있었다. 부사는 한손으로 안개를 내저으며 삼문의 전투 상황을 살피려고 눈을 크게 떴다. 그럴수록 안개는 더 짙어지며 시야를 가렸다.

이소사는 말 위에서 안개에 묻힌 고을을 내려다 보며 짧게 심고를 올렸다. 어젯밤 늦게까지 하늘에 기도를 드렸지만 흐릿한 별빛이 오늘 일기를 예측할 수 없게 했다. 이소사는 기운을 모아 안개가 쉬이 걷히지 않길 기도했다. 총을 가진 관군들에게 노출되지 않게 하는 안개는 원군 중의 원군이었다. 하늘이 마치 이소사의 마음을 헤아리기라도 하는 듯 안개는 점점 짙어졌다. 새벽부터 성을 공격한 것이 유효한 작전이었다. 안개는 아침나절이 지나면서 걷힐 것이다.

"빨리 승부를 결정지어야 합니다. 안개가 걷히면 우리가 불리하게 될 것입니다."

이소사가 이인환을 향해 소리를 질렀다. 그리고 앞으로 나서며 나팔을 불었다. 기다렸다는 듯이 남문에서 그리고 북문에서도 나팔 소리가 들려왔다. 그 소리에 맞추어 도인들이 주문 외우는 소리가 장안에 울려퍼졌다. 성안의 백성들이 놀라 집 밖으로 뛰쳐나가느라 한바탕 아수라장이 되었다.

"앞으로, 앞으로 나가라! 이제 우리에게 오는 것은 한울님의 세상, 살아 있는 생명들이 존중받는 새 세상이 열린다!"

"캔지 캔지 캔지 캔지…!"

"두웅 두웅 두웅 두웅…!"

요란한 풍물 소리를 앞세우고 바싹 동문으로 들이닥친 동학군은 대포로 동문을 쏘기 시작했고, 민보군과 보부상들은 쏟아지는 대포에 하나둘 나가 떨어지더니 아예 도망을 치기 시작했다. 민보군과 농민군들이 한바탕 격전을 치르는 사이에 동문이 부서졌다.

"성문이 열렸다아!"

물밀 듯이 밀고 들어오는 동학군에게 민보군과 보부상들은 싸워보지도 못하고 밀려서 밟혀 죽거나 죽창에 찔려 죽거나 쇠스랑에 맞아 죽어 갔다. 코앞까지 육박한 동학군들에게 화승총은 그저 거추장스러운 막대기에 불과했다. 수의 우세를 십분 이용한 전략이 주효했다.

"북문이 열렸다아!"

도인들이 북문으로 달려 들어가자 수성군들은 이리 뛰고 저리 뛰며 도망치기 바빴다. 성안으로 들어간 도인들이 금세 남문으로 내달아 문을 열었다. 부사는 마지막으로 남문이 열리는 것을 보며 눈을 질끈 감았다. 어제 벽사역의 찰방 김일원이 싸워보지도 않고 장녕성으로 피난을 와서 아들이 동비에게 맞아 죽었다고 피눈물을 흘릴 때도 그는 김일원만 책망했다. 장부가 벼슬길에 나갔으면 죽을 힘을 다하여 제자리를 지키는 것이 도리이거늘 싸우지도 않고 도망을 치다니…. 이제 그 스스로 자신의 말에 책임을 져야 할 시간이 다가오고 있었다. 그러나 그보다 먼저 두려움이 온몸을 감싸고 돌았다. 천연요새인 장녕성은 산과 바위로 둘러싸여 있어서 동비의 공격을 쉽게 막아낼 수 있다며 함께 싸우자는 말에, 김일원은 얼굴을 일그러뜨리며 비명을 질렀다.

"목숨이란 하나뿐인데 동비들에게 허무하게 내줄 수는 없습니다. 수성군은 기백 명이오, 비도들은 수만 명입니다. 어찌 대적이 된단 말씀입니까? 부사 나리! 빨리 현명한 판단을 내리시고 나주로 후퇴를 결정하소서. 저들이 노리는 것은 부사 나리의 목숨입니다. 내일이면 후회하게 될 것입니다. 지금 북에서 내려오는 일본군이 당도할 때까지는 어떻게든 살아남는 것이 우선입니다."

그의 귀에 찰방의 목소리가 들렸다.

"부사 나리, 지금이라도 늦지 않으니 평복으로 갈아 입고 성을 나서시오. 가족들까지 위험합니다."

수성 별장이 남문 아래를 가리키며 바위를 타고 내려가라고 했다. 그러나 부사는 고개를 흔들었다. 그의 가슴에는 장흥부의 인부가 들어 있었다. 비록 두려움으로 온몸이 떨려 왔지만, 죽더라도 그것을 스스로 비도들에게 내줄 수는 없었다.

남문 쪽으로 입성한 기골이 장대하고 용모에 위엄이 넘치는 이방언이 부사를 향해 달려오고 있었다. 박헌양은 심호흡을 하고 칼을 빼들었다. 부사를 에워싸고 있던 수성군들이 슬금슬금 도망치기 시작했다. 부사는 자신을 호위하던 군사들이 도망가는 것도 모르고 오로지 이방언만 주시하고 있었다.

그러나 이방언은 부사의 칼 따위는 안중에도 없는 양 당당하게 전진했다. 이방언은 부사 앞으로 바짝 다가섰다. 부사가 길게 호흡하며 칼을 들어 올렸다. 그 순간 누군가 부사의 손등을 죽창으로 내리쳤다. 칼이 떨어지자, 부사의 몸에서 기운까지 빠져 나가는 듯 허물어져 내렸다.

"박헌양 부사! 그동안 얼마나 많은 도인들의 목숨을 앗아갔느냐! 오늘에사 그 벌을 달게 받는 것이다!"

동학도인들이 몇 사람 달려들어서 동아줄로 그를 묶었다. 그러나 부사를 구하러 오는 이는 단 한 사람도 없었다. 그때 장녕성의 수성 별장 임기남*이 달려왔다. 임기남은 칼을 빼들고 소리를 질렀다.

"이 무도한 놈들아! 조선은 유학의 나라요, 군사부일체라 하였거늘 고을 사또를 이렇게 대접하는 것은 부모님을 능욕하는 처사이다. 네 놈들이 지금 천하에 용서받을 수 없는 죄를 저지르고 있음을 아느냐! 썩 비켜라!"

임기남이 살기 등등하게 외쳤다. 그러나 임기남은 금방 동학군들에게 에워싸였다. 웅치 접주 구교철이 뛰어 내려왔다.

"멈추시오! 내게 맡겨 주시오."

구교철 접주가 동학군들을 비집고 안으로 들어섰다. 별장의 눈이 잠시 흔들리며 커지는 듯하더니, 이내 안정을 되찾았다. 그때였다. 구교철의 입에서 뜻밖의 소리가 터져나왔다.

"장인 어른! 이미 승패는 결정이 되었습니다. 이제 와서 부사의 악행을 모른 체 하고 두둔하는 것은 의롭지 않은 일입니다."

동학군들이 구교철을 바라보며 임기남을 향해 겨눈 죽창을 고쳐 쥐었다.

"수성 별장이 구 접주의 장인이라네. 이런 낭패가 있나?"

이방언이 동학군들을 헤치고 안으로 다가섰다. 동학군과 맞서 있는 임기남의 눈에는 핏발이 서 있었다. 이방언 접주는 좌우의 동학군

---

* 조선시대의 무신. 장흥 출신. 갑오년에 수성 별장을 지냄.

들을 뒤로 물렸다. 임기남이 소리쳤다.

"나는 동비의 괴수를 사위로 둔 적이 없다. 내 여식 또한 내 말을 듣지 않았으니 내 자식으로 여기지 않은 지 이미 오래다. 어서 길을 터라. 내 부사를 모시고 너희들을 모두 죽이고 말 것이다."

임기남이 순식간에 칼을 들어 이방언을 향해 달려들었다. 그러나 채 두 발자국을 떼기도 전에 한 걸음 물러나 있던 동학군들이 일제히 달려들었다. 임기남은 거친 비명을 지르며 그 자리에 주저앉았다.

"멈춰라!"

"장인어른!"

이방언과 구교철이 소리를 질렀지만, 이미 일은 끝난 후였다.

"천하에 패륜이로구나. 그래서 비도라고 하지 않더냐?"

박헌양이 피를 흘리고 죽어가는 수성 별장 임기남을 바라보며 한탄했다.

구교철은 임기남의 시신을 부여잡고 통곡했다. 임기남을 찌른 동학군들이 비틀비틀 자리를 피했다.

이방언이 다가가 구교철의 어깨를 다독여 주었다. 구교철은 주위의 도움을 받아 임기남의 시신을 엎고 성문 쪽으로 걸어나갔다. 이인환은 도인들의 마음이 흔들리는 것을 막기 위해서 박헌양을 향해 소리를 질렀다.

"그동안 얼마나 많은 도인들의 목숨을 앗아갔느냐! 오늘 네 죗값을 치르게 될 것이다."

부사가 체포되었다는 소리를 듣고 도인들이 동헌으로 몰려 들기 시작했다. 이인환은 도인들을 향해 가슴에 품은 인부와 병부를 보여 주었다.

　"인부와 병부를 손에 넣었소. 박헌양의 가슴팍에서 빼낸 것이오. 이제 장흥 고을을 다스리는 것은 우리들의 손에 달렸소이다."

　도인들이 함성을 질렀다. 만세 소리가 성을 울렸다. 천지를 흔들며 북소리가 울리고 꽹과리도 소리도 이어졌다. 동헌으로 올라간 이방언이 앞 마당에 묶인 박헌양을 내려다 보며 물었다.

　"지난 여름, 부사가 부임을 해서 우리 접주들을 모아 귀화하라고 권한 적이 있지 않습니까? 이제 그 접주들이 여기에 다시 모였으니 한 말씀 해 보시오."

　"나는 무고한 백성들을 죽이지 않았느니라. 임금님의 명을 받아 백성을 편안케 하고자 한 것일 뿐, 난리를 일으킨 것은 너희가 아니냐?"

　몰려든 동학군들이 더 들어 볼 것 없다며 즉각 처단하자고 목소리를 높였다. 그때 어디선가 이소사가 나타났다. 동학군의 함성이 한순간에 잦아들며 조용해졌다.

　"부사 나리. 나리가 이곳에 부임하는 순간부터 그동안 이곳에서 행악을 저지를 관리들의 업보를 짊어진 것이었소. 전임 이용태 부사가 지은 죄가 그러하며 또한 부사께서 민보군을 모아 동학군을 잡아 죽인 게 한두 명이오? 이는 지난 날 전주에서 화약하고 관민이 서로 화해하여 폐정을 개혁키로 한 것을 배신한 짓이오."

도인들이 이소사의 말에 함성을 질렀다. 박헌양은 자신을 둘러싸고 있는 수만 명의 비도들을 바라보며 다시 고개를 떨어뜨렸다. 치욕감으로 온몸이 부들부들 떨렸다. 이방언이 다시 나섰다.

"방금 이소사가 말한 것처럼 박헌양 부사는 백성들에게 선정을 베풀지 못하고, 한편으로는 우리 접주들을 불러 귀화를 권하고 유화책을 쓰더니, 뒤로는 유생들을 부추기고 민보군을 조직하여 도인들을 탄압했소. 이제 박헌양 부사를 처단하여 만 백성들에게 평안을 약속하는 본보기로 삼겠소."

"와아!"

동학군들의 함성이 이어졌다.

"또한!"

이방언이 다시 동학군들을 진정시키며 말을 이었다.

"박헌양 부사의 처단은 여기 이소사가 맡을 것이오."

다시 한번 동학군들의 함성이 성내를 뒤흔들었다.

부사는 고개를 들어서 이소사를 바라보았다. 단아한 얼굴에 다부진 몸매의 여자가 자신의 목을 친다는 말인가?

이인환이 앞으로 나왔다.

"처단은 장흥 장대에서 할 것이오. 그곳은 무고한 동학도인들이 숱하게 죽어간 곳이오. 모두 장대로 갑시다."

건장한 도인들이 달려 들어 박헌양을 끌고 동문으로 나갔다. 칙칙한 안개 속에 묻혔던 장녕성에 찬란한 햇빛이 비추기 시작했다. 삼문

(三門)에서 쏟아져 나온 도인들이 장대로 몰려가기 시작했다. 장대 앞으로 흐르는 탐진강이 남실남실 혀를 내밀며 안개를 몰아냈다.

　백성들도 장대로 모여 들었다. 부사는 마지막 힘을 내어 눈을 떴다. 그리고 자신을 쳐다보고 있는 사람들을 둘러 보았다. 백성들이 두려운 눈빛으로 부사를 바라보고 있었다. 동학군들은 그에게 돌을 던졌다. 찰방을 따라 도망을 쳤다면 이 치욕은 당하지 않아도 되었을 터였다. 그는 아주 잠깐 도망을 가지 않는 것을 후회했다. 그러나 부사로 발령을 받은 순간, 그에게 죽음은 피할 수 없는 운명이었다. 그는 아무도 가지 않으려던 장흥부 부사직을 덥석 받아든 것을 후회했다. 난세에 벼슬자리는 위험천만한 일이었으나 자신의 능력을 과신한 대가로 바쳐야 할 목숨이었다.

　"전주 화약이 이뤄져 관민상화(官民相和)로 집강소에서 내린 결정을 고을의 사또가 받아들여 집행하게 되었는데 어찌 받아들이지 않았소? 부사는 시대의 흐름을 알지 못하고 병영성에 도움을 청해서 벽사역의 역졸과 더불어 도인들을 치는 일에 주력하였소. 이렇게 많은 도인들이 새로운 정치를 갈망하고 있는데 목민관으로서 무엇이 옳은 것인지 깨닫지 못했으니 죽음을 달게 받으시오."

　이방언이 장터에 우뚝 서서 또다시 부사를 단죄했다. 이방언의 목소리가 온 고을로 퍼져 나갔다. 장흥 고을의 백성들은 장터에서 울려 퍼지는 이방언의 연설을 들으며 도인들의 위력을 느꼈다.

　"이제는 백성이 주인이 돼서 새로운 세상을 만들어 가야 하오. 그 세상에는 천함과 귀함도 없으며, 많이 가진 자도 가난한 자도 없으며, 오로지 생명이 하늘처럼 대접받는 세상이 될 것이니 그런 세상의 주인들이 바로 우리 도인들이오. 도인들을 괴롭히고 뜻을 이룰 수 없게 방해하는 자들은 오늘부터 단호히 경계할 것이오."

우렁찬 박수소리가 터졌다. 이방언이 다시 외쳤다.

"형을 집행하라!"

이소사가 시퍼런 칼날을 휘두르며 앞으로 나섰다. 자신의 키만한 장검을 들고서 춤을 추는 이소사를 보려고 백성들이 아우성을 치며 발돋움을 했다. 이소사는 허공에 칼을 휘두르며 하늘을 나를 듯이 춤을 추었다. 긴 머리채를 단단히 쪽을 올려 붙이고 치마끈을 동여맨 이소사의 몸놀림은 부드러우면서도 힘이 있었다. 가녀린 여자의 몸에서 우러나오는 힘이 수백 명의 기운을 압도하고도 남을 듯했다. 부사는 허공을 가르는 칼의 울음을 들으며 허리를 세우고 바르게 앉았다.

"제폭구민!"

이소사의 낭랑한 목소리가 허공에 울렸다. 이소사의 칼이 허공을 가르는가 싶더니 부사이 머리가 땅 위로 떨어졌다. 목에서 피가 솟구치며 부사의 몸뚱이도 땅으로 나뒹굴었다.

"부사가 처형당했다!"

단말마의 외침이 성을 타고 빠르게 번져 갔다.

이방언이 모여든 동학군들에게 소리쳤다.

"이제 승패는 결정 지어졌다. 도망치는 수성군을 쫓지 말라. 더 이상의 살상을 하지 말라. 피난하는 백성들에게 길을 터 주어라."

그때 동헌 한쪽에서 최신동이 웬 청년을 한 명 잡아 왔다. 동학군 두 사람이 청년을 포박하여 최신동 뒤를 따르고 있었다. 최신동은 의기양양하게 청년을 이방언에 앞에 무릎을 꿇게 하였다.

"부사의 아들인 듯 합니다. 동헌의 벽장에 숨어 있었습니다. 아니라고 발뺌을 하고 있지만 아들이 분명합니다. 처단하십시오."

이방언은 주변을 둘러 보았다. 다행히 도인들은 성을 점령한 기분에 들떠서 무기고와 곡창으로 몰려 가고 있었다.

"어찌 도망을 가지 않고 벽장 속에 숨었느냐?"

이방언이 청년에게 물었다. 청년은 벌벌 떨면서 두 손을 빌었다.

"살려주십시오. 아버님께서 장녕성은 무너지지 않는다 하여 숨어 있었을 뿐입니다."

"어제 벽사역에서 찰방의 아들이 죽임을 당한 것을 알고 있느냐?"

"네, 찰방께서 아버님께 피눈물을 흘리며 말씀을 사뢰는 것을 들었습니다."

이방언은 아직 수염도 나지 않는 홍안(紅顏)의 청년을 바라보며 집에 두고 온 막내딸을 떠올렸다. 눈에 넣어도 아프지 않은 늦둥이 딸은 아버지를 따라 전투에 참가하겠다고 떼를 썼다. 부사 아들의 얼굴에 딸 온이의 얼굴이 겹쳐 보였다.

"네 부친인 박헌양 부사가 백성들에게 어떤 잘못을 했는지 알고 있느냐?"

박헌양의 아들은 대답을 못하고 사시나무 떨 듯이 떨고 있었다. 어디선가 고함 소리가 들려왔다.

"부사의 아들이 잡혔다. 빨리 처단하자! 탐관오리의 아들이니, 그놈도 처단해야 한다."

"어제 도망친 찰방의 아들을 죽였으니 오늘은 부사의 아들도 죽여야 한다. 씨를 말려야 다시는 그런 역적들이 백성을 괴롭히는 일이 없을 것이다."

한 무더기의 동학군들이 죽창을 들고 달려오고 있었다. 그들은 이방언 앞에 무릎을 꿇고 있는 청년을 금방이라도 때려죽일 듯한 기세였다. 이방언은 두 팔을 저으며 동학군들을 막아섰다.

"이 청년을 죽이지 말라! 어제 찰방의 아들도 죽이지 말라고 몇 번이나 외치지 않았는가? 무고한 생명을 죽이는 것은 동학의 뜻이 아니다. 수성군을 죽이는 것은 큰 뜻을 이루기 위함이다. 백성들을 죽이는 것은 내 살을 파 먹는 일이니 각별히 삼가라. 부사의 아들은 죄가 없다."

그러나 성난 동학군들은 죽창을 들고서 청년을 찌르려고 했다. 청년은 겁에 질려서 제 정신을 놓고 부들부들 떨고만 있었다. 이방언은 최신동을 돌아보며 말했다.

"이 사람을 살려서 보내 주어라. 북문으로 데리고 가서 노잣돈을 주고 고향으로 돌아가도록 해라. 아무리 전장이라 해도 원한을 뿌리면 원한으로 죽게 되는 법. 네 스스로 원한의 씨앗을 뿌려서는 안 된다. 그것이 바로 동학의 참 뜻이다!"

최신동은 내키지 않았으나 이방언 대접주의 명령이었으므로 할 수 없이 청년에게 평민의 복장을 입혀서 북문 밖으로 데려다 주었다. 부사의 아들은 입을 꼭 다물고 최신동의 뒤를 따랐다. 그 뒤를 또다른 동학군 두 명이 따르고 있었다. 최신동이 북문 밖의 산자락에서 빈재를 넘어서 나주로 가는 길을 알려 주자 청년이 조용히 물었다.

"내 아버지를 죽인 자가 정말로 여인네이냐?"

최신동은 핏발이 선 청년을 바라보며 대답을 하지 않았다. 눈앞에서 아비가 죽는 모습을 목격한 슬픔이 얼마나 괴로운 것인지 알고 있었기 때문이었다. 최신동이 말했다.

"3년 전에 내 부친도 그렇게 죽었다. 네 아비와 같은 관리들이 동학을 하지도 않는 내 아버지가 나를 지키려 한다고 잡아가 때려죽였다."

청년의 눈빛이 파르르 떨렸다. 최신동은 얼른 뒤로 돌아 걸었다. 청년의 뒷모습을 차마 바라볼 수가 없었다. 아버지를 잃고서 늘 가슴 한쪽에 큰 돌이 박힌 듯 답답하고 울화가 치밀어 오르곤 했다. 최신동은 북문으로 들어서며 탐진강을 내려다 보았다. 성 밖으로 나갔을 때 청년을 죽여 버렸다면 울화증이 풀렸을까, 알 수 없는 일이었다. 다만 다리가 후들후들 떨리며 알 수 없는 한기가 찾아들었다. 원수를 갚으면 속이 시원해질 것 같았다. 그러나 원수의 자식을 그대로 보내

주고 왔는데도 온몸이 떨렸다.

도인들은 장녕성으로 올라가서 시천주를 외치며 심고를 올렸다. 성안의 여염집은 건드리지 말라는 이방언의 외침에도 불구하고 집들이 타들어 가고 있었다. 어제 벽사역처럼 많은 불티가 하늘로 치솟았다. 해는 이미 중천에 떠올랐고 탐진강은 푸른 물결에 물비늘을 빛내며 흘러갔다. 안개는 소리도 없이 걷혀 있었다.

이소사는 동문 망루에 올라서서 장안을 내려보았다. 안개가 걷힌 읍내 모습이 한눈에 들어왔다. 동문 앞 장터에 모였던 백성들은 아직도 흩어지지 않고 서성였다. 팔에 짜릿한 통증이 찾아들었다. 부사의 시체를 거두고 있는 모습이 보였다. 관솔들이 시체를 수레에 실고 있었다.

이소사의 기분은 처연했다. 부모를 버리고 나온 지 이년이 흘렀다. 남편 김양문의 모습도 떠올랐다. 학문하는 남편의 곁에서 이소사는 늘 동경대전을 줄줄 읽어 주었다. 그 뜻을 이제라도 알았으면 도인들이 왜 일어났는지 알게 될 것이었다. 이소사는 눈을 감고 남편 김양문과 함께 전투에 참가하는 모습을 그려 보았다.

이소사는 촉촉이 젖은 눈으로 사념에 빠져 들었다. 이인환 접주를 찾아서 달밤에 말을 타고 연지리로 달려갈 때는 한 치의 흔들림도 없었다. 개벽 세상을 위해 한 목숨 당당하게 바치길 원했다. 남편이 본가로 떠나버렸을 때, 이소사는 자신의 한계를 스스로 인정하며 한결 편안해졌다. 부모님이 억지로 권한 혼인이었고 그 혼인을 계속 유지하며 자신의 행복을 지킬 힘이 생기지 않았다. 일부러 들고 있어야 할 짐을 놓아버린 것 같은 후련함이 그날 밤 이인환을 찾아가게 했던 것이다.

'시천주(侍天主)'

이소사는 지금이 개벽의 시기라는 것을 온몸으로 느낄 수 있었다. 때는 정해진 것이었다. 시운(時運)이란 일부러 만들 수 없는 것이어서 시대를 받아들이는 것이 그 어떤 것보다 더 큰 지혜였다. 도인들이 퇴각하고 있었다. 한 떼는 탐진강으로 한 떼는 벽사역으로, 또 다른 무리는 건산으로, 각 접을 따라 이동하고 있었다. 이소사는 혼자 남고 싶었다. 깊은 산 속에 들어가 심고를 올리며 하늘의 뜻을 읽고 싶었다. 매운 바람이 불어닥치며 강물에 시퍼런 물결을 만들었다. 이소사는 말없이 망루에 앉아 있었다.

7. 아아! 석대들이여

12월 4일. 벽사역에서 시작된 동학군의 항쟁은 장녕성, 강진성, 병영성까지 잇따라 승리를 기록하였다. 장흥에 모인 동학군의 숫자는 3만여 명이었다. 북에서 밀린 동학군들이 장흥에서 다시 집결하자 일본군-관군* 혼성 토벌부대의 움직임도 빨라졌다. 조정에서는 나주성에 호남초토영을 설치하고 나주 목사 민종렬을 호남초토사로 임명하였으며, 미나미 고시로가 이끄는 일본군 후비보병 제19대대 병력도 속속 나주에 집결했다. 조선군의 최정예병인 장위영병 240명을 포함한 일본군-관군 혼성 부대의 규모는 대략 900여 명이었다. 그들은 11월 초순 우금치 전투 이후 한 달 만에 호서, 호남의 동학군들을 대부분 진압하고, 이제 최후의 일전을 치르기 위해 한반도 서남해안 나주를 중심으로 장흥을 노리고 드는 셈이었다.

---

* 조선의 경군과 일본군이 함께 연합한 군대. 일본군이 경복궁을 점령하여 국왕을 인질로 잡고 동학군 토벌 요청을 하게 한 때이므로 사실상 군사작전권이 일본군에게 있었음.

동학군 진압의 실질적 총 지휘관 격인 일본군 대위 미나미 고시로는 일찍이 일본에서 민란 진압에 특출한 공을 세운 인물이었다. 12월 10일, 그는 적이 강진에 있으니 내려가서 토벌하라는 명령을 받았다. 그는 강진의 동학군들이 나주로 몰려갈 것이라 예상했다. 그래서 부대를 세 곳에 나누어 배치했다. 1중대는 능주 보성을 먼저 갔다가 장흥 부근을 거쳐서 강진의 적을 공격하라고 하였으며, 2중대는 나주 원정을 거쳐 장흥으로 들어와서 강진을 공격하라고 하였다. 또한 3중대에게는 영암을 거쳐 강진 전투에 합류하라고 하였다.

그러나 그의 예상과는 달리 동학군들은 장흥에 집결하고 있었다. 그들은 장녕성의 남문밖에 진을 쳤고 강진에서 장흥으로 들어오는 길목인 건산의 모정등에도 수천 명의 동학군들이 진을 치고 있었다. 이미 벽사역, 장녕성 등에서 차례로 승리를 거둔 탓에 장흥의 동학군 기세는 남달랐다. 그는 첩보원을 보내 장흥 상황을 탐문하였다. 장흥에는 수만 명의 동학군이 집결한 데다가, 하루가 다르게 그 숫자가 늘어나고 있다고 하였다.

미나미는 지도를 펼쳐 놓고 장흥으로 들어가는 길목을 조사했다. 그는 일찍이 일본에서 민란을 진압한 경험을 살려서 맨몸으로 달려드는 동학당을 여지없이 격파하며 남하해 왔다. 동학당의 저항은 끈질겼고, 때로 일본군을 위기에 빠뜨리기도 했으나 그는 백전 노장이었고 그가 지휘하는 후비보병들 역시 역전의 병사들이었다. 무엇보다 무기 수준과 전투 전략을 수립하는 데서 동학당은 그의 적수가 되지 못하였다. 그는 일찍이 조선을 정복하자는 정한론을 주장하며 일본 조정에 반발했던 1874년의 사가(佐賀)의 난*과 1877년 세이난 전쟁(西南戰爭)**에 파견되어 혁혁한 공적을 세운 바 있다. 그 경력 덕분에 한때 퇴역했던 그가 다시 소집되어 파견 명령을 받은 것이다. 미나미는 동학당의 민란을 진압하면 군인으로서 자신의 입지가 확실해질 것임을 알고 있었다. 그는 이제 막바지에 이른 동학당 토벌이 장흥에 모인 동비들을 제압하는 것으로 판가름 날 것임을 직감했다.

그가 이끄는 후비보병 제19대대는 일본의 시코쿠 섬 에히메현, 카가와현, 토쿠시마현, 코치현 등 4개현 후비역 병사들로 편성되었다. 그들은 모두 현역과 예비역을 마친 병사들로 청일전쟁에 종사하는 부대의 공백을 메우기 위해 특별히 소집되어 5년간 다시 근무하는 병사들이었다. 미나미 고시로는 그들에게 동학당이란 일본의 쓰레기 민란군들보다 더 보잘 것 없는 존재임을 누누이 주지시켰다. 떼로 달려 드는 들짐승은 잠시 두려움을 줄 수는 있으나 무자비한 살육과 난도질을 한대도 죄책감을 느낄 필요가 없는 존재이기도 했다. 후비보병 병사들은 그의 정신 교육에 바짝 군기가 들어 대규모 전투에서 전과를 올리는 것은 물론이고, 포로로 붙잡힌 동학당 수괴들을 무차

---

* 일본 메이지 시대 초기에 사가 지역에서 메이지 유신을 반대하여 일어난 민란.
** 1877년 일본 서남부의 가고시마의 규수 사족인 사이고 다카모리를 앞세워 일으킨 반정부 내란.

별로 살해하고 불태워 죽이는 일에 거리낌이 없었다.

그가 조선에서 동학당을 토벌한 공적을 인정 받으려면 비도들을 처단하는 것만으로는 안되었다. 동학당의 뿌리를 캐내고 난이 평정된 이후 조선의 정치 상황을 가늠할 자료를 샅샅이 수집해서 보고해야 했다. 그것이야말로 일본국이 청일전쟁을 일으키고, 동학당의 씨를 말리는 전원 섬멸 작전을 행하는 본격적인 이유였다. 그는 출세를 위해서 언제나 예리한 촉수를 곤두세우고 있었다. 무엇보다 이미 그 일을 하기 위해 조선으로 들어와 있는 일본인들은 수없이 많았다. 고생스러운 일을 도맡아 하는 민간인 자격으로 조선을 떠도는 일반인들에게 그 공적을 빼앗겨서는 안 될 일이었다.

미나미는 나주에서 장흥으로 가는 길에 붉은 줄을 그었다. 능주를 거쳐 장흥으로 들어가는 방법이 있었으며, 나주의 원정면을 거쳐서 탐진강을 끼고 들어가는 길이 있었다. 또 한 길은 영암을 거쳐서 강진으로 들어가면 곧바로 장흥 건산으로 연결되었다. 그는 턱을 괴고 생각에 잠겼다.

그는 장흥지역을 맡은 우선봉대장 이두황을 불렀다. 그리고 장흥 주변을 감싸고 있는 산들과 주변 고을로 이어지는 고개에 대해 샅샅이 질문을 했다. 이두황은 장흥 일대를 들여다 보며 조목조목 설명해 주었다.

"탐진강을 타고 들어갈 때는 밤에 이동을 해야 합니다. 탐진강은 읍내를 가로지르고 있어서 누구나 한눈에 볼 수 있는 곳입니다. 한마디로 완벽하게 노출이 되는 곳이지요. 적들이 두 곳에 흩어져 있다고 하니 우리들도 흩어져서 기습을 해야 할 것입니다."

그는 장흥에 대한 지세를 파악한 후 작전을 수정했다.

"1중대는 능주를 거쳐 장흥으로 진입한다. 2중대는 영암을 거쳐, 그리고 3중대는 탐진강을 타고 장흥으로 진격한다."

한편, 병영성에서 철수하여 건산에 모인 접주들은 일본군과 장위 영병이 내려온다는 소식을 듣고 작전을 숙의했다. 이인환이 나섰다.

"일본군은 모두 신식 소총으로 무장을 하고 있습니다. 그 총의 위력은 상상을 초월합니다. 그러나 숫자가 많지 않으니 우리의 장점을 어떻게 발휘할 것인지가 관건입니다"

이방언이 좌중을 둘러보며 입을 열었다.

"신식 총의 위력은 나도 겪어 보았습니다. 그러나 일전을 피할 수는 없는 일, 저들은 우리보다 숫자가 적으니 최대한 저들의 전력을 분산시켜야 합니다. 한 곳에 모여 있는 것은 위험하니 몇 군데로 나뉘어 숨어 있다가 기습을 합시다. 그리고 이 접주, 이제라도 신식 소총을 구할 방법은 없겠소?"

이방언이 이인환을 돌아보았다. 이인환이 고개를 저었다.

"제 불찰입니다. 전쟁에서 무기는 가장 중요한 관건인데 그동안 백방으로 수소문은 하였으나 도무지 구할 길이 없었습니다."

접주들의 표정이 어두워졌다. 구교철이 땅바닥에 장흥 지도를 그리며 화제를 돌렸다.

"일본군과 관군이 들어올 길목은 네 군데 정도입니다. 유치 방면, 강진 방면 그리고 영암 방면이 길목이고, 또 탐진강을 끼고 들어올 수 있습니다. 고개 건너편에 매복을 하여 저들을 길목에서 박살을 내야 합니다. 일단 들어오면 손을 쓰기 어렵습니다."

이인환이 이사경 접주를 돌아보며 말했다.

"각 지역을 잘 아는 사람이 그 지역을 맡아야 합니다. 이사경 접주가 유치 쪽을 맡아 주시면 좋겠습니다."

이방언이 이인환을 바라보며 물었다.

"이인환 접주는 어디를 맡겠습니까? 남문 밖에 동학군들이 진을 치고 있으니 그들을 지휘해 주시겠습니까? 난 이 건산을 지키겠습니다."

이인환은 입술을 굳게 다물고 있다가 한참 만에 입을 열었다.

"우선 남문 밖으로 가서 동정을 살피겠습니다. 그리고 저놈들이 들어오는 곳을 파악하여 밀리는 쪽으로 인원을 지원하겠습니다. 적들은 몇 갈래로 나뉘어 들어올 가능성이 크니 잠시도 긴장을 늦추지 말고 적의 동태를 살펴야 할 것입니다."

소나무 사이로 겨울바람이 세차게 불어왔다. 동학군들의 얼굴은 누구나 할 것 없이 새파랗게 질려 있었다. 매서운 추위와 바람 때문이기는 했지만 그보다 그들을 더 질리게 하는 것은 일본군과 그들의 신식 무기였다. 아무리 숫적으로 우세하더라도 까마득히 먼 곳에서 총을 쏘며 진격하는 일본군을 당해내지 못해 우금치에서 이곳까지 속절없이 밀려온 것 아닌가. 그동안 장흥 일대에서 승리을 거둔 것은 일본군이 아직 당도하지 않았기 때문이었다.

아무도 말은 하지 않았지만 그들도 모두 알고 있었다. 수만 명을 감동시킨 거룩한 뜻도 신식 무기 앞에서 늘 초라하게 무너진다는 것을. 이젠 쉬는 참에도 누구하나 육자배기를 부르는 사람이 없었다. 오로지 이소사만이 도인들을 격려하고 기도를 계속했다.

이인환이 다시 동학군들을 불러모아 연설을 시작했다.

"이제 우리가 싸워야 할 사람들은 시시한 관군이 아닙니다. 신식 총을 지닌 일본군이 내려오고 있습니다. 새로운 각오를 해야 합니다. 여기에서 물러서면 이 나라는 일본의 나라가 될 것입니다. 그렇게 되면 우리는 나라 잃은 백성으로 개, 돼지보다 못한 처지가 되는 것입니다. 여러분! 죽기를 각오하고 이겨야 합니다."

동학군들은 누구나 시시각각으로 몰려오는 죽음의 기운을 느끼고 있었지만 다른 도인들과 함께 죽는다면 두려울 것이 없을 것 같았다. 이방언과 이인환은 무기를 점검하고 일본군들을 골짜기로 유인하여 탐진강으로 밀어붙일 작전을 짜기 시작했다.

12월 12일, 일본군 제1중대는 능주에서 장흥 유치 방면으로 이동을 시작했다. 그들은 이미 주로 산악지대를 거쳐 오며 동학군을 토벌한 경험이 풍부했다. 중대장 시라키 세이타로 중위는 강원도에서 동학군들을 토벌하였으며 함양, 운봉을 거쳐 나주에 이르렀다.

그들은 야전생활에 익숙했다. 배낭엔 침낭이 들어 있었고 총알, 그리고 보급 식량이 떨어졌을 때 먹을 수 있는 비상식량이 구비되어 있었다. 수통의 물도 오랜 시간 전투할 수 있는 주요 요건이었고, 간단한 부상정도는 현장에서 처치를 할 수 있는 약품까지 갖추고 있었다. 또한 소총을 어깨에 멜 수 있어 오랜 행군도 견딜 수 있는 요건이 되었다. 그들에게 이제 동학군의 숫자는 큰 문제가 되지 않았다. 언제나 익숙지 않은 지형 때문에 애를 먹기는 했지만, 지휘관들이 지도와 망원경을 이용하여 지시하는 행로만 지켜 나가면 큰 위험에 빠질 일도 없었다. 험악한 강원도의 산야를 누비고 다닌 탓에 호남의 낮은 야산을 타고 넘는 것은 아주 쉬운 일이었다.

시라키 중위는 미시로의 명령을 받자마자 부대를 능주에서 장흥 쪽으로 이동시켰다. 웅치면과 유치면, 장평면으로 통하는 산길을 막고 장흥에서 퇴각하는 동학군들을 소탕하는 것이 그의 임무였다. 그가 유치면에 당도하자 척후병이 동학군의 동정을 보고했다.

"유치면 조양촌에 동학당이 모여 있습니다."

"몇 명이나 모였나?"

"수천 명은 되는 걸로 보입니다."

"좋다. 내일 아침 날이 밝자마자 공격한다. 비도들이 숨어 있는 곳은 어디인가?"

"절터골이라는 곳인데, 그 지역 동학당이 훈련을 하던 곳이라 합니다. 아무래도 이곳 지세를 잘 알고 있는 무리들인 듯하니 이에 대한 대비책이 필요할 듯합니다."

그러나 시라키 세이타로는 반질반질 윤이 나는 총기를 만지며 빙긋이 웃음을 베우 물었다.

"이 총이 내일 새벽이면 다시 제 임무를 다하게 될 것이다. 저들의 고함이 당도하기도 전에 이 총이 불을 뿜게 되고 그놈들은 우리 얼굴도 보지 못하고 하나둘씩 죽어 갈 것이다. 늘 그랬듯이….'

그는 유치 출신 접주들의 명단을 살펴보았다. 김생규, 이사경, 문찬필, 문치화. 불행히도 문찬필과 문치화는 형제간으로 보였다.

"이들의 목숨 줄이 나의 출세길이라니 참으로 가련하군. 보국안민이니, 척왜양창의라고 하지만 대의는 힘을 바탕으로 하지 않으면 한갓 헛꿈이 아닌가."

토벌 작전의 경과는 모두 상세히 기록되고 있었다. 그것은 전후에 전공을 가리는 근거가 될 것이고, 그는 동학당 진압이 끝나면 당당히 승진을 할 것이다.

다음 날 새벽. 동녘 하늘이 희뿌옇게 밝아올 무렵 그가 작전 명령을 내렸다.

"절터골로 이동한다."

그는 2개 소대에게 진군을 명령했다. 그들이 출발한 지 얼마 되지 않아 절터골에서는 함성소리가 들리고 붉은 깃발이 출렁였다. 아마도 이곳의 동정이 보고되었을 것이다. 이제는 귀에 익어 친근하기까지 한 꽹과리 소리, 징 소리, 나팔 소리가 요란하였다.

시라키는 피식 웃음이 나왔다. 처음 저 소리를 들었을 때, 오금이 저렸던 일이 떠올랐다. 그러나 이제는 저 소리야말로 동학당의 장송을 알리는 소리라 여겨도 좋다고 생각했다.

"주저할 것 없다. 저들의 무기라야 화승총 몇 자루에 죽창과 농기구들뿐이다. 기습만 조심한다면 그것들은 우리에게 조금도 위협이 되지 않는다. 전진."

동학군들은 산봉우리와 산봉우리를 이어 사람의 성벽을 쌓고 소리를 지르고 깃발을 휘두르며 일본군들을 압도하려고 애를 쓰고 있었다. 이윽고 시라키 중위는 맞춤한 지형을 골라 산개를 명령하고 사격을 명령했다. 200미터는 족히 넘는 거리였지만, 총에 맞아 쓰러지는 동학군들이 하나 둘 늘어갔다. 동학군 쪽에서도 화승총을 쏘는 듯했지만, 그들의 총알이 미치기에는 턱없이 먼 거리였다. 부분부분 은폐물을 이용하며 일본군 쪽으로 접근하려는 동학군들이 산발적으로 나타났으나 저격병의 총구를 피하진 못하였다. 희생자가 늘어나는데도 한동안 드셌던 동학군들의 함성이 어느 순간 잦아드는가 싶더니 드디어 후퇴하기 시작했다.

시라키는 다시 전진 명령을 내렸다. 동학군들과 적절한 거리를 유지하며 걷다가 사격하기를 되풀이하며 일본군들은 동학군들의 뒤를 쫓기 시작했다. 그러나 동학군들 역시 오랜 야전 생활로 산자락을 타고 도망치는 데는 이력이 나 있었다. 채 두 시간도 지나지 않아, 일본군은 동학군이 진을 치고 있던 산 정상을 밟고 있었다. 총알을 설맞아 신음하는 낙오 병사를 사살하며 고지를 점령한 일본군은 만세를 불렀다. 고지에서 내려다보는 길목은 동학군들이 운집해 있다는 흑석장터와 이 지역 동학당 본부가 있는 자라번지를 잇는 길이라 했다. 그는 여기에서 기다리면 동학군들이 또 나타날 것이라는 첩보를 접하고 있었다. 또다른 첩보가 속속 당도했다. 주로 관군들이 지역의 유생들, 민보군들로부터 수집해 오는 동학군의 동정이었다.

"영암 쪽 길목인 암챙이 골짜기에 동비들이 모여 있다고 합니다."

"좋아, 건산에 비도들이 많이 남아 있다고 하니 나는 그리로 간다. 2소대가 암챙이 골짜기를 맡도록."

그는 회심의 미소를 지었다.

"조선인들은 역시 바가야로지. 이런 식으로 대드는 건, 자기 목숨을 파리만도 못하게 내버리는 것이 아닌가…."

그는 반란 진압의 경험으로 얻은 결론을 혼자 되뇌이며 진군을 계속 했다. 한참 후에 마을이 나타나자 그는 거침없이 명령했다.

"동학당의 집을 조사해서 모두 불 질러라. 그리고 그들에게 먹을 것을 제공하거나 잠자리를 제공한 집도 모두 불 질러라. 동학당이 숨어 있는 곳을 알려 주는 자는 상을 준다고 널리 알려라."

산자락 아래 마을 하나가 갑자기 화염에 휩싸였다. 거대한 불길이 타오르는 것을 보며 시라키는 갑자기 웃기 시작했다. 조선으로 파병 명령을 받았을 때, 그는 기분이 몹시 좋지 않았다. 성난 농민들이 관아를 습격하고 부사의 목을 베었다고 하니 그의 목숨도 또한 위태로울 것이라고 생각했다. 그러나 총알 한 방에 나가 떨어지는 비도들을 보며 그는 군인으로서의 자부심이 높아졌다. 게다가 북쪽으로는 일본 육군과 해군이 조선의 오랜 종주국 청국을 바다와 육지에서 여지 없이 깨뜨리고 있지 않은가. 그의 눈앞에 동아시아의 대국으로 발돋움하는 일본 제국의 위용이 그려졌다.

이방언은 어산에 동학군을 집결시키고 기다리면서 여기저기서 들려오는 패전 소식에 월림동으로 내달렸다. 이제 최후의 전투가 다가오고 있었다. 그에 대비하여 정리를 해야 할 일이 한두 가지가 아니었다. 그가 대문으로 들어서자 식솔들이 모두 마중을 나왔다. 막내딸 온이가 제일 먼저 그를 보고 반색을 하며 달라 붙었다. 그는 딸을 한번 안아준 뒤 애써 온화한 표정을 지으며 물었다.

"온아. 너는 누구랑 혼인을 하고 싶으냐?"

온이는 부친의 물음에 얼굴을 빤히 쳐다보며 물었다.

"아버님, 아주 멀리 떠나십니까?"

"오냐, 그렇단다. 네 혼인은 치러주고 가야 하는데 누구 맘에 드는 이가 있느냐? 내가 그 집안에 언질이라도 해 놓고 가련다."

온이는 슬그머니 웃으며 작은 목소리로 대답했다.

"장쇠랑 혼인하기로 약조했습니다. 혼인을 하면 장쇠네 고향으로 갈 것입니다. 영암이라고 했습니다."

이방언은 후련한 표정으로 일렀다.

"그럼 어머니께 말씀드리고 내일이라도 당장 떠나거라."

늘어선 식솔들은 그 말이 무슨 뜻인지 알고 모두 숙연해졌다. 장남인 성호가 말없이 앞으로 나왔다.

"일본군과의 전투는 이제까지 전투와는 다르다. 저들에게는 신식 무기가 있고, 그것으로 우리를 밟고 넘어 전 조선을 지배하게 될 것이다. 어머니를 모시고 멀리 피하거라. 머지않아 이곳 월림동에도 일본군들이 들이닥칠 것이니 한시도 지체하지 마라."

그는 늘어선 식솔들을 일일이 격려하고 다시 들판으로 나왔다. 동구밖까지 배웅나온 부인을 돌아보며 그가 마지막 당부를 했다.

"다시 만나면 부인을 잘 돌보겠소. 그동안 뜻이 큰 지아비를 보필하느라 마음 고생 많으셨소. 서둘러서 이곳을 떠나시오. 온이는 장쇠에게 맡기는 것이 좋겠소."

부인은 이미 모든 것을 다 알고 있다는 듯이 무심한 얼굴로 대답했다.

"부디…, 살아 다시 만나길 빕니다."

이방언은 총총히 말을 몰아 묵촌으로 향했다. 숱한 날 도인들을 훈련시켰던 도르뫼 들판을 돌아보며 그날의 함성을 듣고 있었다. 나라를 구하고 백성을 위하는 새 세상을 이룩할 수 있다고 믿었던 시절의 신념을 이렇게 접어야 한다는 것을 받아들일 수가 없었다.

이방언은 조정의 정치를 논하던 대원군이 떠올랐다. 대원군은 고종이 즉위하기 전 전국을 떠돌며 야인 생활을 했고, 이방언을 찾아 장흥에서 보름씩 머물다 가곤 했다.

"같은 나라 사람 손에 죽어도 억울한데 왜놈들 손에 이처럼 도륙을 당해서야 어찌 눈을 감겠습니까?"

그는 마치 대원군이 눈앞에 있는 양 소리를 질렀다. 대원군이 권좌에 있었다면 왜놈들이 이리 설치도록 내버려 두지 않았을 터였다. 지금이라도 올라가서 대원군을 만나고 싶었다. 동학군들 모두 경복궁으로 올라가 외세를 쫓아내고 이 나라를 지켜 내고 싶었다.

"아아, 어쩌다가 이 강토를 왜놈들의 발길 아래 더럽히며 어쩌자고 그들의 총구 앞에 도인들의 피를 뿌려야 한단 말이냐."

그는 가슴을 쳤다. 양반들의 횡포가 너무 심해서 개혁을 부르짖었더니 돌아온 것은 나라를 통째 내던지는 것이라니.

그는 함께 했던 접주들의 얼굴을 떠올렸다. 벽사역에서 병영성까지 전투에서 승리를 이끌어낸 이인환 접주, 용계면에서 전투를 치르고 있는 이사경과 구교철 접주, 그리고 여동학 이소사까지…. 그에게는 모두 피를 나눈 형제보다 소중한 존재들이었다.

"마지막까지 최선을 다해야 한다. 내일을 넘어서면 또 다른 내일이 올 것이다. 내일은 또 다른 개벽의 날이다!"

그는 석대들에서 최후의 결전을 치르기로 했다. 장흥에 모인 도인들은 아직도 만 명이 넘을 것이다. 이제까지 이겨 온 기세로 마지막 일전을 겨뤄 승기를 찾아오고 싶었다.

"14일 오후까지 모두 석대로 모여라."

그는 옛집의 창고를 열었다. 비상시에 쓰려고 준비해 준 화승총과 화약이 가득 차 있었다. 회령의 수군들에게 뇌물을 주고 사 모은 무기였다. 그는 도인들을 시켜 그것을 석대 들판으로 옮겼다. 그리고 들판 곳곳에 묻어 두고 짚으로 덮으라고 했다.

준비를 마칠 즈음 금방이라도 눈이 쏟아질 듯 굳은 바람이 불어왔다. 그의 탄탄한 볼에도 소름이 돋았다. 온몸이 으스스 떨렸다. 그러나 그는 잠시도 멈출 수 없었다. 다시 말머리를 돌려 어산으로 돌아갔다.

12월 13일. 미나미 고시로는 중대한 보고를 받았다.

"동학당의 움직임이 수상합니다. 그동안 네 곳에 흩어져 있었는데 대규모 이동이 시작되었습니다. 아무래도 한 곳으로 집결할 예정인가 봅니다."

중위의 보고를 받으며 미나미 고시로는 나직이 휘파람을 불었다. 바람이 매섭게 불어대는 밤이었다.

"날씨는 어떠한가? 내일 눈이 내릴 것인지 예측할 수 있나?"

중위는 문을 열고 밤하늘을 바라보았다. 차가운 바람이 훅 들어왔다. 찬 기운 속에서 보름에 가까운 달이 구름에 반쯤 가리워져 있었다. 달빛 때문에 더욱 날이 춥게 느껴졌다.

"초저녁부터 구름이 몰려오는 게 아무래도 진눈깨비라도 내릴 것 같습니다."

미나미 고시로는 또다시 휘파람을 불었다. 중위는 대위가 왜 휘파람을 부르는지 알 수 없었다. 그가 읊조리는 곡은 애잔한 서정가요였다. 중위는 전혀 어울리지 않는 분위기를 가늠할 수 없어 대위를 흘깃 쳐다볼 뿐이었다.

"병력을 한 곳으로 모으시오. 이두황의 관군들도 모두 모이라고 하시오. 내일 새벽에 모든 병력을 장녕성 근처에 집합시키도록!"

그는 짧게 한마디를 던지고 숙소로 향했다. 중위는 그의 뒷통수에 경례를 올려 붙였다. 누구도 미나미의 속내를 알지 못했다. 평상시에는 거의 말이 없는 사람이었다. 군인의 기풍이 몸에 밴 사람이었다. 그의 작전은 치밀했고 언제나 성공적이었다. 중위는 그를 존경했다.

14일 아침, 동학군들은 사방에서 석대들로 밀려 들어왔다. 건산에서 먼저 이동하여 온 동학군들이 누런 깃발을 둘러 치고 본부를 차렸다. 군데군데 깃발이 꽂힌 들판 곳곳에 도인들이 수백 명씩 무리를 지어 자리 잡고 있었다. 건산에 머물렀던 이소사도 다시 말을 타고 나타났다. 도인들이 환호성을 질렀다. 이소사의 다리엔 광목이 칭칭 감겨 있었다. 지난 번 전투에서 총알을 빗겨 맞은 것이다. 남문에 있던 이인환도 말을 타고 나타났다. 이인환 접의 도인들 중 앞장을 선 사람들은 주로 화승총을 들고 있었다.

이제 동학군들은 죽음을 각오하고 있었다. 그래서 드높은 함성 소리에도 불구하고 어딘지 모르게 처연한 기운이 감돌고 있었다. 단말마에 가까운 석대벌의 함성에는 한기(寒氣)가 담겨 있었다. 모든 것을 각오한 이소사의 목소리가 허공에서 울려 퍼졌다.

"한울님 만세! 개벽 세상을 이루세. 왜놈을 쳐부수고 한양으로 진격하세."

그 뒤를 이어 누군가 척왜양창의 구호를 외치자 도인들이 깃발을 흔들며 따라 외쳤다. 넓은 들판을 채운 목소리는 산 굽이굽이마다 메아리로 꼬리를 물며 이어졌다.

강진 쪽에서도 동학군 300여 명이 석대들로 몰려 들었다. 석대들에 모인 도인들이 또 한 번 함성을 질렀다. 죽창에 맨 노란 헝겊이 나부끼며 한바탕 회오리바람이 일었다. 그들은 이미 거대한 산맥처럼 늘어선 도인들을 보며 눈물을 흘렸다.

한순간 도인들의 눈길이 새롭게 등장하는 한 사람에게로 모이고 있었다. 열다섯 살 소년 최동린, 최신동이 말을 타고 들판을 가로 질러 들어오고 있었다. 그리고 또 한 명의 소년이 뒤따랐다. 덕도 윤범식 접주의 아들 윤성도였다.

"신동이다. 신동이가 나타났다!"

누군가 함성을 질렀다. 도인들이 일제히 깃발을 흔들었다. 최신동은 깃발 속으로 서서히 빨려 들어왔다. 뒤를 이어 윤성도가 대열 속으로 들어왔다. 아이들의 출현은 이소사 못지않게 도인들에게 기운을 돋우었다. 최신동은 도인들 사이를 돌며 뿔피리를 불어 댔다.

"오늘도 이소사가 비와 구름을 불러 줘야 할 텐데."

도인들이 하늘을 보며 심고를 올렸다. 이소사는 말 위에서 심고를 주관했다. 그녀의 목소리는 여전히 맑고 높았다.

"한울이시여, 우리들의 뜻을 알아주소서."

"우우우우우우우우우우우."

수만 명의 도인들이 눈을 감고 간곡히 심고를 올렸다. 한바탕의 바람소리가 깃발을 팽팽이 흔들었다. 또 새로운 말소리가 들리고 도인들이 함성을 질렀다. 건장한 체구에 머리에 노란 띠를 누른 이방언 대접주가 앞장서고, 그 뒤로 수천의 동학군들이 따르고 있었다.

"이방언 대접주님이 오신다."

동학군들이 함성을 질렀다. 이방언의 뒤로 이어진 동학군은 끝이 보이지 않았다. 이방언은 말을 돌려 행렬의 중간으로 돌아갔다. 그리고 벼락같은 소리로 명령을 내렸다.

"중간중간 볏짚으로 덮어 놓은 아래에 화승총이 들어 있소. 총을 다뤄 본 사람들은 화승총을 드시오. 그리고 몸에 지니고 있는 물건들은 모두 버리시오. 지금부터 힘든 전투가 시작될 것이오. 오늘 이 전투에서 이기면 우리는 한양으로 진격할 것이오. 반드시, 끝까지 싸워서 이겨 냅시다!"

이방언의 목소리는 우렁찼다. 석대 들판을 가득 채우고 멀리 남산까지 울려 퍼졌다. 긴 메아리가 퍼져 나가듯이 그의 목소리가 여운을 남기며 도인들 사이를 돌고 있었다. 도인들은 몸에 지녔던 짐들을 모두 내려놓았다.

"용계면 쪽 동학군들이 아직 도착하지 않았습니다. 이사경 접주에게 무슨 일이 생긴 것은 아닐까요?"

이인환이 날을 세우며 이방언을 바라보았다. 이소사가 달려왔다.

"용계면에서 혈전이 벌어지고 있습니다. 피냄새가 진동합니다. 쇠가 살을 뚫고 있습니다. 아! 이 지독한 쇳내. 아무래도 일본군에게 크게 당하고 있는 모양입니다. 무수한 주검들이 보입니다."

이소사는 눈을 감고 용계면 접주 이사경에게 힘을 보태는 심고를 올렸다. 이방언과 이인환도 이소사를 따라 심고를 올렸다.

그에 앞서 이사경은 동학도인들을 이끌고 석대들로 향하는 길에 고개 하나를 넘고 있었다. 그런데 갑자기 앞서 가던 동학군 한 사람이 허겁지겁 그에게로 달려왔다.

"접주님, 검은 옷을 입고 모자를 쓴 사람들이 무장을 하고 대열을 지어 이쪽으로 오고 있습니다."

이사경은 놀라서 언덕으로 뛰어 올라갔다. 오십 명은 넘어 보이는 장정들이 온통 까만 옷에 까만 모자까지 쓴 차림으로 달려오고 있었다.

"아니, 저자들은 누구인가? 일본군 복장도 아니고 관군 복장도 아니다. 왜 불길하게 검은 옷 입고 몰려 다닌단 말이냐?"

그러다가 이사경은 그들의 손에 쥐어진 것이 신식 총임을 알고 소리쳤다.

"괴한들이 신식 총을 들었소. 빨리 산으로 피하시오! 최후 집결지는 자울재 넘어 석대 들판이오. 모두 살아서 만납시다!"

그 괴한들이 동학군이 아닌 것만은 분명했다. 갑작스런 고함소리에 도인들은 우왕좌왕 하다가 이사경을 향해 소리를 질렀다.

"도대체 괴한이 몇 명입니까? 적인 것은 분명합니까? 싸워나 보고 도망을 쳐야지, 대적도 하기 전에 도망부터 치라니 말이 되는 소리입니까? 우리는 싸우겠습니다."

그러나 이사경은 목이 터져라 소리를 높였다.

"빨리 도망치시오. 저놈들은 모두 신식 총으로 무장하였소. 생긴 것은 조선놈들인데 총은 양총이란 말이오. 지금 우리 무장으로 저 총을 상대하는 건 무리요. 죽어도 석대들에 가서 죽어야 하오. 여기에서 죽는 것은 개죽음이란 말이오."

그러나 이사경의 말이 끝나기도 전에 괴한들이 대열을 갖추어 사격 자세를 취하는가 싶더니 곧 총구가 불을 뿜었다. 심지에 불을 붙인 뒤 한참을 기다려야 하는 화승총과는 확연히 다른 화력이었다. 엉거주춤 그들을 대적하려던 동학군 대열의 앞자락이 비명을 지르며 한꺼번에 쓰러졌다. 그제야 사태를 파악한 동학군들이 산자락으로 올라붙어 도망을 치기 시작했다. 산타기에는 이력이 나 쏜살같이 내달리는 동학군들을 쫓아서 괴한들도 숨가쁘게 골짜기를 타고 올라왔다. 한참을 내닫던 이사경은 숨이 턱까지 차오르자 바위틈에 숨어서 괴한들을 동정을 살피다 도망갈 방향을 찾기로 했다. 금세 뒤쫓아 온 괴한들 중에서 한 사람이 고래고래 소리를 치고 있었다.

"내 부친을 죽인 불구대천의 원수놈들! 한 놈도 남기지 않고 죽이고 말겠다. 전 재산을 팔아서 무기를 사들였으니, 각오하거라."

젊은 괴한의 목소리가 온 산에 메아리졌다. 이사경은 젊은 괴한의 정체가 궁금했다. 동학군의 손에 죽은 이의 아들이 민보군 모아서 동학군을 잡겠다고 찾아온 것이었다. 이사경이 몸을 숨긴 채 소리쳤다.

"네 부친이 누구냐?"

말을 마치자마자 총알이 무수히 날아왔다. 소리만 듣고 대충 쏘는 것이라 위협적이진 않았지만, 이사경은 바위를 타고 미끄럼을 타며 건너편으로 도망쳤다. 총알이 빗발치며 귓전을 스쳐갔다. 이사경은 다시 바위 틈에 몸을 숨겼다.

상대편에서 소리가 건너왔다.

"나는 장흥 부사의 아들 박정후다. 네놈들이 나를 살려 보냈지만, 나는 반드시 부친의 원수를 갚고야 말 것이다!"

젊은이는 분기탱천하여 소리쳤다. 그 무리 몇 사람이 이사경을 쫓아왔다. 이사경은 또다시 험준한 지형을 골라 죽을 힘을 다해 산비탈을 내달렸다. 다행히 괴한들은 더 이상 추격하지 않았다. 박헌양 아들의 격앙된 목소리가 총소리 사이사이를 메우고 있었다.

"한 사람을 죽일 때마다 두둑히 포상을 할 것이다. 한 놈이라도 더 죽여야 한다."

그러나 어느 새 골짜기에는 괴한들의 총소리만 간간이 들려올 뿐 동학군들은 종적도 없이 사라지고 없었다. 박정후는 괴한들을 불러 모아 철수 준비를 했다.

"괜히 놈들을 쫓느라 힘을 뺄 필요가 없다. 이제 읍내로 가자! 성안에 있는 동비들을 토벌해야 한다."

괴한들은 일사불란하게 산을 내려가기 시작했다. 이사경은 괴한들이 산을 내려간 뒤에도 한참 동안 바위 틈에 숨어 있다가 조심스럽게 밖으로 나왔다. 진눈깨비가 내리기 시작했다. 어둠이 내리는 산자락 곳곳에 피투성이가 되어 널브러진 동학군들의 시신이 처참하기 이를 데 없었다. 그는 어두워지기를 기다려 석대벌로 가기로 했다. 한동안 산야를 누비며 혹시라도 살아 있는 사람이 있는지를 찾았지만, 두 번 세 번 확인 살상을 한지라 모두 절명한 뒤였다.

　어둠이 짙어지길 기다리며 이사경은 바람막이가 되는 바위틈에 틀어박혀 정좌하고 심고를 올렸다.

　'한울님, 또 다시 많은 도인들이 순도하였습니다. 이 도인들이 무궁한 한울님의 세계에서 영원히 살아갈 것으로 믿습니다. 부디 새 세상의 그날 모두가 기억될 수 있기를 심고하고 심고합니다.'

　심고를 마치고 이사경은 한동안 주문을 묵송하였다. 몸속으로 서서히 기운이 조섭되며 한기에 떨리기만 하던 몸에 온기가 돌아왔다. 한동안 수련을 계속하던 이사경은 이윽고 일어나 동학군들의 시신이 있는 곳을 향하여 재배하고, 자울재 쪽으로 걸음을 옮겼다.

　15일 아침, 이미 장흥 석대벌에 운집한 동학군은 3만 명이 넘었고, 계속해서 모여들고 있었다. 장흥 인근의 나주 영암 광주 부안 등지 전라도 지역 동학군은 물론, 북쪽에서부터 밀려 내려온 호서 동학군까지 합세한 동학군 대군은 실로 장관이었다. 이방언은 그들을 바라보며 다시 힘이 솟았다. 이제 더 이상 밀릴 곳이 없는 처지였다. 죽음을 각오한 의연한 결기가 팽팽한 긴장감 속으로 뜨겁게 퍼져나갔다.

동학군은 아침부터 장녕성을 공격하기 시작했다. 그러나 장녕성은 전과 달랐다. 3만여 명의 동학군들이 일제히 달려 들었으나 불과 몇백 명의 일본군-관군 혼성군이 지키는 장녕성은 어느덧 철옹성처럼 느껴졌다. 다가가기만 하면 장대비처럼 쏟아지는 총알에 동학군 전열이 속절없이 무너져 도무지 거리를 좁히지 못하고 있었다. 동학군이 가진 화승총은 쏘아 봤자 성벽에 채 절반도 미치지 못하여 무용지물이었다. 장녕성 쪽에서도 섣불리 역공을 펼치지는 못하여 오전 내내 밀고 밀리는 격전이 이어졌다.

그러나 오후가 되자 상황이 달라졌다. 미나미 고시로가 직접 이끄는 증원군이 나주에서부터 달려온 것이다. 미나미의 부대는 봉명대에 몰려 있던 동학군들을 뒤쪽에서 공격하기 시작했다. 총소리가 일제히 울리며 건산에서 들어오는 입구에서부터 공격이 시작되었다. 봉명대의 동학군들은 뒤쪽에서도 공격이 시작되자 일순간에 아수라장이 되어 석대벌 안쪽으로 쏟아져 들어갔다. 그 기세에 놀라 석대벌을 가득 메운 도인들이 산자락 쪽으로 도망을 치기 시작했다.

그러자 장녕성 쪽에서도 수백 명의 일본군과 경군이 쏟아져 나오며 일제 사격을 가하기 시작했다. 봉명대에 몰려 있던 동학군들이 석대벌로 퇴각하게 되자, 일본군은 세 군데로 나뉘어 포위해 들어오며 총을 쏘아댔다. 동학군 진영에는 어느덧 피가 튀어 비명에 섞이며, 석대벌 전역이 피바다로 변하기 시작했다.

이인환은 서북쪽 뒷산으로 퇴각하며 한탄했다.

"골짜기에서 들판으로 나오는 것이 아니었는데 적의 유인책에 우리가 넘어간 것이오. 봉명대를 공격하지 않아도 되었는데 그쪽으로 너무 깊숙이 진격하다 보니 모든 동학군들이 석대벌로 몰리게 되었소. 스스로 적에게 먹잇감을 제공한 꼴이 되고 말았소."

이인환은 흑빛으로 변한 얼굴에 마지막 기운을 모아 퇴각로를 지시하고 있었다.

"각자 근거지로 퇴각하라! 추격이 계속될 것이니 더 깊은 곳으로 들어가 후일을 도모해야 한다."

이방언이 이인환에게 달려왔다.

"나는 남면으로 가겠소. 그대는 천관산으로 숨어 들어가시오. 후일에 다시 만납시다."

미나미 대위의 지휘 아래 진행되는 일본군의 삼면 포위 공격은 치밀했다. 장녕성, 봉명대, 그리고 건산 쪽에서 삼각형을 이뤄 공격하는 일본군의 총알을 피하여 동학군들은 이리저리 쏠리며 퇴각로를 찾았으나 이미 들판으로 쫓겨 나온 탓으로 몸을 숨길 수 있는 산자락까지는 거리가 너무 멀었다. 그나마 봉명대 쪽은 탐진강으로 몸을 날려 도망치며 활로를 뚫기 시작했고, 장녕성 쪽으로는 서북쪽 산자락을 타고 도망치며 포위망을 뚫고 있었다. 그러나 또 한 무리의 동학군들은 오갈 데가 없는 궁지에 몰린 생쥐 꼴이 되어 부나방처럼 일본군을 향해 짓쳐들어가고 있었다. 쓰러지고 쓰러져도 밀려오는 동학군을 보며 미나미는 한숨을 내쉬고는 병사들을 독려했다.

"해가 지기 전에 적을 소탕해야 한다. 최대한 산개하여 조준 사격하라. 적의 무기는 위협적이지 않다. 사격하라! 사격하라!"

날이 어두워지도록 총소리는 멈추지 않았다. 석대벌은 여기저기에 시체가 언덕을 이루었고, 시신에서 흘러 나온 피가 고랑을 이루며 흘러가고 있었다. 총소리는 흩어지는 동학군들을 따라 사방으로 멀어져가고 있었다.

자울재 쪽으로 달려가던 도인들은 마침 나타난 대숲으로 숨어 들어갔다. 그러나 그곳이 또 하나의 지옥굴이었다. 그쪽은 이미 모리오 마사카즈 중대장이 인솔하는 부대가 매복하고 있었던 것이다.

"사격하라!"

콩 볶듯 총알이 쏟아지고 대숲은 순식간에 아비규환이 펼쳐졌다. 수십 명의 동학군 중에 대숲에서 살아 나온 사람은 아무도 없었다.

일본군이 도착하기 전에 자울재를 넘어선 동학군들만이 겨우 목숨을 부지했다.

서쪽의 작은 산자락을 넘으면 강진으로 가는 길이 이어졌다. 이인환 접의 동학군들은 강진 쪽 산을 타고 넘어가 옥산으로 퇴각하고 있었다. 이소사도 피를 흘리며 강진 쪽 산자락으로 피하는 중이었다. 그녀는 쓰러지려는 최신동을 한쪽 어깨로 부축하며 연신 다리를 절뚝거리고 있었다.

동학군들은 건산과 서북쪽 산자락 사이로 난 작은 오솔길 쪽으로 올라가고 있었다. 이소사와 최신동도 겨우 산자락으로 기어 올라갔다. 이소사는 병영에서 이미 다친 다리를 또다시 총에 맞았으나 다행히 스쳐 지나간 것이었다. 그러나 최신동의 상황은 심각하였다. 총알이 관통한 듯 무릎 위쪽이 너덜너덜했고, 피가 쉴새 없이 흘러 나왔다. 이소사와 최신동은 서로를 부축하며 산을 타고 오르다 바위에 기대 앉아 피가 흐르는 다리를 수습했다. 이소사가 치마자락을 찢어 최신동의 무릎 위를 억세게 감싸맸다.

"여기도 오래 있을 수는 없다. 일본군과 관군이 추격을 시작하면 이 정도의 산자락은 쉽게 뒤지고 말 것이다. 밤새 산을 타고 천관산까지는 가야 한다."

이소사는 최신동을 등에 엎다시피 하고 다리를 질질 끌며 천관산 쪽을 바라고 걷기 시작했다.

석대들을 도망쳐 나온 동학군 한 무리는 옥산을 지나 덕도 방면으로 향하고 있었다. 윤범식과 그의 아들 윤성도가 그들을 덕도로 안내하고 있었다. 덕도는 그들의 고향으로, 미리부터 피신처로 생각하고 있었던 곳이었다. 섬은 관군들이 추격하기도 쉽지 않은 데다가 온다고 해도 숨을 곳이 많은 곳이었다.

깊은 산 속으로 들어간 이들은 바위 굴을 찾거나 나뭇잎을 이불 삼아 추위를 피했지만 겨울 산에서 먹을 것을 찾기란 쉽지 않았다. 더 멀리 해남 땅으로, 강진, 영암, 보성으로 그들이 숨어 들어간 곳은 많았으나 목숨을 부지하기는 쉽지 않았다.

접주들도 뿔뿔이 흩어져 더 이상 연락할 방법이 없었다. 이인환은 천관산으로 숨어 들어갔다. 그에게 천관산은 부처님 손바닥 같은 곳이었다. 이미 식량을 비축해 두었고 만약의 사태를 대비해 잘 말린 약초도 굴 속에 쌓아 두었다.

이인환은 혁명이 끝났다는 것을 믿을 수가 없었다. 재기할 기회는 충분히 있다고 믿었다. 그러나 문제는 그때까지 살아남는 일이었다.

8. 소년 뱃사공

　이인환 접의 동학군들은 대흥면으로 퇴각하여 일부는 천관산으로 일부는 덕도로 밀려갔다. 석대벌을 빠져나온 동학군 중 5백여 명의 동학군들은 윤범식 부자의 뒤를 따라 밤길을 걸어 덕도로 들어가는 노둣길 입구에 도착했다. 그들은 노둣길이 내려다 보이는 야산에 몸을 숨기고 초조하게 물이 빠지기를 기다렸다.

　술시가 되자 나루터까지 찰박거리던 물이 순식간에 밀려 나가기 시작했다. 윤범식이 앞장을 서며 바다에 열린 노둣길을 걸었다. 보름 달빛이 환하게 바다 사이로 난 길을 비추었다.

　"여러분, 힘냅시다. 싸움은 끝나지 않았습니다. 이제 시작입니다."

　금구에서부터 밀려 왔다는 김 접주가 여러 도인들에게 들리게 큰 목소리로 외쳤다. 윤범식이 씩씩하게 말을 받았다.

　"그렇습니다. 우선 덕도에 숨어 어떻게 할지 생각해 봅시다. 어떤 상황에 놓이더라도 동학의 뜻과 개벽의 꿈을 잊지 마시고 십년 후, 아니 백년 후에라도 이 땅에 개벽이 이뤄지도록 해야 합니다. 그게 스승의 뜻이고 죽어간 우리 동도들의 바람일 것입니다."

그렇게 수백 명의 동학군들은 안개처럼 덕도로 스며들었다. 윤범식과 동학군들은 용암산에 숨기로 했다.

"저 산에 들어가시면 골이 여간 깊지 않습니다. 움직이지만 않으면 누구라도 찾기 쉽지 않을 것입니다. 여기 제 아들 성도가 집으로 돌아가 먹을 것들을 준비해 오도록 하겠습니다."

수백 명의 동학군들이 한밤 중에 소리없이 산속으로 몸을 숨겨 들어갔다. 섬마을은 달빛 아래 고요했다. 윤성도는 새벽녘에야 집에 당도했다. 그리고는 어머니를 깨워 먹을 것을 준비하도록 했다.

섬이란 그 어떤 지역보다 똘똘 뭉쳐 살아가는 공동체여서 동네 사람들은 윤범식을 믿고 따랐으며, 이미 대부분 입도식까지 마친 동학 도인들인지라, 도인들을 살리는 일에 동참하게 되었다는 것을 오히려 자랑으로 생각했다.

다음 날부터 관군들이 섬을 돌기 시작했다. 이미 대흥면을 지나간 수백 명의 동학군 무리를 본 사람들이 소문을 낸지라 관군과 일본군들은 덕도를 지목하였다. 덕도는 노둣길 덕분에 반은 섬이요, 반은 육지이니 숨기에 안성맞춤이라는 걸 그들이라고 모를 리가 없었다.

윤성도는 장흥의 전투에 참여한 적이 없는 것처럼 집에서 그물을 엮거나 배를 타고 나가서 파래를 뜯거나 굴을 땄다. 동학군이 해산했다는 소식에 회령진의 수졸들이 다시 관선을 타고 덕도에 나타났다. 그리고 성도가 바닷가에 나가면 일부러 다가와서 물었다.

"너희 마을에 동비들이 숨어 들지 않았냐? 한 명을 고발하면 쌀 석

섬을 준다. 그러니 낯선 사람이 없는지 잘 찾아 보거라."

수졸은 일부러 성도의 볼을 지팡이로 톡톡 건드리며 말을 건넸다.

"저는 잘 모르오. 맨날 배 타고 갯것만 잡는 사람이 어찌 그런 일을 알겠소."

수졸들이 짓궂은 목소리로 다시 물었다.

"네 아비는 이 마을 접주라고 하던데 어디 가서 아직 안 오셨냐? 어디에 숨어 있는 게냐?"

윤성도는 태연하게 대답했다.

"저희 부친은 동학이라곤 모릅니다. 겨울이라 이쪽에서는 고기가 안 잡히니 저 멀리 추자도 앞바다까지 고기잡이 나가셨습니다."

"동학군을 숨겨주다 들키는 날이면 물고를 당할 테니 조금이라도 수상한 사람이 있으면 즉시 고변하여라."

"저는 잘 모르는 일입니다."

성도는 대꾸는 하면서도 짐짓 얼굴을 그물에 처박고 일에 열중하는 척 했다. 그러나 수졸들의 수작은 장난에 불과했다. 문제는 일본군이었다. 나주성에 근거를 둔 일본군들은 관군과 민보군을 앞세우고 수시로 덕도로 들어와 마을 사람들의 일거수 일투족을 감시하였다. 다행히 섬 사람들은 마치 정말로 동학군의 동정을 모르는 사람들처럼 하루하루를 전과 다름없이 보내고 있었다.

덕도 사람들은 일본군과 관군의 협박과 회유에도 불구하고 철저하게 비밀을 지켜 나갔다. 그들은 관군이나 일본군이 들이닥치면 묵묵히 일을 했고, 그들이 없는 시간에도 동학군 이야기는 결코 입에 올리지 않았다. 그러나 동학군들의 은둔이 길어지면서 적지 않은 문제가 생겨났다. 평소에도 식량이 넉넉지 않은 것이 섬마을이었다. 그런데 수백 명의 식량을 며칠 동안 조달하자니 금방 섬 전체 식량이 동나고 말았다. 어머니가 성도에게 물었다.

"성도야, 아무래도 더 이상 저 많은 사람들을 숨겨 주기가 쉽지 않겠구나. 덕도 양식이 곧 동나게 생겼다."

성도는 그날 밤 산으로 향했다. 아버지 윤성범에게 마을의 사정을 이야기하고 대책을 숙의했다.

"달이 뜨지 않는 날을 택해 배를 타고 인근의 금당도, 약산도, 평일도, 장도, 생일도 등으로 조금씩 빠져 나가면 어떨까요?"

"그래, 아무래도 그래야겠구나. 그곳까지는 관군들이 들이닥치지 못할 게다."

12월 그믐. 한 떼의 동학군을 실은 배가 어두운 바다로 나섰다. 그믐인데다 안개까지 짙게 깔려 관선의 감시를 피하기에는 더 없이 좋은 날이었다. 마침 샛바람이 불어왔다. 노가 삐걱거렸다. 접주들은 아무도 입을 떼지 않았다. 성도가 노를 저으며 속삭였다.

"이 배는 지금 금당도로 갑니다. 금당도에 가시면 당분간 동학군이라는 말씀하시면 안 됩니다."

영암 출신이라는 박 접주가 입을 열었다.

"네가, 수고가 많구나."

"접주님은 금당도에서 무엇을 하시렵니까?"

"난 고향에서 서당 훈장을 했다. 동학에 입도한 후에도 훈장 노릇은 계속했었지. 이제 당분간 고향에 돌아가긴 어려울 것이니, 금당도라는 곳에서도 당분간 글을 가르치며 살려고 한다. 그러다 보면 동학을 가르칠 수 있는 날도 오겠지. 죽을 목숨이었는데 다시 살아 났으니 내가 해야 할 일이 그것이라고 믿는다."

누군가 어둠 속에서 쉰 목소리로 이야기를 꺼냈다.

"나는 죽기 살기로 일해서 돈을 착실히 모을 거요. 저 일본놈들이 이 조선 땅을 완전히 집어삼킬 날이 머지않은 듯 싶소이다. 경복궁이 저 지경으로 유린당했는데도, 관군은 저놈들과 손을 잡고 우리 동학군들을 치는 형편이니 곧 있으면 임금이 옥새도 내주고 말 것이오. 그러니 나는 돈을 모아 저놈들처럼 신식 무기도 사 모으고, 또 거사를 일으킬 사람을 모으는 자금으로도 쓸 것이오."

윤성도는 도인들의 이야기를 들으며 묵묵히 노를 저었다. 말투는 모두 담담한 듯했지만, 피눈물 속에 쏟아내는 말들이었다. 돛이 팽팽하게 펼쳐지며 배가 속도를 높였다. 안개가 낀 밤인지라 수군의 관선이 나온다 해도 성도 일행의 배를 찾기란 쉽지 않을 터였다. 이런 날이 며칠만 이어진다면 일은 의외로 수월하게 끝날 수도 있었다.

또 다른 사람이 앞선 이야기를 이었다.

"저는 솔직히 걱정이 앞섭니다. 장흥에서만 해도 몇 백명의 일본군과 관군들에게 수만 명의 동학군들이 여지 없이 무너졌으니 앞으로 또 누가 일어나 이 나라를 구할 수 있겠습니까? 저 일본놈들의 군대가 정말 진저리 나게 무섭소이다."

"일찍이 수운 대선생이 두 갑자가 지나야 개벽이 이루어진다고 하였답니다. 이제 겨우 반 갑자가 지났으니 앞으로 90년이 남은 셈이오. 그날도 저절로 오는 것이 아니고 수도하고 또 철저하게 노력하지 않으면 안 되는 것은 물론이고, 그러는 동안 이렇게 큰 고난을 당할 것까지도 예견하였다는 말씀도 들었습니다. 우리가 앞으로 어찌 될지 모르지만, 앞에서 말씀하신 바와 같이 모두 자기 재량껏 살아 가면서 포덕도 하고 내일을 준비해야 할 것입니다."

"세월이 가도 그런 날이 오기만 한다면 지금 우리의 고생쯤이야 무슨 대수겠습니까?"

다행히 첫 번째 뱃길은 무사하여, 일행을 실은 배는 그날 새벽녘 금당도에 도착했다. 성도는 섬의 뒷편에 동학군들을 내려 주었다. 동학군들은 성도를 뜨겁게 안아주고 어둠속으로 사라졌다.

금당도행 뱃길을 연 이후 성도는 하루 걸러 하루씩, 밤마다 동학군들을 인근의 섬으로 실어 날았다. 어떤 날은 고기잡이를 나가는 것처럼 하여 한 명을 실어다 약산도에 내려주었으며, 어떤 날은 덕도에 들린 평일도 배에다 신참 뱃사람처럼 두어 명을 실어 보내기도 했다. 그러는 동안에도 관군들은 수시로 덕도로 들어왔다.

동학군을 인근 섬으로 실어 나르기 시작한 지 한 달쯤 지나자 용암산에 남은 사람은 젊은 장정 열 두어 명이었다. 봄이 되자 바다에는 자주 해무가 끼었다. 성도는 그날 밤 마지막 도인들을 도피시켰다. 윤범식도 함께 배에 올랐다.

"이렇게 안개가 낀 날도 드물었소. 오늘은 특별히 하늘이 점지해 준 날인 것 같소이다. 여러 도인님들 그동안 숨어 지내느라 고생하셨소이다. 이제 약산도로 가면 부디 몸을 건사하여 다시 큰일을 도모할 준비를 합시다."

윤범식이 뱃전에서 심고를 올렸다.

"석대벌 혈전에서 살아남은 것만으로도 기적이라 생각합니다. 이방언 대접주와 이인환 접주께서는 잡히지 않으셨는지, 다리를 부상당한 이소사님은 어떻게 되었는지 소식을 모릅니까?"

대흥면 윤씨가 걱정스럽게 물었다.

"성도가 여기저기에서 들은 소식을 합하여 보면 석대벌에서는 살아남아 피신하였으나 일본군과 이두황의 회유책에 넘어간 사람들의 밀고로 접주들이 거의 다 잡혀 처형을 당한 듯합니다."

동학군들 사이에 탄식이 흘렀다. 윤범식은 침울해진 도인들의 손을 차례로 잡으며 꼭 살아서 좋은 일을 하자고 당부를 했다.

"살아야 무슨 일이든 다시 할 수 있습니다. 그것이 먼저 가신 분들의 한을 푸는 길이고, 또 동학 세상을 이루는 바른 길입니다. 반드시 살아서 동학 세상에서 만납시다."

"언제 어느 때 다시 만나자고 약조하는 건 어떻습니까?"

"아닙니다. 지금 당장은 숨 죽이고 살다가 때가 되면 불같이 바람

같이 다시 일어설 수 있을 것입니다. 그때가 되면 바람결에라도 소식이 전해질 것이니, 지금 약속하지 않더라도 그 때는 모두 알 수 있을 것입니다."

어둠 속에서 도인들은 삐거덕거리는 노 젓는 소리에 자신의 신념을 담고 있었다. 성도는 그들의 이야기를 가슴에 깊이깊이 간직했다. 노를 젓는 동안 '언젠가 옛말 하며 사는 날이 올 겁니다.'라는 어른들의 말이 생각났으나 꺼내진 않았다.

바람 한 점 없는 날이라 풍선(風船)은 안개 속에서 오로지 성도와 윤범식이 젓는 노의 힘으로 약산도에 도착했다.

"도착하였습니다."

성도는 노를 걷어 올리고 닻을 내렸다. 안개 속으로 사람들의 그림자가 하나씩 사라지고 있었다. 아버지 윤범식도 일단은 약산도에서 지내기로 하였다.

"애썼다."

아버지는 성도의 어깨를 토닥여 주었다.

"부디 건강하십시오."

성도의 눈에 눈물이 흘러 내렸다. 해냈다는 자부심, 이제 끝났다는 안도감, 이것이 혹 아버지를 마지막으로 뵙는 것은 아닌가 하는 두려움이 뒤엉킨 눈물이었다.

윤범식은 그런 윤성도를 부둥켜 안고 오래오래 토닥여 주었다.

안개 자욱한 동쪽 바다에 불그스름히 동이 트고 있었다.

9. 덫에 걸린 나비

1894년 12월 20일! 우선봉대장 이두황[*]은 장위영군을 이끌고 장흥으로 들어왔다.

일본군이 경복궁을 침탈하고 청일전쟁을 일으키며, 대대적인 동학군 토벌을 준비하자 동학도는 재차 재봉기를 결정하였다. 이두황은 이때 죽산 부사 겸 장위영 영관으로 임명되어 동학군 토벌에 나선 이후 기호 지방 동학군을 진압하고 공주의 배후를 노리던 목천 세성산의 동학군을 격파하였으며, 공주에서는 일본군을 도와 전봉준과 손병희의 남북접 연합군을 대파하고 남하하는 동학군의 뒤를 따라 주로 전라도 서부 지역을 훑으며 나주를 거쳐 장흥까지 내려온 것이다.

이두황은 좌선봉대장 이규태와 경쟁하며 동학군을 죽이고 잡아들이는 데 혈안이 되어 있었다. 그는 작금의 상황에 조선에서 출세하기

위해서는 오로지 일본에 협력하는 것이 최선이라는 신념을 가지고 있었다. 그가 일본군에게 배운 것은 바로 정보를 이용하는 것이었다. 동학군을 효과적으로 제압하기 위해서는 정확한 정보를 수집해서 그에 맞는 작전을 펼치는 게 중요했다.

일찍이 무과에 급제하여 벼슬길에 나선 그는 지피지기로부터 시작하는 병법의 기초를 일본군을 통해 새삼스럽게 확인한 것이다. 그것은 장위영에서 함께 생활했던 이학승 대장을 장성 황룡천 싸움에서 잃으면서 다시 한 번 확인한 사실이었다. 이방언의 장태 전략을 미리 알았다면 이학승은 그토록 허무하게 죽지 않았을 터였다.

이두황은 장흥에 들어서면서 이제 긴 싸움의 마지막 순간이 다가왔음을 느끼고 있었다. 석대벌 전투에서 동비를 초토화시킨 미나미 고시로는 나주로 철수하고 뒷처리를 이두황이 맡게 된 것이다. 이제 그가 할 일은 석대 전투 이후 살아남은 이방언 등의 접주들을 체포하고 해안가 마을과 섬으로 숨어든 동비 잔당들을 색출하는 것이었다. 장흥으로 몰려든 동학군들은 석대벌 싸움에서 수많은 전사자를 냈지만 아직도 족히 만여 명은 남아 있다는 게 그의 판단이었다.

그는 반드시 잡아야 할 주요 접주들의 명단을 꺼내 들었다. 장흥의 대접주 이방언, 전략가 이인환, 세습 접주 이사경, 웅치 접주 구교철, 여동학 이소사, 최신동! 그는 그들이 잡히지 않는 것은 오랫동안 지역 사회에서 다져온 바탕이 만만치 않기 때문임을 간파했다. 이두황은 이 점을 주목했다.

그는 마을을 돌며 백성들을 설득하는 데 주력했다. 동비의 잔당들을 발고하는 자에게는 상을 내릴 것이며, 그들의 종적을 알고도 관에 알리지 않는 자는 동비와 같은 무리로 보아 엄벌에 처한다는 방을 써 붙이고 민보군을 앞세워 마을마다 순찰을 돌았다.

"지금 민란의 잔당들이 장흥 고을은 물론 전라도 전역에 숨어 들었다. 이제 그들 모두 귀화케 하여 선량한 백성으로 돌아가게 하라는 것이 주상 전하의 명이다. 먼저 동비들에게 이 뜻이 전해지도록 하라. 스스로 관아로 나와 귀순하면 과거의 잘못은 모두 용서하고 평범한 백성으로 돌아가게 할 것이다. 둘째, 동학군이 숨어 있는 곳을 관에 알려주는 사람에게는 후한 상을 내릴 것이다. 셋째, 만약 동비들을 숨기다 발각되면 그 사람은 동비와 똑같은 벌을 내릴 것이다."

그가 가는 곳마다 백성들은 모두 고개를 숙였다. 그러나 이두황은 백성들의 순종을 곧이곧대로 믿지 않았다. 진정으로 관을 믿고 충성을 다하는 선량한 백성이 있는가 하면, 동비에게 동조하며 언제든 폭도로 변할 수 있는 백성이 존재하는 것이다. 그는 후자의 백성들을 까마귀라고 불렀다. 그런 까마귀를 색출해서 엄벌해야 다시는 민란이 발생하지 않을 거라고 확신하고 있었다.

그는 또한 마을의 유생들을 모아 놓고 협조를 요청했다.

"이번 난리에 유생들께서 크나큰 횡액을 당하셨소이다. 그 와중에도 민보군을 결성하여 동비들과 용감히 싸웠으나 피해가 적지 않다고 들었소. 이제 큰 무리는 흩어졌다고 하지만 그 잔당들이 고을 곳곳에 숨어들어 화근이 되고 있습니다. 모두 마을 구석구석을 단속하여 적도를 적발하는 대로 진영으로 잡아오시오. 만약 협조하지 않으면 대군이 토벌을 할 때 옥과 돌을 구분할 겨를이 없고 곡식과 잡초를 분간하기 어려울 것이니 그때에 가서 원망한들 이미 늦은 일이 될 것이오."

이두황의 회유와 협박이 적지 않은 효과를 나타내면서 여기저기서 동학군들이 결박되어 오기 시작했다. 무엇보다 동학군의 위력에 떨던 양반 유생들이 민보군을 앞세워 적극적으로 동학군과 그 가족들을 색출해 관아로 끌어오는 데 앞장서고 있었다.

이두황은 접주급 동비는 장터에서 가차없이 목을 베었다. 여러 사람들에게 다시는 동학에 가담치 말라고 경고하는 데는 이것 이상의 방법이 없다고 그는 믿었다.

이두황이 동학군 색출에 열을 올린 지 열흘쯤 후 이두황의 군막으로 찾아온 사람이 있었다.

"소인은 전 장흥 부사의 아들 박정후라 합니다. 저를 토벌대에 넣어 주십시오. 전 재산을 털어서 무기를 사들이고 민보군을 모아 사군(私軍)을 조직하였으나 동비들이 흩어지고 나니 할 일이 막막하여 쉬고 있었습니다. 이제 사또께서 동비들을 샅샅이 뒤져 처벌한다는 소식을 듣고 이렇게 찾아뵈었습니다."

이두황은 만족스러운 미소를 지었다. 그가 원하던 바가 바로 이것이었다. 이런 사람들이 모여들면 일은 한층 수월해질 터였다. 한평생을 살아오면서 원수를 지지 않고 살기는 어려운 일. 무엇인가를 이루기 위해서는 원하지 않아도 적을 만들게 마련이었다.

"내일부터 장위영 부대와 함께 움직이도록 하라."

다음 날 또 한 명의 방문객이 찾아왔다.

"자식 잃은 아비의 심정을 아시오? 내 비록 구차하게 도망을 치긴 했지만 동비의 손에 자식을 먼저 저세상으로 보내고 말았으니 아비된 도리로 어찌 가만히 있겠소. 나도 토벌대에 참여케 하여 주오."

벽사역의 찰방 김일원이 핏발 선 두 눈에 눈물을 흘리며 이두황 앞에서 무릎을 꿇었다. 이두황이 또다시 만족스러운 미소를 지었다.

"아들의 원한을 갚기 위해서라도 적들을 모두 생포해야 하오. 부디 힘써서 큰 공적을 세우시오."

그는 미나미 고시로에게 그동안의 공적을 보고하는 서찰을 보냈다. 아울러 좌선봉장 이규태의 소식을 은근히 문의하였다. 이규태는 자신의 부임지로 내려가지 않고 주색에 빠져 있거나 토호들을 골라 재물 빼앗는 일에 골몰하고 있을 터였다. 이규태는 동학도 색출보다는 그들의 재물을 약탈하는 일에 더 관심이 많았다. 이두황은 그런 이규태의 성정을 기회가 닿을 때마다 미나미에게 보고했다. 이규태는 같은 관군이기 이전에 그의 경쟁 상대였다.

동비 잔당들을 밀고하는 백성들이 나날이 늘어나고 있었다. 그것은 동비들이 숨을 곳이 점점 줄어들고 있다는 뜻이기도 했다. 이두황은 본격적으로 접주 체포를 위한 행동에 돌입했다.

'결국 적들이 숨은 곳은 대부분 연고지일 터. 지금과 같은 상황에 지인이 없는 곳에 숨어 있기란 쉽지 않은 법. 이런 추위에 옷가지며 이불이며 누군가의 협조가 없다면 살아남을 수가 없지 않겠나.'

그는 먼저 장흥의 대접주인 이방언을 잡아들이는 데 주력하기로 하였다. 장흥의 토호인 이방언은 대원군과도 막역한 사이라고 알려져 있었고, 유생 중에도 지인이 적지 않으니 그가 장흥 땅에 아직 숨어 있는지도 알 수 없었다.

또 미모의 신녀라는 이소사는 어디에 숨어 있는 것일까? 어린 열다섯 살 소년 최신동은 또 어디에 숨어 있는 것일까? 이두황은 이소사와 최신동은 쉽게 잡아들일 수 있을 것이라 직감했다. 상황이 급작스러워지면 가장 불리한 것은 약자들이었다. 이두황은 어떻게든 두 사람을 생포하여 그 면면을 보고 싶었다. 게다가 자원 참여한 장흥 부사의 아들 박정후가 가장 노리는 것이 바로 이소사였다.

12월 22일 늦은 아침을 마친 후 이두황은 이방언이 살던 월림동으로 향했다. 평퍼짐한 들판이 드넓게 펼쳐지는 마을에는 개미 새끼 한 마리 보이지 않았다. 이미 며칠 전에 일본군이 다녀갔다더니 가옥은 불에 타서 집터만 남아 있었다. 마구간도 텅 비어 있었고, 창고는 문이 열린 채 난장판이 되어 있었다.

이두황은 마을 앞 느티나무 정자에 앉아 이방언을 떠올렸다. 인천 이씨, 이두황 자신과 같은 집안이었다. 이 근동에서는 손꼽히는 부호인 그는 왜 빈천한 자들이 꿈꾸는 동학에 빠져 패가망신을 했는지,

쓸쓸한 동정심이 일어났다.

"평등한 세상?"

이두황은 혼잣말을 하며 쓴 웃음을 지었다. 젊은 시절 무과 급제를 위해서 얼마나 많은 노력을 했던가? 출사 이후에도 늘 이규태 아래에서 수모를 당해야 했다. 세상은 평등하지 않다. 그것이 천리요 지도이며 인사인 것을. 그것을 뒤집으려 드는 건 역모요 역천이다. 그러나 언제나 이규태의 아래 자리였던 그가 민란 진압을 맡으며 그와 동등한 자리로 승진했으니, 동비들은 그에게 반은 은인이었다.

어떻게든 이방언을 숨겨 주고 있는 자를 찾아야 했다. 그는 이방언과 친분이 있는 유학자들을 일일이 만나볼 작정이었다. 그러다 보면 분명히 꼬리가 잡힐 것이었다.

이두황이 향교를 찾아서 유생들에게 이방언의 소식을 물으니 유생들은 앞다투어 반감을 토로했다. 특히 강진성 싸움에서 옛 문우인 김한섭을 죽게 하고, 장녕성 싸움에서 장흥 부사를 처단한 것은 패륜이라는 말까지 들먹였다. 이두황은 선비로서 나라에 충성은 못할망정 반란을 이끌었고, 같은 스승에게서 배운 동문을 죽인 패륜자를 하루라도 빨리 잡을 수 있도록 적극 협조하라고 정중히 부탁했다.

아니나 다를까. 그로부터 이틀 후 남상면에서 사는 유생 백중인이 동학군이 마을에 숨어 있다는 소식을 듣고 집강*에게 이를 알렸다. 집강은 마침 인근 마을에 와 있던 소모관 백낙중이 이끄는 민보군을 청하고 마을 사람도 합세하여 어산의 동굴을 포위하였고, 대정** 겸 선봉 고순칠, 도성찰 마경삼 등이 앞장서서 이방언을 생포했다.

소모관 백낙중은 그 즉시 이두황에게 파발을 보냈다. 한시라도 빨리 이방언을 인수해 가라는 서찰을 전한 것이다. 이두황은 직접 경군과 수성군을 데리고 이방언을 인수하러 갔다. 포승줄에 결박되어 꿇어 앉은 이방언은 표정 하나 흔들리지 않고 이두황을 쳐다보았다. 이두황은 이방언의 기에 질려서 일부러 큰 소리로 외쳤다.

"내 여기서 즉시 너를 능지처참함이 마땅하나, 선비의 체모를 중히 여겨 나주 초토영으로 보내 처결을 받게 할 것이다."

이방언은 이두황의 고함소리에 껄껄 웃으며 고을이 다 울리도록 우렁찬 소리로 입을 열었다.

"이놈, 고작 일본 놈의 앞잡이로 살아가면서 큰소리를 치느냐! 나를 보내려거든 반드시 한양으로 보내라. 내 임금님을 직접 뵙고 백성들의 뜻을 고할 것이다."

"허튼 소리! 네놈의 헛된 꿈 때문에 얼마나 많은 백성들이 죽어갔

---

* 집강(執綱). 동학 교단의 육임제(六任制) 제도상의 직임(職任)의 하나. 시비(是非)를 밝혀 기강(紀綱)을 바로잡는 역할을 하였다. 도집(都執)과 짝을 이룬다.
** 대정(大正). 육임제 직임의 하나. 공평(公平)을 유지하는 근후(謹厚)한 사람을 선임하였다. 중정(中正)과 짝을 이룬다. 그 밖의 직임에 교장(敎長)과 교수(敎授)가 있다.

는지 알지 않느냐? 보국이 무엇이고 안민이란 또 무엇이냐? 백성들이 도륙되도록 내모는 것이 보국이고 안민이란 말이냐?"

이두황도 이방언의 기세에 밀리지 않으려고 큰소리를 쳤다.

그러나 이방언의 눈빛은 맑았다. 포승줄에 묶여서도 당당하였다. 이두황은 이방언의 눈빛을 피하며 벌떡거리는 심장을 다스리느라 심호흡을 몇 번이나 했다. 유생들의 생각과는 다르게 이방언은 고을 사람들로부터 아직도 많은 신임을 받고 있었다. 이방언을 잡아가는 이두황에게 보내는 백성들의 싸늘한 눈길이 그것을 말해 주고 있었다.

결국 이방언을 나주로 압송하기 위해 대관 1명, 교장 2명, 병정 1백명, 잡색 50명으로 호송 부대가 꾸려졌다. 12월 30일 새벽, 이방언의 나주 압송 작전이 개시됐다. 150여 명의 대군이 걸어서 나주까지 가려면 사흘을 잡아야 했다. 유치면 조양촌에서 하룻밤을 묵었다. 호송대는 혹여라도 있을지 모를 동비의 기습에 대비하며 밤새 엄중한 경계를 섰다. 정월 초하룻날은 나주 동창 마을에서 하룻밤을 머물며 설날을 보냈다.

이두황은 이방언을 나주로 압송하고 난 후 이방언의 거처를 고변한 백중인에게 백미 다섯 가마를 하사하고, 남상면 마을 사람들에게 1백 냥을 하사하였다. 그러자 장흥 고을 일대가 온통 동학군을 찾는데 혈안이 되었다.

이두황은 최신동과 이소사가 장흥 인근의 야산에 숨어 있을 것이라 확신했다. 석대벌 싸움에서 큰 부상을 당했다는 소식을 듣고 있었다. 부상을 당한 두 사람이 멀리 움직일 수는 없을 것이다. 그는 소모관 백낙중을 다시 불러 들여 이소사와 최신동의 일을 물었다.

백낙중은 자신 있게 대답했다.

"이제 전세가 기울어서 동비들을 돕다가는 함께 당한다는 것을 백성들이 모두 다 알고 있습니다. 동비들의 자취가 속속 드러나고 있습니다. 이제 곧 이소사의 종적도 찾아낼 것이니, 기필코 공을 세우도록 하겠습니다."

백낙중은 마치 이소사가 어디에 숨어 있는지 아는 것처럼 자신만만하였다.

"그대는 이소사가 어떤 인물인지 알고 있소?"

백낙중은 이두황을 바라보며 알 수 없는 표정을 지었다.

"직접 만나볼 날이 얼마 남지 않았으니 그때 보십시오. 스무 살을 갓 넘긴 여인으로, 사람들이 하는 이야기는 뜬소문일 뿐이오니 괘념치 마십시오."

백낙중은 이두황이 이소사를 겁내고 있다는 걸 알았다.

"이소사가 장흥 부사의 목을 쳐 죽였다는 소문이 자자합니다만, 여인네가 어떻게 그런 일을 하겠습니까? 목을 치는 일은 웬만한 장수라도 쉽지 않은 일입니다. 동비에 얽힌 이야기는 터무니없이 부풀려진 게 한두 가지가 아니니 제게만 맡겨 주십시오."

"아무튼 장흥 부사의 아들인 박정후가 이를 갈며 이소사를 찾고 있다. 그를 내세워 탐색을 하는 것이 여러 모로 도움이 될 게다. 그에게 역할을 맡겨 보거라."

　이소사는 최신동을 업은 채 산을 오르다 점점 까무러지는 최신동 때문에 결국은 바위 굴 하나를 찾아들었다. 그곳에서 사나흘을 지내는 동안, 부상이 심하여 먼곳으로 도망치지 못한 동학군 네댓 명이 더 모여들어 동굴은 졸지에 부상자를 위한 숙소가 되고 말았다.

　최신동은 신음소리를 내며 앓고 있었다. 불덩이 같았던 열기는 이소사의 정성스런 간호 덕분에 어느 정도 가라앉았으나, 총에 맞은 다리는 점점 썩어들어가고 있었다. 그나마 나머지 도인들은 조그마한 화톳불의 열기에 의지하며 기운을 회복해 가고 있었다.

　생각만 해도 치가 떨리는 석대벌 전투, 많지도 않은 일본군의 총에 쓰러져간 동학군들의 비명이 아직도 귀에 쟁쟁했다. 이대로 운이 꺾인다는 것을 믿을 수 없었다.

　이소사는 정갈하게 옷매무시를 다듬고 간절히 심고했다.

　"한울님, 이대로 끝나게 하지 마옵소서. 우리의 뜻이 이루어질 수 있도록 도와주소서. 여기에 남아 있는 도인들이 모두 무사히 살아남아 새 날이 맞이할 수 있도록 도와주소서."

　금방이라도 눈이 내릴 듯 습한 구름이 몰려들었다. 아무래도 해는 뜨지 않을 것이 분명했다. 이제 남은 것이라곤 한 줌의 소금과 쑥뿌리뿐이었다. 이소사는 밖으로 나가서 소나무 가지를 꺾어 들어왔다.

　"살아야 합니다. 어떻게든 살아내야 뜻을 이룰 수 있습니다. 이걸

썹으며 조금이라도 기운을 내십시오. 여기를 나가야 할 듯합니다. 눈이라도 내리면 꼼짝없이 굶어 죽게 생겼습니다."

모두 달려들어 소나무 껍질을 벗기기 시작했다. 딱딱한 껍질을 벗겨내고 속껍질을 벗겨서 최신동의 입에 넣어 주었다. 그러고 나서 자신들도 입에 넣고 우물거렸다. 최신동은 바위에 기대어 눈을 감은 채 소나무 속껍질을 씹었다.

최신동이 떠듬떠듬 말을 꺼냈다.

"접장님들, 저는 아무래도 더 이상 움직이기가 어렵겠습니다. 제가 죽더라도 여러분들은 살아서 제 뜻을 꼭 이루어 주세요. 모두가 한울님처럼 귀하게 대접 받는 동학 세상에서 사는 것이 소원이었는데 이젠 제대로 걸을 수도 없으니 아무짝에도 쓸모가 없게 되었습니다."

이소사는 최신동의 손을 꼭 붙잡았다.

"아니다, 신동아. 다시 일어날 수 있다. 한울님이 우리를 도와주실 게다. 절대로 포기하면 안 돼."

이소사가 도인들을 독려했다. 최신동의 치료를 위해서라도 마을을 찾아 내려가지 않을 수 없는 데다가 시시각각으로 커지는 불길한 예감이 더 이상 이곳에서 지체해서는 안 된다는 걸 알려주고 있었다.

"다들 일어나십시오. 이곳을 나가야 합니다."

반쯤 기대거나 누워 있던 도인들이 억지로 일어나 자리를 잡고 앉았다. 이소사가 소리 내어 심고를 시작했다.

"한울님 스승님 감응하옵소서. 저희들은 지금 다시 길을 떠나려고 합니다….”

이소사의 눈에 그렁그렁 눈물이 괴었다. 아무래도 느낌이 좋지 않았다. 흐린 하늘이 좋지 않는 기운을 몰아오고 있었다.

“우리는 모두 살아서 새 세상을 볼 것이요, 죽어서도 한울님과 하나되어 영원히 살 것을 믿습니다…. 살아서 반드시 동학 세상을 볼 수 있도록 저희들의 앞길을 열어 주소서.”

심고를 마치고 이소사는 최신동에게 다가가 등을 내밀었다. 최신동은 잠시 머뭇거리다가 이소사의 등으로 엎어지듯 기대었다. 이소사가 끙 힘을 주어 자리에서 일어섰다. 어디에서 그런 기운이 나오는지 알 수 없었다. 이소사의 눈빛에 질려서 나머지 동학군들도 안간힘을 쓰며 자리에서 일어났다. 이소사는 최신동을 업고 다리를 절며 밖으로 나갔다.

잠시 산 아래를 살피는 이소사는 곧 비탈을 타고 산 위쪽으로 오르기 시작했다. 그러나 등반을 시작한 지 얼마 되지 않아 눈앞에 산의 정상이 드러났다.

“더 이상 오를 곳이 없습니다. 더 올라가면 산꼭대기입니다. 곧 눈도 쏟아질 듯한데, 그리 되면 도망은커녕 얼어죽고 말 것입니다.”

동학군 한 사람이 이소사의 옷자락을 붙잡으며 걸음을 말렸다. 이소사가 조용히 말했다.

“모두 산 아래를 보십시오. 누가 오고 있는지….”

동학군들이 모두 뒤를 돌아보았다. 아, 탄성이 일더니 곧 누군가가 소리쳤다.

"관군이다!"

"민보군이다!"

동학군들의 목소리는 다급하기 이를 데 없었다.

"더 이상 숨을 곳이 없소이다. 한시 바삐 산을 넘어야 하오이다."

살기 위해서는 얼른 산자락을 타고 넘어야 했다. 그러나 최신동이 부상을 당해 있으니 빨리 움직인다는 것은 불가능한 일이었다. 이소사는 결단을 내렸다.

"어서 정상으로 올라가십시오. 그리고 산 뒤쪽으로 내려가서 다른 마을로 빠져 나가시면 됩니다. 부디 살아서 좋은 세상을 만드소서."

동학군들은 이소사와 최신동을 보며 차마 발걸음을 내딛지 못하고 머뭇거렸다.

"어서 가십시오. 우리 두 사람의 명은 한울님께 맡길 것입니다."

이소사가 손짓으로 동학군의 등을 떠밀었다. 도인들이 머뭇머뭇 발길을 돌렸다. 이소사는 다시 최신동을 부축하고 동굴로 돌아갔다. 칼바람이 부는 산속을 헤매는 것보다는 그나마 온기가 남은 동굴이 나았다. 그녀와 최신동의 운명은 이미 정해져 있었다.

이소사의 볼에 뜨거운 눈물이 흘렀다. 묵촌의 뜰과 부모님의 얼굴이 보였다. 이소사는 고개를 흔들었다. 관군들이 서로 불러 가며 자신들의 위치를 알리는 소리가 점점 가까워지고 있었다. 그들은 동굴의 위치를 정확하게 알고 찾아오는 것이 분명했다.

이소사는 마지막으로 하늘에 기도를 올렸다.

"모든 것이 한울의 뜻입니다. 우리가 하는 일이 헛되이 되지 않도록 자손만대에 이어 주시옵소서."

얼마나 지났을까? 동굴 앞쪽이 어두워지는 듯하더니 한 무리의 관군과 민보군들이 들어섰다.

"동비다!"

"이소사다!"

"이소사! 넌 독 안에 든 쥐다. 널 내 손으로 잡게 될 줄 알았다."

날카로운 목소리에는 독이 올라 있었다. 이소사는 절로 몸서리를 쳤다.

"내가 누군지 아느냐?"

"내 알 바 아니다."

"나는 네년이 죽인 장흥 부사의 아들이다."

"아니, 너는 그때…."

최신동이 박정후를 알아보고 소리쳤다.

"그래, 너는 구면이구나. 아버지의 원수를 갚기 위해서 내 손으로 너희를 잡으리라 맹세하고 맹세했었다. 오라를 지워라."

그 순간 사방에서 오라가 날아 들었다. 순식간에 이소사의 몸은 꽁꽁 묶여 옴짝할 수 없게 되어 버렸다. 곧 건장한 관군들이 달려 들어 이소사를 포박해 꿇어 앉혔다. 이미 기절하다시피한 최신동도 억지로 일으켜 세워 포박을 지웠다. 최신동은 무슨 일이 일어나는지 알면서도 저항조차 하지 못했다.

"나는 어찌 해도 한이 없도다. 그러나 저 아이는 아직 어리고 부상을 당했으니 집으로 돌려보내라."

박정후는 껄껄 웃었다.

"저놈이 없었다면 내가 이 자리에 있지 못했을지도 모르지. 그러나 부친의 원수를 갚는 일에 어찌 인정을 베풀 수 있으리오. 여봐라! 저놈들을 호송하라!"

이소사가 주문을 외웠다.

"시천주 조화정 영세불망 만사지."

박정후가 발끈하여 이소사의 뺨을 후려갈겼다.

"요망한 것! 멈춰라!"

그러나 이소사는 편안한 표정으로 주문을 멈추지 않았다. 그러자 최신동도 신음소리처럼 주문을 따라하기 시작했다. 박정후는 손에 든 총으로 이소사의 온 몸을 내리쳤다.

"퍽!"

이소사의 몸이 축 늘어지며 주문 소리가 그쳤다.

관군과 민보군에 합세한 박정후는 가는 곳마다 사비를 들여 현상금을 내걸었다. 결국 산에 나무를 하러 왔던 이가 바위 굴 속의 인기척을 발고하였고, 박정후는 관군 민보군을 이끌고 동굴을 에워싸기에 이른 것이다.

박정후는 이소사와 최신동을 끌고 소모관 백낙중을 찾았다. 백낙중의 입이 함지박만 하게 벌어졌다.

"이년을 사로잡기 위해 저의 가산을 모두 탕진하였습니다. 소모관님의 엄명이 있어 죽이지 않고 데려왔습니다. 하지만 소모관님도 약속대로 이년의 처단은 제게 맡겨 주셔야 합니다."

백낙중은 이소사 체포 소식을 이두황을 제쳐두고 직접 미나미 고시로 대위에게 보냈다. 태연하게 어찌 조치할지 명령을 기다리겠다는 말을 덧붙였다. 소식이 오가는 동안 백낙중은 이미 초죽음이 된 이소사를 끌고 다니며 마을을 돌았다. 사람들은 이소사를 바라보며 고개를 돌렸다. 백낙중은 백성들의 분위기를 쉽게 알아차릴 수 있었다. 그들은 이소사를 동정하며 또 여전히 두려워하고 있었다.

백낙중은 그녀가 단지 아낙네에 불과하다는 걸 보여주고 싶었다. 그러나 축 늘어졌던 이소사는 마을 사람들 앞에만 서면 눈빛을 빛내며 일장 연설을 하는 것이었다.

"동학은 결코 끝나지 않습니다. 언제고 다시 동학의 세상은 옵니다."

백낙중은 결국 이소사를 이두황에게 넘기고 말았다.

"어찌하여 내게 먼저 보고하지 않았나. 그렇잖아도 미나미 대위로부터 이소사를 나주로 압송하라는 지시가 당도했네."

백낙중은 머리를 조아리며 정중하게 대답했다.

"나리! 이소사는 박헌양 부사를 죽인 장본인입니다. 마침 박헌양 부사의 아들이 이들을 체포하여 자기 손으로 처단하게 해 달라고 데리고 왔습니다. 아비를 죽인 원수를 갚을 수 있도록 하는 것이 백성들에게도 귀감이 될 것이라 생각하였습니다."

이두황은 백낙중의 속내가 훤히 들여다 보였으나 내버려 두기로 했다. 아무튼 이소사를 손아귀에 넣었으나, 그 다음은 자기 몫이었다.

"그 정도면 충분하다. 벌써 반 죽음이 되지 않았느냐? 초토영에서도 관심을 가진 죄인이니, 송장이 되기 전에 이송해야 한다."

다음 날 이소사와 최신동은 거의 반송장이 된 상태로 나주로 압송되었다. 누가 그들에게 동학을 권했으며 여자와 소년까지 전투에 끌어들였는지 배후를 조사하기 위해 그들을 소환하였지만 두 사람은 나주에 도착하기도 전에 이미 산 사람이 아니었다. 미나미 대위는 이소사를 소생시키기 위해 그들의 군의관까지 동원하였다.

"저 여인은 흥미로운 데가 많아. 어떻게 여인의 몸으로 동학당을 이끌게 되었는지, 게다가 직접 처형에 나서게 되었는지 알아낼 게 많아. 저 여인의 가족을 찾아라. 어떻게든 저 여인을 살려내야 한다."

이두황은 미나미의 지시에 따라 남편 김양문과 이소사의 친정 쪽 가족들을 찾는 한편으로, 대접주 중에 유일한 생존자인 이인환에게 관심을 쏟고 있었다. 이인환을 찾는 데는 김일원이 동분서주하고 있었다. 그는 이인환의 처가가 있는 회덕면을 찾아서 만약 이인환을 숨겨 주었다가 발각이 되면 삼족을 멸한다고 엄포를 놓았다. 그러나 이인환의 소식은 좀처럼 들려오지 않았다. 김일원은 낙담했다. 이인환이 이미 장흥을 떠버렸다면 어찌 할 수가 없는 것이다. 장흥 인근의 산을 이잡듯이 뒤져도 이인환의 흔적을 찾지 못한 김일원은 이인환이 인근의 섬으로 들어갔다고 보고 역졸들을 인근 섬으로 보낼 준비를 하기 시작했다.

이두황의 생각은 달랐다. 그는 장흥에서 가장 높은 산을 찾아보았다. 읍내에서 좀 떨어져 있기 했지만 천관산이 눈에 들어왔다. 천관산은 깊고 넓어서 깊숙이 숨기로 작정을 하면 찾아내기가 쉽지 않을 터였다. 그는 심호흡을 하고서 천관산 지도를 펼쳤다. 세 개 면을 끼고 펼쳐진 넓은 산자락, 과연 어디에 이인환은 숨어 있는 것일까?

먼 남녘 땅 장흥고을은 을미년 새해가 밝았지만 연지리에는 차가운 바닷바람만 몰아쳤다. 장흥부의 수성장 엄찬교와 김인섭은 이두황의 명령으로 이인환의 부인 유소사를 체포하여 벽사역의 감옥에 가두었다.

"이인환은 어디에 숨었느냐? 바르게 대지 않으면 물고를 내리라."

이두황이 직접 유소사를 취조했다.

"이 접주는 석대벌 전투에서 빠져 나왔으나 다음날 옥산에서 싸우다 총에 맞아서 순절하였다 들었소. 일본군 총에 가슴팍을 맞아서 죽었다는 소식을 듣고 가솔들이 수습하러 갔으나 언제쯤 돌아올지 알수 없소."

이두황은 눈빛 하나 흔들리지 않고 말을 이어가는 유소사의 이야기가 거짓인지 사실인지 가늠할 수가 없었다.

"좋다. 그러면 사람을 시켜서 알아볼 테니, 조금이라도 거짓이 있을 시엔 물고를 면치 못할 것이다."

이두황은 유소사에게 협박을 하며 다시 옥에 가두었다. 유소사는 옥방에 갇혀서도 그림처럼 단정히 앉아 있었다. 차가운 바람이 새어 들어오는 옥에 잡혀온 동학군들이 여기저기 누워 있었다. 그러나 유소사는 밤에 잠들기 전에는 눕지 않았다. 연지리에 첩보를 나갔던 부하가 돌아와서 이인환의 사망 소문이 사실임을 알려 주었다.

다음 날 이두황은 유소사를 풀어 주었다. 그러나 그는 이인환이 죽었다는 것을 믿을 수 없었다. 유소사 주변을 엄중히 감시하는 한편으로 그는 다시 김일원을 다그쳐 이인환의 행방을 탐색하기 시작했다.

10. 떨어지는 꽃잎

매서운 바람이 몰아쳤다. 갑오년은 조선의 온 고을에 피를 뿌리고 고요히 역사 속으로 사라졌다. 갑오년 12월 19일 이소사와 최신동이 체포되어 나주로 압송되었고, 12월 24일에는 이방언이 서울로 압송되었다. 12월 26일에는 접주 김학삼이 체포되어 혀를 잘리는 고문을 당하다가 처형되었다. 12월 28일에 이사경 접주가 용계면의 기역산에 숨어 있다가 체포되어 벽사역에서 처형되었다.

을미년(1895) 정월로 들어선 지도 보름이 가까워 오고 있었다. 이두황은 하루 빨리 장흥을 떠나고 싶었다. 이미 죽산 부사로 제수를 받은 터였다. 그러나 이인환이 잡히지 않으니 장흥을 뜰 수가 없었다. 김일원과 역졸들을 천관산으로 보낸 지도 어느덧 닷새가 지났다.

보름을 하루 앞둔 1월 14일 밤, 이두황은 옷속으로 파고드는 한기에 부르르 몸을 떨었다. 달은 휘영청 밝았고 야간 산행을 하기에는 안성맞춤인 날이었다. 이두황은 동비들의 움직임이 금방드러나는 밤중에 산을 뒤지라고 김일원에게 일러 두었다. 김일원은 지금쯤 천관산 일대를 누비고 있을 터였다. 천관산! 이두황은 그곳에 이인환 접주가 있을 것으로 확신하고 있었다.

"오늘은 소식이 오리라."

그는 큰 기대를 안고 누각에 올라섰다. 오늘도 김일원이 아무런 성과없이 천관산에서 내려오면 크게 손을 좀 보아주리라. 그는 손가락을 우두둑 꺾었다. 달이 중천으로 떠오를 즈음 사위가 부산해졌다. 그는 깜짝 놀라서 누각에서 내려섰다.

"나리, 이인환을 잡았다 합니다."

"어디서? 천관산이라더냐?"

"예, 그쪽에서 소식이 들어왔습니다."

이두황은 회심의 미소를 지었다. 이인환을 잡은 것도 기쁜 일이었지만, 자신의 예측이 적중한 데서 더 큰 희열이 느껴지는 순간이었다. 그는 곧바로 관사로 돌아가 미나미 고시로에게 보낼 전문을 작성하기 시작했다.

"내일 당장 이인환을 나주로 압송할 것이다. 군사 100명을 준비시켜라."

휘영청 푸른 달빛이 그의 앞길을 예고해 주는 듯 장흥 들판을 밝게 내리비추고 있었다.

한편 이방언은 체포되어 서울로 압송되었으나 대원군과의 인연으로 방면되었다. 보성 현감 유원규는 동학군을 도왔다는 죄목으로 체포되었다가 이방언과 함께 석방되었다. 이방언은 다시 장흥으로 들

어왔다가는 이두황에게 잡힐 게 뻔하여 유원규의 도움으로 회천면에
숨어 있었다.

　나주로 압송된 최신동과 이소사는 이미 산 사람이 아니었다. 최신
동의 다리는 무릎 위로까지 썩어 들어가고 있었다. 이소사는 체포될
당시에 이미 박정후와 백낙중에 심하게 맞아서 앉아 있을 수조차 없
었다. 극심한 고통 속에서도 이소사는 주문을 외웠다.
　"시천주 조화정 영세불망 만사지…."
　금방이라도 숨이 끊어질 듯한 상황에서도 이소사는 주문 외우기를
그치지 않았다. 이소사를 치료하던 군의관은 미나미 고시로에게 그
녀가 끊임없이 중얼거리는 것을 보고 이미 제정신이 아닌 듯하니 즉
시 처형하는 것이 좋겠다고 건의했다.
　"그렇지 않소. 저 여자는 극도의 긴장과 영양상태가 안 좋아서 잠
시 공황상태에 빠진 것이오."
　미나미는 군의관에게 이소사를 각별히 치료하여 제정신을 찾도록
하라고 명령했다. 또 최신동의 다리를 수술할 것을 명령했다. 미나미
고시로는 집요하게 두 사람의 목숨을 이어 붙이고 있었다.
　극진한 간호 끝에 이소사와 최신동은 고비를 넘기고 하루가 다르
게 기력을 찾아갔다. 이소사의 허벅지에 진물이 그치고, 최신동의 다
리에 살이 굳어질 무렵이 되자 미나미 고시로는 두 사람을 취조하기
시작했다.

"배후를 대라. 누가 너희에게 장녕성 전투에 나가라고 했느냐?"

이소사는 모처럼 맑은 정신으로 돌아와서 총총한 기운을 내뿜으며 미나미 고시로를 바라보았다. 비로소 미나미 고시로의 눈에 이소사의 반듯한 미모가 들어왔다. 시체처럼 널브러져 있던 때에는 영락없이 죽을 것만 같더니 제 모습을 찾고 보니 여간한 미인이 아니었다.

"배후는 없소. 내가 나서서 접주님께 부탁했을 뿐이오."

"저 또한 마찬가지요. 내 부친께서 관군에게 잡혀가서 억울하게 곤장을 맞고 돌아가셨소. 그 원수를 갚고 모든 사람이 행복하게 사는 세상을 건설하고자 하였을 뿐이오."

미나미는 의심스러운 눈빛으로 두 사람을 바라보았다.

"두 사람은 무예가 출중하다 들었다. 군사 훈련은 어디에서 받았느냐?"

이소사는 두 눈을 들어서 미나미 고시로를 바라보았다.

"훈련이랄 것은 없었소. 그저 마을 앞 공터에서 칼싸움 흉내도 내고 말도 타며 저절로 익힌 것이오."

"아니, 여자가 무슨 칼을 들고 논단 말이냐? 너에게 칼싸움을 가르친 자가 있을 터, 바른 대로 말해라."

"가르쳐 준 사람은 없소. 남들이 하는 것을 어깨너머로 보고 배웠을 뿐. 그러다가 의로운 동학군이 일어나매, 나는 내 뜻을 펼치기 위해서 내 스스로 집을 나와서 동학군이 되었을 뿐이오."

"네 가족은, 네 남편은 어찌하여 너를 찾으러 오지 않느냐?"

"그것을 여기 있는 제가 어찌 알겠소이까?"

"후회는 없느냐?"

"우리의 힘이 미치지 못하여 나라와 백성들을 유린한 그대들에게 패전하고 말았소. 좀 더 준비하지 못한 것, 그것이 후회스러울 뿐이오."

"우리는 조선 국왕의 부탁을 받고 난리를 평정한 것일 뿐, 그대들에게 원한을 가질 이유가 없다."

그때까지 순순하던 이소사가 일순 표변하였다.

"괴변이로고!"

미나미가 움찔하더니 이내 평정을 찾고 다시 물었다.

"어째서 괴변이라 하는가?"

"그대의 양심에 비추어 보면, 그 말이 괴변인지 아닌지 알 수 있을 터. 오늘은 그대가 승자가 되었으나, 그렇다고 진실까지 호도하려 드는 건 하늘에 더 큰 죄를 짓는 것. 여기서 멈추지 않는다면, 먼 훗날 그 열 배, 백 배를 돌려 받게 될 것이니 지금이라도 참회하고 썩 물러나라."

"이 지경이 되어서도 협박을 하는 것인가?"

"협박? 나는 시운을 얘기할 뿐, 그것을 믿고 안 믿고는 그대에게 달렸으니 깊이 생각하라."

"요망한 것! 끝내 잘못을 뉘우치지는 않겠다?"

"다시 태어난다 해도 개벽 세상을 만드는 일에 참여할 것이다."

이소사의 목소리가 높아지자 최신동도 소리쳤다.

"조선의 백성들은 결코 오늘을 잊지 않을 것이다! 언젠가는 너희들이 피눈물을 흘리며 오늘의 승리를 오히려 후회하게 될 것이다."

미나미가 두 사람을 돌아보며 잔잔한 미소를 지었다.

이소사가 고개를 들고 심고를 올렸다.

"하늘이시여. 이제 제 운은 다 되었나이다. 다시 태어나도 이 길을 가게 하소서. 지금은 비록 일본의 신식 총에 무너졌으나 조선의 혼은 사라지지 않으며 두 갑자가 지난 후에 이 땅에 참 개벽이 찾아오리니 부디 제가 죽더라도 슬퍼하지 마소서. 사람은 죽어야 다시 사는 것이니, 제가 죽은 후 저의 혼이 조선 땅 어디에든 깃들어 고운 빛을 뿌리도록 도와주소서. 두 갑자 지난 후에 석대벌에 흐르는 새로운 세상의 빛 속에 다시 살게 해 주소서."

미나미 고시로는 두 사람을 다시 감옥으로 보냈다. 그리고 일본으로 보낼 자료를 정리하였다.

감옥으로 돌아온 이소사는 다시 정신이 흐릿해졌다. 군의관이 투여한 약 기운이 떨어지자 최신동도 다리의 통증이 심하여 두 사람은 다시 심하게 앓기 시작했다. 이소사는 극도의 고통 속에서도 여전히 주문을 외웠다. 항생제 덕분에 다리가 더 이상 썩어 들어가지는 않았지만 살이 떨어져 나가고 뼈가 다 보이는 허벅지에 새살은 돋지 않았다. 더 이상의 치료도 없었다.

"이소사, 저 옆 감옥에 전봉준 대장이 갇혀 있다고 하오."

이소사가 잠깐 정신이 돌아오자 최신동이 감옥 창살에 붙어 이소사를 불렀다.

"오늘은 정신을 차렸느냐?"

"손화중도, 최경선 접주도 있다고 하오이다."

"모두 같은 날 처형한다고 하더냐."

"곧 한양으로 압송된다고 합니다."

이소사는 잠시 머리를 들어 전봉준 등이 갇혀 있다는 옥사 쪽을 돌아다 보았다. 그리고는 눈을 감고 들릴 듯 말 듯 심고문을 읊조렸다.

감옥에도 봄이 오고 있었다. 그러나 이소사의 기력은 하루가 다르게 쇠약해지고 있었다.

"이제 그만 가야겠구나."

이소사는 한줄기 봄볕이 내리쬐는 감옥에 기대어 앉아서 환각 상태로 들어갔다. 묵촌에서 아지랑이가 피어나고 있었다. 말을 타고 김양문이 달려오고 있었다. 남장을 한 이소사가 김양문을 마중하며 도르뫼 들판으로 달려가고 있었다. 김양문의 뒤에 올라타서 두 사람이 나란히 묵촌의 들녘을 달렸다. 호랑나비가 너울너울 날아다니고 시내에서는 물소리가 요란했다.

부친인 이성언이 덩실덩실 춤을 추고 있었다. 이소사의 혼인날, 초례청에 가득 모인 동네 사람들, 이방언 당숙과 온이의 모습도 보였다. 김양문이 비단옷을 입고 건너 편에 서 있다. 이소사도 모처럼 입은 비단 저고리 치마가 거추장스러워서 조심조심 유모의 부축을 받으며 큰절을 올렸다 부부 합환주를 건네며 김양문이 이소사를 슬쩍 훔쳐보곤 입가에 미소를 지었다. 이소사도 애써 나오는 웃음을 참으며 술잔을 입가에 대었다.

후다닥 산새들이 날아가는 소리가 들려왔다. 연분홍 복사꽃이 바람에 하르르 날렸다. 어머니가 이소사에게 달려오고 있었다. 버선발로 달려오는 모친의 손에는 알록달록한 꽃이 잔뜩 들려 있었다.

나주의 산자락에 진달래가 지고 철쭉이 흐드러지게 피어나던 날, 나주 감영에서는 총소리가 들리며 이소사가 소리없이 쓰러졌다. 이어서 들리는 또 한 방의 총소리, 신동이라 불리던 열여섯 살 소년 최동린이 쓰러졌다.

한편 이방언은 대원군의 특사로 풀려나자 회천에 머물며 월림동의 소식을 전해 들었다. 집은 폐허가 되었고 가족들은 어디로 도망을 갔는지 알 수 없다고 하였다. 이두황이 접주들을 거의 다 잡아들이고 죽산 부사로 떠났다고 하지만, 전라 감영에서는 나머지 동학군 추포의 끈을 여전히 늦추지 않고 있었다.

이방언은 두문불출 하였다. 이 미친 살육의 바람이 잦아들기를 기다리기로 하였다. 다시 개벽의 불씨를 되살릴 수 있다면, 백년이라도 기다릴 수 있었다. 그러나 들려오는 소식은 점점 불길해지고 있었다.

3월 말에 전봉준과 손화중, 최경선 접주가 처형되었다는 소식을 들었다. 이방언은 전봉준과 함께 했던 취회와 전투를 떠올렸다. 가슴 깊은 곳에서 짜릿한 통증이 찾아왔다. 이제 쉰여덟, 살아도 산 것 같지 않을 세월이 남아 있을 뿐이었다. 목숨이란 이리 구차한 것이던 가?

이소사와 최신동이 나주에서 총살을 당했고, 이사경도 이인환도 김학삼도 모두 처형되었다. 대접주 중에 살아남은 자는 오로지 자신 뿐이었다. 그 무렵 신임 전라 감사 이도재는 빗발치는 유생들의 간청을 핑계 삼아 이미 방면 조치되었던 이방언과 보성 접주 박태길을 다시 잡아 들이라는 명령을 내렸다.

이방언은 결국 출동한 관군에 의해 회천에서 체포되어 벽사역에 갇혔다. 의연하던 이방언도 장남 성호까지 잡아다가 함께 감옥에 몰아 넣자 정신이 아득해졌다. 성호는 부친과 함께 처형 된다는 소식을 듣고 고개를 들지 못하고 어깨를 들썩였다. 이방언은 미안함과 안타까움에 목이 메었다.

"멀리 멀리 아주 멀리 달아나라고 했거늘…. 아직 청춘인데, 어린 아들을 남기고 저승길로 가야 하다니…. 아들아! 이 아비를 용서하지 말거라."

처연히 고개를 숙이고 울음을 그치지 못하던 성호가 마침내 고개를 들었다. 얼굴은 온통 눈물에 젖어 있었으나, 표정은 다시 평정을 다시 찾아가고 있었다.

"아버님! 그런 말씀 마십시오. 아버님은 장흥의 동학 대장이십니다. 세상 사람들이 모두가 존경하는 이방언 장군을 아버지로 모시고 살아서 저 또한 자랑스러웠습니다. 아버님과 함께라면 저승길 또한 두렵지 않습니다."

성호는 다가와 이방언의 손을 잡으며 이방언을 위로했다.

"내 나이는 환갑에서 세 살이 모자라지만 한도 원도 없이 살다간 인생이다. 그러나 어린 아들을 남겨 두고 가는 내 아들만은 한스럽기 그지없구나."

"아니올시다, 아니올시다. 아버님의 큰 뜻은 하늘이 아시고 땅이 보살피며 후손들이 길이길이 펼쳐 갈 것입니다. 부디 마음을 굳게 잡수옵소서."

이방언이 붙잡혔다는 소식을 들은 장흥의 유생들과 벽사역, 장녕성의 수성군들과 그 가족들은 관아 앞까지 몰려와서 이방언을 하루 빨리 처형하라고 연일 진정하였다.

"이방언은 선량한 백성들의 원수요, 충직한 관리들의 적이로다. 이방언에게 원한을 품지 않은 관리가 몇이나 있으리오. 박헌양 부사는 충신 중의 충인이었는데, 이방언이 죽게 하지 않았는가?"

1895년 4월 25일 이방언과 장남 이성호는 장흥부의 군사 훈련장이자 처형장인 장대로 끌려 나왔다. 이방언의 처형을 보려고 나오는 백성들은 거의 없었다. 그러나 그에게 원한을 품은 양반 유생과 관군의 가족들은 아우성을 치며 행렬을 따랐다.

이방언은 장대로 향하며, 유유히 흐르는 강물을 놓치지 않고 바라보았다. 늦은 봄햇살이 강물에 내리비추고 있었다.

접주들과 거사를 계획하며 회의를 했던 사인정과 일본군을 무찌르기 위해서 총알을 두려워하지 않고 달렸던 봉명대가 눈에 들어왔다. 장녕성을 무너뜨렸을 때의 함성도 귀에 선했다.

"성호야, 두려워하지 말아라. 우리가 죽어도 후손이 있으며, 저 강물이 끊어지지 않고 이어지듯이 우리의 뜻을 이어갈 사람들이 끊이지 않을 것이다. 그것이 역사다."

이방언은 그를 둘러싼 많은 관리와 군졸들을 바라보며 고개를 들었다.

"내 비록 여기서 죽임을 당하나 의로운 뜻은 꺾이지 않을 터, 언제나 봄이 오면 새롭게 꽃이 피듯이 새 세상의 꿈은 영원할 것이다!"

이방언과 이성호는 나무기둥에 묶여 세워졌다.

"형을 집행하라!"

10여 발의 총성이 울리고, 이방언과 이성호의 몸에서 피가 솟구쳤다. 구름 한점 없이 맑은 봄날이었다.

에필로그

갑오년 새 아침이 밝았다. 이 씨는 새벽 일찍 일어나 매화 농장으로 향했다. 고목이 된 매화나무에 꽃이 만개하여 골짜기에 흰 눈이 내린 것만 같았다. 오른편으로 이어지는 골짜기에는 새로 심은 묘목들이 생기를 품고 막 꽃을 틔우고 있었다. 이 씨는 오래된 매화나무를 보며 상념에 젖어들었다. 우금치 전투 이후 패배를 거듭한 동학군이 모두 장흥으로 몰려 들어서 골짜기마다 흰 눈이 쌓인 것 같았다는 120년 전의 갑오년이 떠올랐다. 그는 눈을 감고 그날의 함성에 귀를 기울였다. 여동학 이소사가 말을 타고 칼을 휘두르며 청아한 목소리로 동학군의 사기를 북돋우면, 수만 명의 동학군들이 한결같이 호응했다는, 그날의 그 함성이 골짜기에 가득 들어찬 것만 같았다.

이십년 전, 그해 봄 이처럼 매화꽃 만발한 때에 일본에서 고모할머니의 자제분들이 찾아왔었다. 그때는 증조할아버지 자료찾기가 한 고비를 넘기며 새로운 단계로 나아가려 준비하던 때였다.

스물일곱 살에 시작한 증조할아버지 명예 회복 운동이 반백년으로 접어들면서 드디어 올해 석대벌에 동학농민혁명기념관이 지어지고 있었다. 그는 틈만 나면 석대벌로 나가서 공사 현장을 돌아보았다. 오늘도 아내와 함께 석대벌에 들를 생각이었다. 지난 설날에 찾아온 증손자들을 데리고 장녕성터에 들러서 120년 전의 이야기를 들려 주었다. 초등학생 증손자들은 동학과 전봉준 이야기를 교과서에서 배웠다며 아는 체를 하다가 금세 시들해지더니, 나뭇가지를 주워 칼싸움 흉내를 내며 즐거워했다.

수없이 많은 날을 동학군의 후손을 찾아 전국을 뒤졌고, 동학행사를 주도했다. 갑오년에 죽어간 숱한 농민군들의 혼을 달래기 위해 석대벌에서 합제를 지내는 겨울날에는 언제나 세찬 바람이 불어왔다. 아침에는 바람 한 점 없이 맑았다가도 제수를 차리고 헌주를 올리는 시간이 되면 바람은 귀신같이 나타나서 바닥에 깔아 놓은 멍석을 들추곤 했다. 어떤 해는 바람이 너무 세게 불어 포장도 날아가고 제상이 엎어지기까지 했다. 한을 풀지 못한 혼들이 제상을 흔드는 것이라고 두 번 세 번 비손을 하며 그분들의 혼을 달랬었다.

생각해 보면 동학군의 혼을 달래는 일은 어쩌면 자신의 생애를 달래는 일이기도 했다. 조실부모하고 먹고 살기 바쁜 형제들은 무심하게 세월을 보냈지만 유독 그만이 가슴에 피가 끓어 증조할아버지의 자취를 찾아 헤맨 것이다. 그렇게 살아온 것은 할아버지가 남겨준 피내림이었다. 이 씨의 몸에는 그 옛날 천지를 호령했던 이방언 할아버지의 뜨거운 피가 흐르고 있었다.

꽤 실속 있는 반가(班家)의 살림살이를 갖추었음에도 개벽 세상을 꿈꾸고, 백성들의 고단한 삶을 외면하지 않았던 증조부의 진가세 담판은 이타적 삶이 주는 보람과 신념을 세우게 했을 터였다. 무자년 (1888) 흉년에 고을 사람들을 구휼하는 데 앞장섰고, 갑오년(1894)에 전사가 된 할아버지. 그리고 스물일곱에 동학 역사 복원 운동을 시작하여 여든에 동학농민혁명기념관을 세우는 그 자신. 그것은 논리로는 설명할 수 없는 끈끈한 피내림이었다.

증조부의 3백 섬 지기 논밭은 그가 세상에 태어나기도 전에 하나도 남아 있지 않게 되었지만, 그에 못지 않는 농장을 갖게 된 그는 동학의 유무상자(有無相資) 사상을 착실히 실천하고 있었다. 수천 그루의 매화에서 나온 매실 중에서 일부는 효소를 만들었다. 발효된 효소들은 저온창고에 그득히 쌓여서 방문객의 손에 들려가곤 했다. 그 옛날 증조부가 묵촌의 창고에다 그득히 쌓아 두고 썼다던 동학군의 군량과 같이 매실효소는 묵촌을 찾는 사람들을 위한 감로수로 쓰이는 것이 옳다고 여겼다.

나무는 꽃이 필 때가 사람으로 치면 해산을 하는 때였다. 가장 많은 영양분과 물이 필요한 시기였으므로 그는 몇 개의 스프링 쿨러를 설치하고 계곡으로 흐르는 물을 끌어 올려 매화나무 발목이 흠뻑 젖도록 물을 댔다. 농장 구석구석까지 골고루 젖도록 스프링 쿨러의 자리를 옮겨 주는 것이 그의 일이었다. 물이 꽃봉우리에 닿지 않게 높이를 조절하면서, 이맘때면 그는 밥을 먹는 것도 잊은 채 한나절을 농장에 머물곤 했다. 온몸에서 땀이 흐르고 알싸한 향기에 취해 술이라도 한 잔 마신 듯 기분이 우쭐해졌다. 팔순 나이에도 기운이 꺾이지 않아 새벽이면 어김없이 심고를 드리고 농장으로 나서면 그 하루가 찬란한 빛을 몰아주곤 하였다.

이 씨는 해가 중천에 떠오르자 온몸이 땀투성이가 되어 농장에서 내려왔다. 홍매가 잔뜩 핀 뜰에 아내가 나와 있었다.

"여보, 손님이 오고 있다요. 어서 식사하시고 손님 맞을 준비 합시다."

아내는 아침나절에 걸려온 전화 소식을 알려 주었다.

"역사학회 회장이라고? 동학 이야기 듣고 싶어서 오는구먼. 올해는 손님들이 많이 올걸세. 이왕 아침이 늦었으니 손님이랑 함께 점심을 먹세."

그는 아내의 수고로움을 덜어 주고자 식당에서 점심을 먹기로 했다. 온다는 시간에 맞춰 그는 아내와 함께 대문 앞으로 나가서 손님을 기다렸다. 1백 주년 이후 잠시 시들해졌던 동학 연구 열기는 각 지역별로 동학기념사업이 활발해지고, 두 갑자 갑오년을 앞두면서 다시 높아졌다. 그의 집에도 동학을 공부하고 연구하는 사람들의 발길이 끊이지 않았다. 늙은 부부가 사는 집에 손님이 드나드는 것은 쓸쓸하지 않아서 좋았고, 그동안 찾아서 정리한 증조부의 업적을 마음껏 이야기할 수 있어 좋았다.

그는 많은 손님들이 찾아와도 아무런 불평 없이 음식을 대접하는 아내가 더없이 고마웠다. 아내는 말수가 적은 사람이었다. 어떤 일을 해도 묵묵히 일에만 집중을 할 뿐 불평이 없었다. 젊었을 때는 그런 아내를 보고 성격이 원래 그러하겠지 하며 대수롭지 않게 여겼다. 그러나 그가 나이가 들고 숱한 사람들을 만나보고 나서 아내의 성정은 곧은 마음에서 나온다는 것을 알게 되었다. 아내는 말이 없었지만 속 힘이 강한 사람이었다. 그가 전국을 떠돌며 자료를 찾고 장흥동학농민혁명기념관을 세울 수 있는 기틀을 마련했다면, 아내는 말없이 그의 지줏대 역할을 한 사람이었다.

그는 이즈음에 와서야 아내가 없었다면 그 많은 일들을 해낼 수 없었다는 것을 깨달았다. 한 세상 살아가는 것이 모두 사람과 사람이 만나서 기쁨과 슬픔으로 어우러지며 길을 같이 가는 것이 아니던가. 그는 오랜 길동무를 잘 만난 것이 그저 감사하기만 했다. 이제는 아내에게 모든 것을 되돌려 주고 싶었지만, 아내는 한 몸 건사하기도 힘들다며 편히 쉬기만을 바랐다.

"농장에 가 봐야 하는데 기운이 없어서 못 올라갔소. 꽃이 장관이지라?"

아내가 쉰 목소리로 그에게 물었다. 겨울에서 봄으로 넘어가는 환절기에 아내는 여지 없이 기침을 많이 해댔다.

"한 이틀 있어야 만개하겠더군. 그땐 내가 차로 모시고 갈 터이니 그 사이 몸조리나 잘 하시게."

아내와 도란도란 꽃 이야기를 나눌 때에 사립에서 발자국 소리가 들려왔다. 작은 키에 단정한 이목구비를 가진 중년의 남자가 대문으로 들어왔다.

"이방언 장군님의 후손 댁입니까? 전화 드렸던 박준이라고 합니다."

박준이 고개를 깊이 숙여 인사를 했다. 공손하고 다정한 몸가짐에 이 씨는 반가운 기색으로 반절을 하며 손님을 밖으로 안내했다.

"기다리고 있었소. 좀 이르긴 하지만 점심식사부터 합시다. 내가 농장에서 이제 막 내려와서 몹시 시장하오. 일부러 선생 오시기를 기다리고 있었소."

이 씨 부부는 박준을 데리고 이웃에 있는 식당으로 갔다. 식당 앞 뜰에는 노란 산수유가 흐드러지게 피어 있었다. 따뜻한 온돌방에 자리를 잡고 앉자 박준이 캠코더를 꺼내며 이 씨에게 양해를 구했다.

"어르신, 저는 역사학자라 기록을 중요시합니다. 어르신 말씀하시는 걸 촬영해도 괜찮겠습니까?"

이 씨는 흐뭇한 미소를 지으며 박준에게 소주 한 잔을 건넸다.

"나는 학자가 아니라 농민이오만 증조부의 자취를 찾아다니며 천 조각 하나라도 증조부의 손길이 가는 것은 모두 금쪽보다 소중히 했소. 그 시대에 역사학자가 있었다면 그 난리 통에 일어난 일들을 사진도 찍고 글도 쓰고 증거물도 남기지 않았겠소. 내가 죽으면 증조부에 대한 일념도 사라지고 말 것이오. 그러나 후세들에게 이런 사람의 정신도 알려주면 좋겠소이다."

박준은 이 씨의 술잔을 받아 들고 건배를 청했다. 앞이마를 희끗희

끗한 흰머리가 덮고 있었지만 이 씨는 박준이 한창 나이라고 생각했다. 팔순이 되고 보니 고모할머니의 자제분들이 찾아왔던 20여 년 전 환갑의 나이가 얼마나 젊었는지 그리울 따름이었다. 그들에게 동학농민혁명기념탑과 새로 짓고 있는 기념관을 보여 주었으면 하는 바람이 간절했지만 이미 20여 년의 세월이 흘렀고 이젠 생사조차 알 수 없었다. 살아 있다면 아흔이 넘었을 나이였다.

"사답법인을 이끌어 오시면서 무엇이 가장 어려웠나요?"

박준은 캠코더를 창틀에 고정시키고 메모를 하며 다시 질문을 했다. 때마침 종업원이 들어오고 상에는 갖가지 반찬과 김이 모락모락 피어나는 아구찜이 놓여지고 있었다. 이 씨는 물을 한 잔 마시고 선뜻 입을 떼지 못하고 먼 산을 바라보았다. 창문 너머 먼 산에는 아지랑이가 너울대고 있었다. 아내가 잠자코 세 사람의 수저와 젓가락을 놓고 있었다.

"사람을 모으기가 제일 힘들었소. 먹고 살기도 힘든데 집안을 풍비박산으로 몰아간 조상님 과거를 찾아서 뭘 하느냐고 유족들은 손사래를 쳤고, 우리 고장의 동학의 정신을 살리자고 관청에 들어가면 이미 백 년 전에 반란으로 마무리된 일을 이제야 들추어서 뭘 하겠냐고 되묻곤 합디다. 그 세월이 반백년이오."

밥상에서 김이 모락모락 났다. 이 씨가 수저를 들지 않으니 두 사람도 들 수가 없었다.

"어서 식사를 하시지요."

아내가 이 씨를 바라보며 넌지시 권했다. 아내는 낯선 손님이 식사를 하지 못하고 이야기만 듣고 있는 게 안타까운 듯 두 사람을 번갈아 보았다. 이 씨가 수저를 들며 박준에게 식사를 권했다.

"처음에는 전화를 해도 좋아하지도 않고 찾아가도 난처한 표정을 짓던 유족들이 온갖 정성으로 몇 년을 찾아다니니 나중에는 한 사람 한 사람 나서서 합제도 지내게 되고, 전국의 동학 행사에 대표로 참석도 하며 점점 규모가 커져 갔소. 특히 유신시대에 학생운동을 하던 젊은이들이 고향으로 돌아와 농민운동의 뿌리를 내리면서 동학사상을 연구하기 시작했고, 그들이 사단법인을 만드는 데 크게 기여를 했다오. 열정만 있었지 배운 것 없는 내가 혼자 발로 뛰는 것보다 학식 있는 사람들이 체계 있게 나서니 사람들이 더욱 더 모여 들었소. 그래서 사단법인을 만들었고, 사단법인을 만드니 이젠 사무실도 있어야 하고 사무장도 근무하게 되어 여러 가지 동학 행사를 치르게 되었소. 그래서 장흥의 동학은 세상으로 다시 나왔고 그 힘으로 올해 동학기념관이 주춧돌을 놓게 되지 않았소."

이 씨는 천천히 밥술을 뜨며 하염없이 추억 속으로 빨려 들어가고 있었다. 박준이 반주를 한 잔 더 권하자 이 씨는 발그레해진 얼굴을 빛내며 소주를 받아 천천히 들이켰다.

"후세들에게 하고 싶은 말이 많지요?"

박준이 잠시 숟가락을 놓고 있는 이 씨에게 다시 물었다. 이 씨는 고즈넉이 박준을 바라보았다. 그의 한 생애가 모두 담긴 것 같은 너그럽고 여유 있는 표정을 지으며 두 눈썹을 꿈틀거렸다.

"우리 조상들이 왜 목숨을 버리면서까지 그토록 처절하게 싸웠는지 젊은 세대들이 알았으면 좋겠소. 유학이란 입신양명을 위해 온 정신을 모으고 정진하는 것이지만, 동학은 모든 사람이 행복하게 사는 세상을 만드는 것이 아니오? 살아 있는 모든 것이 다 행복한 그런 세상은 참으로 아름다울 게요. 지금은 너무도 많은 사람들이 나 혼자 잘 먹고 잘살기 위해 안달을 하니, 결국은 모든 사람이 다 살 길이 안 보이는 거라오. 모두가 다 함께 잘살자고 각오하고 덤비면 길은 세상 천지에 널려 있다오."

박준은 창틀에 놓인 캠코더를 조작하여, 진지한 표정으로 말을 이어가는 이 씨에게 다가가서 줌을 당겼다. 이 씨는 캠코더를 의식하지 않고 여전히 두 눈을 반쯤 감은 채 느릿느릿 말을 이어갔다.

"어떠한 경우에도 역사는 멈추지 않고 그저 담담히 흘러갈 뿐이오. 비바람이 치고 척박한 땅에서도 씨앗은 뿌리를 내리고 싹을 틔워 결국 열매를 맺어 종족을 이어가지 않소? 동학의 선인들이 뿌린 개벽의 씨앗도 마찬가지요. 내 안에는 증조부 이방언의 뜨거운 피가 그대로 흐르는 중이라오."

박준이 다시 캠코더를 고정시키고 수저를 들었다. 이미 식어 버린 아구찜이지만 매큼한 맛이 식욕을 돋우었다.

"사모님께서는 어르신이 그렇게 많은 돈을 오로지 동학 정신을 복원하는데 쓰셨는데 생활하시면서 괴롭지 않으셨나요?"

박준이 이 씨의 부인에게 속삭이듯이 물었다. 팔순의 나이에도 부인은 수줍게 웃을 뿐 대답을 하지 않았다. 이 씨만 아내를 돌아다 보며 빙그레 웃고 있었다.

　"한 생애가 꿈같이 흘러가 버렸소. 초등학교 앞에서 구두를 고치던 노인에게 증조부 이야기를 듣지 않았다면 아마 나는 이 일을 시작하지 않았을지도 모르오. 사람이란 아주 작은 인연으로 큰 일을 시작하게 된단 말이오. 선생님은 어쩌다가 역사학자가 되었소? 나도 큰돈을 못 만졌지만 선생님도 길에다 돈을 뿌리고 다니니 평생 가난과 친구 하기가 고달프지 않으시오?"

　박준이 의미심장한 미소를 지었다. 이 씨의 아내도 속을 다 들여다보는 듯이 빙그레 웃고 있었다. 이 씨도 된장 국물을 마시며 심술궂게 웃었다.

　"이 생에서 무엇을 하나 이루려면 손을 쥐어서는 안 된다오. 손바닥을 펼치고 내가 가진 것을 남에게 내주어야 박수도 함께 칠 수 있고, 누군가로부터 무언가 받을 수도 있는 것이오. 제 것을 손에 넣고 쥐고만 있으면 하나를 지키려고 열을 보내는 격이 되고 말 것이오. 나는 이제 여한이 없소이다. 저 넓은 석대벌에서 죽어간 수천 명의 동학군들의 혼이 모두 동학기념관에 모여서 한을 푸시고 고요히 잠이 들 테니 나도 이제 떳떳하게 그분들 곁으로 갈 수 있게 되었소. 다만 이 땅의 젊은이들이, 갑오년에 왜 그렇게 많은 사람들이 목숨을 버려야 했는지 그 의미를, 그리고 동학에 왜 그토록 심취했던 것인지 그 뜻을 알았으면 좋겠소. 동학 사상은 이 시대에 세계로 펼쳐도 손색이 없어요. "

박준이 이 씨의 말에 큰소리로 맞장구를 쳤다.

"네, 맞습니다. 그렇고 말고요!"

이 씨는 숭늉그릇을 들며 창밖을 바라보고 있었다. 산수유 가지마다 다닥다닥 붙어 있는 꽃들이 아련한 향수를 불러 일으켰다. 해마다 봄이 되면 알 수 없는 향수병을 앓아야 했던 그였기에 올해의 봄도 역시 병이 도지고 있었다.

"그래도 더 하고 싶은 일은 없으십니까? 아직 마무리하지 못한 일이 있으실 것 같은데요?"

박준이 이 씨를 넌지시 바라보며 물었다. 이 씨는 대답 대신 먼 산만 고요히 바라보았다.

"이젠 좀 쉬어야지요. 저세상으로 가기 전에 조금은 쉬었다 가야 저승길 가는 데 힘들지 않을 거예요. 한평생을 농번기만 끝나면 후손들 만나러 다니느라 쉴 짬이 없는 양반이었소."

부인이 조용하고 느린 목소리로 말했다. 장녕성 앞으로 고요히 흐르는 탐진강의 물결처럼 늙은 부부의 이야기가 조곤조곤 흘렀다.

● 참고문헌 및 자료

『개벽의 꿈』, 박맹수, 모시는사람들, 2012.

『동학농민혁명사 일지』, 동학농민혁명참여자명예회복심의위원회, 2006.

『동학농민혁명참여자명예회복심의원회 백서』, 동학농민혁명참여자명예회복심의
  원회, 2009.

『북접일기』, 태안군 충청남도역사문화원, 2006.

『이야기 장흥동학농민혁명』, 장흥동학농민혁명기념사업회, 2013.

『장흥 동학농민혁명과 석대들 전적지』, 동학농민혁명기념재단, 2012.

『장흥 동학농민혁명과 그 지도자들』, 위의환, 장흥동학농민협회기념사업회, 2013.

『전남의 동학농민혁명 유적』, 동학농민혁명기념재단, 2011.

『전라도 장흥지역 동학농민혁명 사료집』, 전라남도 장흥군 동학농민혁명기념재단,
  2010.

『전라좌도 동학농민혁명 자료집』, 남원동학농민혁명기념사업회, 2013.

연도(간지)	날짜·내용
1892 임진	10월 17일 최시형, 각 지역 접주들에게 교조신원운동의 대의에 동참 촉구하다
	11월 1일 동학교도, 삼례 지역에 모여 교조 신원과 교도 탄압 금지를 호소하다
	12월 교조신원을 요청하는 상소문을 조정에 제출하다
1893 계사	2월 12일 박광호, 손병희 등, 광화문에서 교조 신원 주장하며 복합상소하다
	3월 전라도 금구 원평에서 전봉준의 동학 남접 중심으로 1만여 명 참가한 가운데 교조신원운동 일어나다
	11월~12월 전봉준 등 60여 명, 2차에 걸쳐 조병갑에게 학정시정을 요구하다
1894 갑오	1월 9일 조병갑 고부에 재부임하다
	1월 10일 전봉준, 고부에서 봉기하다
	2월 15일 장흥부사 이용태 안핵사에 임명, 농민봉기를 수습케 하다
	3월 20일 무장에서 1차 기병, 포고문 선포하다
	●장흥 이방언, 이인환 대접주, 강봉수 접주, 전봉준 진영 합류하다
	3월 백산으로 본진을 옮기고 호남창의대장소 설치. 전봉준, 대장으로 추대. 농민군 4대 행동강령 선포하다
	4월 7일 농민군, 전주감영관군 700여 명과 포수·보부상대 600여 명을 황토현 전투에서 격파하다
	●4월 23일 농민군, 이방언 장군 지휘 아래 장성 황룡촌에서 경군 격파하다
	4월 27일 농민군, 전주성 점령하다
	4월 30일 조정, 농민군 진압을 위해 청국에 원병을 요청하다
	5월 4일 조병갑, 강진 고금도에 유배되다
	5월 5일 청군 선발대 910명, 충청도 아산 상륙하다
	5월 6일 일본 해군증장 이토 스케유키, 군함 2척을 인솔하여 인천 상륙하다
	5월 7일 전주화약 성립되다
	5월 9일 농민군, 전주성에서 철수하고 각지로 돌아가 도회소 설치 시작하다
	■6월 21일 일본군, 경복궁 무력 점령하다
	■6월 23일 청일전쟁 개전하다
	6월 농민군, 전라도 대부분의 고을에 집강소를 설치. 행정권을 장악하다
	●6월 부산면 금자리 자라번지에 장흥집강소 설치하다
	7월 6일 김학진과 전봉준 사이에 관민상화가 이루어져, 양자가 함께 국난을 극복하기로 약속
	7월 6일 농민군 집강소가 감사의 이름으로 공식적으로 인정되다
	■8월 일본군, 경복궁 점령. 친일 내각 성립되다
	9월 10일 전봉준의 농민군, 재봉기 북상을 위하여 삼례로 집결 시작하다
	9월 18일 최시형, 봉기쪽으로 선회, 남접농민군과 연합해 무력봉기 선언하다
	10월 15일 일본군, 용산 출발해 남하하다
	10월 16일 전봉준, 충청도 감사에게 격문 띄워 항일전선 구축을 촉구하다

연도(간지)	날짜·내용
	■10월 21일 대원군, 반일 쿠데타 계획이 폭로되어 정원에서 물러나다
	10월 23일 농민군, 충청도 공주·이인·효포에서 관군과 1차 접전, 논산으로 퇴각하다
	10월 효포와 곰티에서 접전 벌이다
	11월 5일 평창군 후평에서 농민군 1만여 명, 일본군·관군과 접전 벌이다
	11월 8일 농민군, 공주 우금치에서 관군과 일본군에 패하여 후퇴하다
	11월 17일 전봉준·김개남 부대, 강경에서 전투, 패배하고 흩어지다
	11월 17일 전라도 나주·영광·금구·태인·광주·황해도 해주 등에서 전투 벌이다
	11월 19일 최시형, 임실 갈담 장터에서 손병희의 북접군 만나 다시 북상하다
	●11월 21일 장흥 웅치 구교철 대접주, 기포하다
	●11월 25일 농민군, 원평 구미란에서 정부·일본연합군과 접전, 전봉준 휘하 농민군 해산되다
	11월 25일 농민군, 해주에서 관군과 접전 벌이다
	11월 26일 대흥접, 회령 진성 점령하다
	●12월 1일 장흥농민군, 장평 사창 집결하다
	12월 2일 전봉준, 순창 피노리에서 체포되다
	●12월 3일 장흥농민군, 장흥부 포위하다
	●12월 4일 장흥농민군, 벽사역 점령하다
	●12월 5일 장흥농민군, 장녕성 점령하다
	●12월 7일 장흥농민군, 강진현 점령하다
	전봉준, 일본에 의하여 담양부로 압송되다
	●12월 10일 장흥농민군, 강진 병영성 점령하다
	●12월 12일 장흥농민군, 유치면 조양촌에서 일군과 전투 벌이다
	●12월 13일 장흥농민군, 부산면 유앵동에서 일군과 전투 벌이다
	12월 14~15일 장흥농민군, 석대들에서 조일연합군과 전투 벌이다
	12월 16일 장흥농민군, 관산읍 옥산에서 전투 벌이다
	12월 17일 장흥농민군, 대덕읍 월정에서 전투 벌이다
	12월 18일 일군과 상주 유격전, 북실전투에서 농민군 2,600여 명을 살육하다
	●12월 19일 장흥 여동학 이조이·소년장수 최동린, 체포, 나주 압송되다
	●12월 24일 이방언, 남면에서 체포되다
	●12월 26일 고읍접주 김학삼, 체포되어 처형되다
	●12월 28일 이사경 접주, 부산면 기역산에세 체포, 장흥 벽사역에서 처형되다
1895 을미	●1월 중순 대흥접주 이인환, 체포되다
	3월 이조이·최동린·이인환, 처형되다
	3월 29일 전봉준·손화중·김덕명·최경선·성두한 등, 교수형 당하다
	4월 17일 청일강화조약 조인하다
	4월 23일 이방언, 아들 성호와 함께 장대에서 처형되다
1992 임신	●장흥동학농민혁명 기념탑 건립하다
2004 갑신	●장흥농학농민혁명기념사업회 창립하다
2009 기축	●최후 전투지 석대들 국가사적(제498호)으로 지정되다
2010 경인	동학혁명 참여자 등의 명예회복에 관한 특별법 제정되다
2014 갑오	●장흥동학농민혁명 기념관 개관하다

여성동학다큐소설을 후원해 주신 분들